Thomas Grebner

Hey ChatGPT, wer tötete Amalia?

Thomas Grebner

Hey ChatGPT, wer tötete Amalia?

KI-Roman

Information der Deutschen Nationalbibliothek: Die Deutsche Nationalbibliothek verzeichnet diese Publikation in der Deutschen Nationalbibliografie; detaillierte bibliografische Daten sind im Internet über dnb.dnb.de abrufbar.

2. Auflage 2024

Texte: © Copyright by Thomas Grebner

Umschlaggestaltung: © Copyright by Thomas Grebner

thomas.grebner@t-online.de

Verlag:

BoD · Books on Demand GmbH

In de Tarpen 42

22848 Norderstedt

Druck:

Libri Plureos GmbH

Friedensallee 273

22763 Hamburg

ISBN: 978-3-7693-1535-6

Schützenfest, 16.08.2003

Endlich war mal wieder was los in diesem erbärmlichen Kaff. Das „Kaff", von dem ich spreche, heißt Kronach, liegt in Bayern an der Grenze zu Thüringen, die nächste Autobahn ist mindestens 30 Kilometer entfernt und jedes umliegende Dorf hat einen so starken Dialekt, dass es für Norddeutsche wirken muss wie die Sprache eines anderen Landes.

An gewöhnlichen Wochenenden ist es hier sehr still, so still, dass ich sogar das Flackern der Straßenleuchten wahrnehme, wenn ich Mitternachts mit meinem Hund Kiara noch eine Runde um den Block drehe.

Jetzt ist allerdings gerade alles anders, denn es ist Schützenfest. Das größte Volksfest im näheren Umkreis, auf das alle das ganze Jahr hin fieberten. Elf Tage Ausnahmezustand. Viele nehmen sich für das Besäufnis Urlaub, um die Sorgen des Alltags im Bierzelt oder an den Schnapsbuden gemeinsam mit Freunden, Familie oder dem Fußballverein zu ertränken.

Am Eingang des Volksfestplatzes traf ich meine beste Freundin Amalia. Sie war der Schwarm der Schule. Von weiten schon sah ich ihr langes blondes lockiges Haar. Während ich ein einfaches Dirndl von der Stange trug, hatte sie ein selbst genähtes. Es sah wundervoll aus. Ich habe ihr bereits mitgeteilt, dass ich mir zum nächsten Geburtstag von ihr auch ein selbst genähtes Dirndl wünsche. Während ich versuchte, meine zitronengroßen Brüste hoch zu pushen, war es bei Amalia nicht nötig. Denn sie hatte für eine 16-Jährige beachtlich große Brüste. Während sie sehr selbstbewusst auftrat, war ich eher schüchtern. Ich versuchte meist meine rotbraunen Haare in mein Gesicht fallen zu lassen, um meine im Sommer auffälligen Sommersprossen zu verstecken. Ja, ich war etwas neidisch auf ihr Äußeres, aber ich glaube, jedes Mädchen in der Schule war das. Daher war ich auch stolz, dass sie meine beste Freundin war. Ich konnte ihr alles anvertrauen und mich einhundert Prozent auf sie verlassen. Sie war die Starke, ich war die Vernünftige. In vielen Situationen eine gute Mischung, um zu überleben.

Nach einer langen Umarmung betraten wir die „Hofwiese". Den Namenslink zur Theresienwiese fand ich zwar etwas übertrieben, aber hier am Ende der Welt war man stolz auf das größte Event des Jahres.

Es roch herrlich süß nach Mandeln auf dem Platz. Überall hörte man das Klirren der Maßkrüge. Mit fast 27 °C am Abend war es ein sehr heißer Augusttag, daher war der Durst der Meute kaum zu stillen. Amalia und ich mochten kein Bier und wir wollten auch nicht zu irgendwelchen Fußballproleten ins Bierzelt und zu Schlagermusik auf den Tischen tanzen. Wir steuerten zielstrebig zu den Schnapsbuden, die in der Nähe des Autoscooters lagen. Überall wo Amalia auftauchte, konnte ich die Blicke der

Jungs wahrnehmen. Als wäre sie eine Außerirdische oder so, die auf die Welt kam, um alle Männer glücklich zu machen. Während ich sehr gerne einen Freund gehabt hätte, hatte sie immer wieder betont, wie gern sie Single ist. »Männer sind doch eh alle scheiße«, war einer ihrer Standardsätze. Ich, 16 und naiv, träumte noch von einer Love-Story wie in Dirty Dancing oder Pretty Woman, in dem sich Frau und Mann unsterblich ineinander verlieben. Zwei Long Island Ice Tea später waren wir schon etwas angetrunken. Aus der Schnapsbar dröhnte der Klassiker Don't Stop Believin von Journey. Wir liebten diesen Song. Wir sprangen, grölten, lachten und umarmten uns. Beim letzten „Don't Stop Believin" schaute mir Amalia in die Augen, wir beide grinsten und auf einmal küsste sie mich. Auf diesen Moment war ich nicht vorbereitet. Amalia, Ami, meine beste Freundin: Lesbisch? Und ja wenn schon aber ich, das kleine Mauerblümchen sollte ihre Wahl sein? Ich war in Schockstarre und eh ich reagieren konnte, griff sich Amalia mit beiden Händen in die Haare und sagte: »Ach scheiße, sorry ich hab's verkackt.« Als ich versuchte Worte zu finden, fragte Tobi, der mit seinen Freunden schon den ganzen Abend um Amalia herumkreiste, ob sie mit ihm ins Break-Dance-Fahrgeschäft gehen möchte? Amalia ging mit ihm und seinen Mitläufern Andy und Christoph mit und ließ mich an der Theke stehen. Geplagt von meinem schlechten Gewissen stand ich wie festgenagelt an der Theke. »Lisa, hey Lisa«, rief jemand neben mir. Als ich Blickkontakt suchte, stand meine Tante Clara vor mir. Oh, ich wollte einfach nur weg, aber konnte dem Gespräch mit meiner Patin auch nicht aus dem Weg gehen. »Also normalerweise würde ich einer 16-Jährigen keinen Schnaps ausgeben, aber es ist Schützenfest. Was hältst du von einem Gurkenschnaps?« »Klar«, sagte ich und dachte whatever, Hauptsache sie ist schnell wieder weg. Es folgte eine zehnminütige Ausfrage über Schulnoten und was ich denn mal werden will. Die üblichen Spießerfragen. Bis ich mir irgendwann das Geschwafel nicht mehr anhören konnte und ich sagte: »Danke Patin für den Schnaps, aber ich muss jetzt wirklich zu meiner Freundin, sie wartet schon hinten beim Break-Dance.«

Ich wollte unbedingt schnellstens zu Amalia und mit ihr über alles reden, auch wenn ich nicht wirklich wusste, was ich sagen sollte. Vielleicht: »Hey ich fühle nicht so wie du, aber du bist meine beste Freundin und ich will, dass das für immer so bleibt.« Ach Quatsch! Das klingt so falsch. Egal, ich musste zu ihr. Das Break-Dance lag am Ende des Platzes. Ich drängte mich durch die Menschenmenge, überall verschwitzte betrunkene Menschen. Die Lichter aus den ganzen Buden stressten mich in diesem Moment nur noch wie ein Strobo-Licht in einer Diskothek. Angekommen am Fahrgeschäft blickte ich in die bewegten Wagen. Doch da war niemand zu sehen. Kein Wunder, es ist bestimmt 20-25 Minuten her, als sie mit den Jungs von mir

floh. Ich drehte mich in alle Richtungen und als ich fast aufgab, entdeckte ich Tobi an einem dieser Box-Automaten, an dem sich die Jungs gerne battelten, wer der Stärkere ist. »Tobi, wo ist Amalia?« Er schaute mich mit seinen glasigen Augen an und sagte: »Die musste kotzen, ist irgendwie da hinaus-gerannt, Richtung Wald, keine Ahnung.«
Direkt hinter dem Volksfest befand sich ein Wald. Hier haben Amalia und ich manchmal im Sommer gelegen und stundenlang die Sterne angeschaut. Ich rannte zu dem kleinen Feldweg, der uns zu unse-rem Lieblingsplatz führt. Am Rande des Feldweges stehen ein massiver Holztisch und Holzbänke für Wanderer. Daneben Kotze. Immerhin ein Zeichen. Ich musste schmunzeln, da ich mir genau vorstellen konnte, wie sie sich mit einer Hand am Rande der Bank festhält, die andere Hand hält ihre Haare und sie sich dann vom Gurkenschnaps erleichtert. Sie ist bestimmt zu unserem Platz. Ab hier schaltete ich meine Smartphone-Taschenlampe ein. Ich ging dichter in den Wald. Es war etwas gruselig, da ich diesen Weg noch nie allein bestritten habe. Aber es waren maximal noch zwei Minuten. Daher redete ich mir ein: Durchhalten Lisa, gleich bist du bei Amalia. Kurz vor unserem selbstdefinierten Lieb-lingsplatz öffnete sich der Wald etwas. Eine kreis-runde moosige Fläche ohne Bäume kam zum Vor-schein. Ich leuchtete in alle Richtungen und ziem-lich mittig entdeckte ich ihre Handtasche. Ich schwenkte mein Handy nach links und im

Lichtkegel erschien Amalia. Sie lag reglos am Boden und war voller Blut.

Dienstag, 12.09.2023 – Lisa

Es gibt kein schöneres Gefühl, als nach zwei Proseccos und ausgiebigen Sex, den Abend auf der Couch ausklingen zu lassen. Mein Tinder-Date John hatte vor zehn Minuten meine Wohnung verlassen. Jonny wie er sich selbst vorstellte, war bereits das dritte Mal da und das verstößt eigentlich gegen meine Dating-Regeln. Ich war glücklich so wie es war. Ich lebte in einer überteuerten Zwei-Zimmer-Wohnung mit kleiner Terrasse in Regensburg, war seit fünf Jahren Frauenärztin in einer Gemeinschaftspraxis und wollte mich mit Mitte dreißig voll und ganz auf meinen Job konzentrieren. Ich war gut in meinem Job und genoss es, Frauen zu helfen. Die Dankeskarten von Müttern, die ich durch die Schwangerschaft begleitete, erinnerten mich zwar manchmal daran, dass es auch ein anderes Leben da draußen gab, welches Frauen glücklich machte, aber das war nicht meine Welt.

So langsam setzte die Müdigkeit ein und während ich in meiner abendlichen Routine durch Instagram-Reels scrollte, erschien eine E-Mail mit dem Betreff „Justice for Amalia, the full truth", Absender: amalia.truth@xmail.com. Klingt nach Spam-Alarm, wäre da nicht der Name Amalia im Betreff zu lesen. Mein Interesse an dem Betreff übertraf das persönliche Sicherheitsgefühl, also öffnete ich die Mail. Es öffnete sich eine Website ohne Inhalt und ein Video-Player kam zum Vorschein. Es dauerte

wenige Sekunden, bis das Video vollständig geladen war und mein Herzschlag nahm kontinuierlich zu. Was ich da sah, konnte nicht real sein, aber alles wirkte, als wäre es wirklich aufgenommen worden. Das tonlose Video zeigte zwei junge Mädchen an einer Bar eines Volksfestplatzes. Das waren eindeutig Amalia und ich. Aber wie konnte das sein? Unten rechts im Video sah ich ein Wasserzeichen „GenAI". Ok, das Video wurde durch künstliche Intelligenz erstellt. Aber es wirkte so verdammt echt. Alles, was ich sah, spielte sich genauso ab. Die Schnäpse an der Bar, der Kuss, wie mich danach meine Tante zulaberte. Auf dem Weg zum Break-Dance zeigte mich die Kamera von hinten. Als ob jemand mit einer Kamera zwei Meter hinter mir lief. Die Menschen auf beiden Seiten und die Beleuchtung der Essensstände verschwommen ineinander, um mich noch mehr in den Fokus zu rücken. Auf einmal war ein Cut im Video. Nun wurde es dunkel. Auch wieder von hinten aufgenommen waren nun vier menschliche Silhouetten zu erkennen die auf dem Feldweg, der in den Wald führt, liefen. Ich drehte die Lautstärke meines Laptops auf aber auch im zweiten Teil des Videos gab es keine Audiospur. Ungefähr zehn Meter vor den vier Wesen war der Rastplatz zu erkennen, an dem sich Amalia übergeben hatte. „Amalia", dachte ich „oh, mein Gott, meine Amalia!"
Sie stieß sich von der Bank weg und lief tiefer in den Wald. Die vier Gestalten gingen in die gleiche

Richtung und in diesem Moment wurde mir schlecht. Mir wurde klar, dass die Verfolger im Video für ihren Tod verantwortlich waren. Danach, schwarzer Screen. Plötzlich schrie mich mein Laptop mit einer angsteinflößenden tiefen Stimme an: „Ich werde euch alle finden und töten". Ich bin so erschrocken, dass ich den Laptop zugeklappt habe und mir meine Decke mit beiden Händen vor mein Gesicht hielt, als ob ich mich schützen wolle von einem Gegenstand, der auf mich zuflog.

Ich atmete tief ein und aus. Nach wenigen Sekunden ließ der Schock nach und ich beruhigte mich. Ich öffnete langsam den Laptop. Fast so, als ob ich Angst hätte, dass etwas herausspringen könnte. Ich drückte auf Play, die restlichen fünf Sekunden des Videos liefen ohne weiteren Inhalt ab.

Eine Woche davor, 05.09.2023 – Person x

Ich saß an meinem Schreibtisch, der voll mit Gesetzesbüchern war. Dazwischen leuchtete der Bildschirm meines Laptops. Seit ich mein Jura-Studium begann, fühlte ich mich in meiner Ein-Zimmerwohnung wie in der Hogwarts Bibliothek von Harry Potter. Ich studierte Jura aus einem bestimmten Grund. Seitdem was vor zwanzig Jahren passiert ist, wusste ich, dass diese Welt nicht gerecht ist. Aber was nicht ist, kann ja noch werden, dachte ich mir. Ich wollte eine gerechtere Welt.

Um das zu schaffen, musste ich Staatsanwältin werden. Aber nicht die Art von Staatsanwältin, die nach zwei Kindern keinen Bock mehr auf ihren Job hat, nur die einfachen Fälle löst und sich damit maximal in Szene setzt. Sondern eine, die ihren Job zum Lebensinhalt macht. Eine, die bis Mitternacht Akten studiert und der Polizei so lange in den Arsch treten wird, bis jeder Fall gelöst ist.

Aber noch war ich keine Staatsanwältin. Ich saß gerade an meiner zweiten Hausarbeit. Ich nahm mir vor, die inhaltlichen Recherchen weitestgehend ohne Hilfe von Chatbots zu schreiben. Allerdings war ich nicht gerade die beste Autorin und hatte gerade eine meiner vielen Schreibblockaden. Ich öffnete ChatGPT, erstellte einen neuen Chat und tippte: Schreibe mir bitte eine Einleitung zum Thema: Verjährung von Straftaten. Ganze fünf

Sekunden später hatte ich eine einseitige perfekt gegliederte Einleitung mit einem Text, der professionell wirkte und prägnante Sätze hervorbrachte. Genial! Ich änderte und ergänzte hier und da noch ein paar inhaltliche Sätze und schon hatte ich nach nur zehn Minuten eine Einleitung.

Es war schon fast Mitternacht und ich war mit meiner heutigen Arbeit zufrieden. Ich speicherte und schloss Task für Task. Der letzte offene Task war mein Internetbrowser mit ChatGPT. Ich dachte mir: Liebes ChatGPT, wenn du doch so gut bist, vielleicht weißt du ja auch, wer Amalia auf dem Gewissen hat.

Ich öffnete einen neuen Chat und tippte: *Wer tötete Amalia Geiger im Jahr 2003 in Kronach?*

Kurze Denkpause von ChatGPT. Ich betrachtete den Chatbot zunehmend als Mensch, der denkt, recherchiert und letztlich zu einem faktisch gut-formulierten Ergebnis kommt.

Der Bot spuckte vier Namen aus. Mir lief es eiskalt den Rücken herunter.

Eine Woche später, 12.09 - 14.09.2023 – Lisa

Nachdem ich das Video noch ein zweites Mal angeschaut habe, lag ich im Bett mit unzähligen Fragen, die wie Sprechblasen in meinen Gedanken erschienen. Wer ist der Absender dieses Videos? Wer wusste über den Abend auf dem Volksfest so gut Bescheid? Wie konnten die Personen in diesem Video so gut nachgestellt werden? Warum wusste der Absender, dass es sich um vier Täter handelte? Warum sah man die Gesichter der Täter nicht? Warum will sich der Absender gerade an mir rächen? Ich weiß, hätte ich damals bei dem Kuss anders reagiert, wäre sie nicht weggelaufen und sie wäre vielleicht noch… In diesem Moment liefen mir Tränen ins Gesicht. Ach Amalia, wäre ich dir doch bloß sofort hinterhergelaufen, dachte ich.

Nach einer anstrengenden Nacht, in der ich dann irgendwann doch noch eingeschlafen bin, wartete ich am nächsten Morgen in meiner Praxis auf meine erste Patientin. Ich kannte die Historie meiner Patientinnen recht gut. Dennoch schaute ich mir immer die Akte an, um ja keine Kleinigkeit zu vergessen. Nadia Wohlfahrt, 32 Jahre alt, zum ersten Mal schwanger, im fünften Monat. Eine Notiz von Susi, meiner Arzthelferin: Patientin möchte Geschlecht nicht wissen. Die Schwester von der Patientin Franziska Weber soll angerufen werden, da das Geschlecht auf einer „Gender-Reveal-Party" bekannt gegeben werden soll. „Gender-Reveal-Party", ein neuer Trend aus den USA, bei dem meist wenige Bekannte oder Verwandte das Geschlecht des Babys wissen und dies im Rahmen einer Feier bekannt geben. Zu dem Thema wurden mir bereits einige Reels auf Instagram angezeigt. In einem der Reels standen die werdenden Eltern in der Mitte der Gäste und hielten beide eine Konfettikanone in der Hand. Nach einem Countdown drehten sie an den Kanonen und der Himmel färbte sich rosa. Ein Mädchen. Alle freuten sich, bis auf den werdenden Vater. Er schmiss eine Bierflasche auf die Straße, warf einen Tisch um und schrie seine Frau mit den Worten an: »Du kannst doch wirklich Garnichts«. Dann endete das Reel. Armes Kind, so einen Vater sollte man sofort dem Jugendamt melden, dachte ich. Zum Glück freuten sich aber bei den meisten Gender-Reveal-Partys sowohl die werdenden Eltern als auch die Angehörigen. Neben Konfetti-Kanonen gab es viele weitere Möglichkeiten, das Geschlecht des Babys als in Form von Farbe zu verraten. Rauchkanonen, Torten mit weißem Zuckerguss, unter denen sich entweder rosa oder blaue Creme befand oder einen Luftballon, der durch eine Nadel aufgestochen wird und nach dem Platzen entweder rosa oder blaues Konfetti zum Vorschein kommt.

Noch in Gedanken und auf den Screen meines Smartphones starrend betrat meine Patientin das Behandlungszimmer. Nach kurzem Small-Talk über ihr Befinden, bat ich sie sich auf den Stuhl zu setzen. Heute stand ein großes Organscreening an. Auch wenn zu diesem Zeitpunkt noch lange nicht klar ist, ob das Baby im medizinischen Sinne gesund ist, können bereits alle Organe erkannt und zumindest gecheckt werden, ob das Herz durchblutet ist und ob beide Gehirnhälften ausgebildet sind. »Sieht alles wunderbar aus«, sagte ich zu Frau Wohlfahrt. »Das Geschlecht wollen sie nicht wissen, richtig?«

»Nein«, sagte sie. »Meine Schwester und ihr Mann veranstalten eine Gender-Reveal-Party, wissen Sie.« »Ach, sehr schön!«, antwortete ich. Nachdem sich Frau Wohlfahrt anzog, sagte sie: »Sie begleiten mich so großartig durch diese Schwangerschaft, ich würde sie so gerne bei der Party dabeihaben.« Sie drückte mir eine Einladungskarte in die Hand.

»Sie müssen kommen!«

Ich sagte: »Ich bin Ihre Ärztin und ich trenne da gerne zwischen privat und geschäftlich, aber trotzdem vielen Dank. Das bedeutet mir sehr viel.«

»Ach kommen Sie schon. Irgendjemand muss doch den Wein trinken, von dem ich mich leider fernhalten muss.« Um die Debatte zu beenden, sagte ich:

»Ich überlege es mir, ok?«, wobei ich mir sicher war, nicht zu der Party zu gehen.

Frau Wohlfahrt umarmte mich, dann drehte sie sich um und verließ meine Praxis.

In meiner Mittagspause erhielt ich eine Nachricht von Tinder-Jonny. »Na, nach dem Extrem-Sport gestern Abend gut geschlafen? Schaust du dir heute schon wieder heimlich nackte Frauen an?«

Ich war genervt. Nicht über die Nachricht, sondern über mich selbst, dass ich die Nachricht witzig finde und dass ich mich über sie freute.

Ich antwortete: »Nicht so wirklich, lag aber nicht an dir. Anscheinend war mir der nackte Männerkörper gestern nicht genug ;)«

»Oh, warum konntest du nicht schlafen? Ich habe alles gegeben, aber du bist einfach nicht zu bändigen :D«, textete er.

»Erzähl ich dir bei unserer nächsten Sportsession«, schrieb ich.

„Oh, da bin ich gespannt! Sehr schön, wann?«

»Die nächsten drei Tage sieht es schlecht aus, aber Freitag würde gehen«, antwortete ich. »Yeahi, Freitag it is«, war seine letzte Nachricht. Ich hatte die nächsten Tage nichts geplant, wollte aber einfach unter der Woche meine Ruhe, nachdem die letzte Nacht schon nicht schlafreich ausgefallen ist.

Dann wurde mir klar, dass ich ein viertes Sex-Date mit ein und demselben Mann hatte. Da kam sie wieder auf, die gute alte Bindungsangst.

Nach einem gewöhnlichen Nachmittag in der Praxis bestieg ich mein Rad und hielt auf dem Heimweg noch beim Mexikaner „Guacamole". Ich liebte die Tacos in diesem Laden. Am liebsten Chocinita Pibil oder Barbacoa mit schön viel Fleisch, scharfer Salsa Verde und Guacamole. Ich hatte zwar meinen Fleischkonsum in den letzten Monaten reduziert, aber ein bis zwei Mal in der Woche musste ich sündigen. Next Generation, please forgive me. Dazu trank ich ein kleines Corona-Bier mit Limette. Ein lokales Bier wäre sicher besser, aber ein dünnes Corona-Bier und die spanische Musik im Hintergrund erinnerten mich irgendwie an Urlaub.

Drei Tacos und ein Bier später fuhr ich Richtung Wohnung. Ich hielt an einem Stoppschild, auf dem ein Aufkleber mit „Wearing Animals" klebte. In so manchen Dörfern außerhalb der Stadt würde hier wahrscheinlich „Taking more Immigrants" stehen, dachte ich. Ich musste kurz über meinen schwarzen Humor schmunzeln.

Gleichzeitig bemerkte ich, wie sehr ich die Offenheit in dieser Stadt liebte. Hier traf veganes Café auf traditionelles Wirtshaus, Second Hand auf teure Boutiquen, Lastenrad auf SUV, verschiedenste Sprachen auf Oberpfälzer Dialekt, Handwerksbetrieb auf DAX-Konzern, und das alles in einer friedlichen Atmosphäre.

Zu Hause angekommen musste ich wieder über dieses Video nachdenken. Was hat das zu bedeuten? Bin ich in Gefahr? Sollte ich vielleicht mit jemandem darüber reden? Vielleicht sogar zur Polizei gehen? Vielleicht ist es aber auch nur ein dummer Streich, versuchte ich mir einzureden.

Auf der Couch angekommen versuche, ich mich mit Instagram etwas abzulenken. Dieses Video, in dem ein Kleinkind eine Ziege sieht und: "It's a fucking Goat!" sagt, die Mutter daraufhin ihre

Tochter berichtigt mit „It is just a Goat" und die Tochter dann erneut darauf beharrte mit den Worten: "No, it´s a fucking Goat!" könnte ich mir hundert Mal anschauen und würde es immer noch witzig finden. Ich schlief ein und wachte nicht vor dem nächsten Morgen auf.

Am nächsten Morgen scrollte ich während des ersten Kaffees durch alle üblichen Zeitungsapps. Nachdem der Ukraine-Krieg der Presse anscheinend zu langweilig geworden ist, stürzten sie sich nun auf den Konflikt im Gazastreifen. Ansonsten die üblichen Schlagzeilen: "Killer-Virus – kommt im Winter die nächste Epidemie?", „Droht den Bayern die Hammergruppe in der Champions-League?", „Bürgergeld oder arbeiten gehen, was ist lukrativer?"

So richtig interessierte mich davon nichts und ich fragte mich generell, warum ich meine Zeit immer wieder mit Sensations- und Horrornachrichten verschwendete. Eine weitere Schlagzeile weckte allerdings mein Interesse: „Data-Leak bei Polizei in mehreren Bundesländern – Tausende digitale Akten gestohlen". Ich klickte auf den Artikel. Eine Gruppe von Hackern, die sich „Behind the Mirror" nannten, war es gelungen auf den Polizei-Server zuzugreifen und eine Vielzahl von vertraulichen Informationen zu stehlen. Sie bekannten sich im Internet zu der Tat, erwähnten aber nicht den Grund dafür.

Interessant, dachte ich. Mich würden schon auch

mal die Akten diverser Fälle interessieren. Vor allen würde mich interessieren, ob die Akten von berühmten und reichen Personen dicker sind, sprich mehr recherchiert wird, als beim einfachen Fußvolk. Da kam mir Amalia und das Video wieder in den Sinn. Bestimmt nur ein dummer Streich versuchte ich mir erneut einzureden und schwang mich auf mein Rad zur Arbeit.

In der Praxis angekommen, begrüßte mich Susi in ihrem weißen Poloshirt und ihren verwuschelten langen roten Haaren mit halb-geschlossenen Augen mit einem etwas genervten »Morgen.« Ich konnte es ihr nicht verübeln. Immerhin schloss sie jeden Morgen eine halbe Stunde eher die Praxis auf und ich persönlich bin auch kein Morgenmensch. Ohnehin war Susi, sobald sie nach zwei Kaffees aufgewacht ist, ein herzensguter Mensch und betrachtete mich mehr wie eine Kollegin und nicht wie eine vorgesetzte Medizinerin, die alles besser weiß, wie das in machen Praxen üblich ist. Zudem machte sie ihren Job hervorragend und drückte mir direkt einen Zettel in die Hand: »Hier, hoast vergessn«, sagte sie im Oberpfälzer Dialekt. Oh, Shit! Nachdem mir Frau Wohlfahrt wieder ihre halbe Lebensgeschichte erzählt hatte, habe ich vergessen ihr die Ergebnisse ihres Urintests mitzuteilen.

»Danke Susi, was würde ich nur ohne dich machen! Wie gehts dir?«, fragte ich.

»Du waßt doch schlechtn Menschen...« »Geht es immer gut«, ergänzte ich.

»Aber du bist kein schlechter Mensch, sondern die beste Arzthelferin der Welt.«

»Jetzt übertreibst aber abissl Lisa, aber danke!«

»Was haben wir heute alles?«, fragte ich neugierig.

Susi schaute auf die Liste und sagte: »Zwei Hochschwangere, die über dem errechneten Termin sind, eine Dame klagt über Brennen beim Urin lassen, drei Damen, die einen positiven Schwangerschaftstest haben und fünf Routineuntersuchungen.«

»Klingt nach einem gewöhnlichen Arbeitstag.«

»Jetzt hol dir erst mal schnell einen Kaffee, ich halte hier schnell Wache«, ergänzte ich.

»Das ist der beste Befehl, den du mir heute geben kannst, Chefin.«

Nachdem Susi mit einem breiten Lächeln und einer großen Tasse Kaffee zurückkam, ging ich ins Patientinnen-Zimmer und der Tag konnte beginnen.

Bei der Dame mit dem Stechen in der Blase lag eine Blasenentzündung vor. Ich verschrieb ihr ein Antibiotikum. Ansonsten verflog der Vormittag mit Routineuntersuchungen.

In der Mittagspause rief ich Frau Wohlfahrt an, entschuldigte mich und teilte ihr mit: »Ergebnisse sind negativ, keine Bakterien. Bitte trinken Sie etwas mehr und falls Sie dann immer noch Blasenschmerzen haben können wir gerne weitere Tests durchführen. Entschuldigen Sie bitte, dass ich das gestern nicht mehr auf dem Schirm hatte.«

Sie antwortete: »Das macht doch gar nichts. Sie haben ja heute sofort an mich gedacht. Jetzt müssen

Sie allerdings heute Abend auf meine Gender-Reveal-Party kommen.« Eigentlich wollte ich nicht, da ich privaten Kontakt mit Patientinnen meiden wollte, aber da sie mir meinen Fehler so einfach verziehen hatte, stimmte ich zu. Manche Patientinnen würden wegen viel Belangloserem schlechte Google-Bewertungen hinterlassen. Insgesamt wurde die Praxis zwar mit 4,7 Sternen bewertet, womit ich sehr zufrieden war, dennoch ärgerte ich mich über so manche Rezessionen im Internet. Zum Beispiel schrieb WildAngie: „Frau Engel hielt mir einen Vortrag, welche Nebenwirkung die Pille hat. Wollte einfach nur ein Rezept. Zudem hat mich die Dame an der Rezeption noch mal nach Hause geschickt, weil ich meine Krankenkassenkarte vergessen habe. Komme nie wieder!" Ein Stern. Oder „ich war noch nie bei Frau Engel aber die Website könnte schöner sein", 3 Sterne. Manchmal habe ich das Gefühl, dass Leute, die zu vielen negativen Bewertungen neigen, eher im unteren IQ-Bereich angesiedelt sind, aber vielleicht ist das nur ein Gefühl. Ich meine, wenn wirklich etwas sehr schlecht ist, dann frage ich mich doch erst mal, was hätte ich selbst anders machen können, damit das Ganze besser ausgegangen wäre, aber da fehlt es manchmal vielen Leuten einfach an Selbstreflexion.

Wenn ich nach diesem Schritt immer noch der Meinung bin, dass der Fehler beim anderen liegt, dann würde ich erst mal das Gespräch suchen und, wenn danach herauskommt, dass ich mich immer noch schlecht beraten oder behandelt fühle, dann kann ich einer Einrichtung schon einmal eine sachliche und seriöse schlechte Bewertung geben, aber was manche Leute im Internet hinterlassen, ist schon dreist.

Der restliche Tag in der Praxis lief ziemlich gewöhnlich ab. Keine Notfälle, somit konnten wir pünktlich um 18 Uhr abschließen.

In meiner Wohnung angekommen las ich nochmals die Einladungskarte von Frau Wohlfahrt. „Bitte tragt Rosa, wenn ihr denkt es wird ein Mädchen, und Blau, wenn ihr denkt es wird ein Junge." Da ich bereits wusste, dass die beiden ein Mädchen bekommen, konnte ich diesem Wunsch nicht folgen. Ohnehin war mein Kleiderschrank sehr begrenzt, was rosa und himmelblaue Kleidung angeht. Daher war ich ganz froh auf meine üblichen Outfits zugreifen zu können. Meine Auswahl war zwar recht groß, dennoch war ich eher die Art Frau, die ein paar wenige Lieblingsoutfits hatte und die restlichen Klamotten im Schrank ignorierte. Eine dieser Apps, in der man Kleidung verkaufen kann, wäre sicher mal sinnvoll bei Gelegenheit. Letztlich entschied ich mich für ein einfaches Outfit: weiße Bluse, schwarze Hose, Sneakers und Lippenstift in Rot. Wenn ich etwas von Männern gelernt habe, dann, dass roter Lippenstift fast immer funktioniert. Ich hatte nicht vor auf der Party jemanden kennenzulernen, aber Lippenstift gab mir einfach mehr Selbstvertrauen. Noch ein letzter Blick in den

Spiegel: Ja, Frau Engel, ich bin zufrieden mit Ihnen, dachte ich mir und machte mich auf den Weg zur Party.

Ich radelte durch das Zentrum. Ich liebte die verwinkelten schmalen Gassen, die historischen Häuser und das entspannte Flair dieser Stadt. Durch den Grill-Nebel an der beliebten Bratwurstbude Wurstkuchl vorbei, über die Steinerne Brücke führte mein Weg in den Norden der Stadt.

Ich erreichte die Adresse und war mir unsicher, ob ich hier wirklich richtig bin. Es war ein Gebäude im Bauhausstil. Eines dieser modernen weißen Klötze mit großen Fensterwänden im zweiten Stock. Um ehrlich zu sein, konnte ich mir nicht vorstellen, dass Frau Wohlfahrt in solch einem Haus wohnen könnte. Sonst rege ich mich immer über Menschen mit Vorurteilen auf, in dem Moment aber erwischte ich mich selbst dabei, Frau Wohlfahrt unterschätzt zu haben. Da fielen mir auch schon die Luftballons am Zaun auf. Ich musste richtig sein.

Nach einem freudigen Empfang meiner Patientin wurde ich den Garten geleitet. Von hier aus hatte man einen herrlichen Blick auf die Stadt. Die Sonne ging langsam unter, die Donau funkelte und der Dom strahlte im warmen Licht.

Alle Gäste hielten sich an den Dresscode entweder in Blau oder Rosa zu erscheinen. Hätte ich allerdings gewusst, dass die Damen alle im Kleid erscheinen, hätte ich wohl auch ein anderes Outfit gewählt.

Nadia Wohlfahrt drückte mir einen Sekt in die Hand und stellte mir ihren Mann vor.

»Hi, ich bin Richy. Schön, dass Sie gekommen sind. Denken Sie, dass das Kind schwarz wird?«, fragte er.

Ich war sichtlich irritiert von der Frage. »Na, weil sie in Schwarz gekommen sind«, sagte er und lachte. Ich versuchte zu schmunzeln, konnte aber mit dem Witz nicht so viel anfangen. Dieser Richy kam mir bekannt vor, aber Regensburg war klein. Sicher habe ich ihn schon einmal irgendwo auf der Straße oder in einer Bar gesehen.

Ich war erleichtert als uns eine Dame mit den Worten: »Ich bitte um Ihre Aufmerksamkeit!«, gefolgt mit dem Ertönen eines Glases, unterbrach.

»Für alle, die mich nicht kennen, ich bin Franzi, die Schwester von Nadia. Seid ihr bereit für den großen Augenblick, das Geschlecht unseres neuen Familienmitglieds zu erfahren?«

Die Gäste, inklusive mir, jubelten und klatschten.

Franzi stand vor einer aufgebauten weißen Wand, an der Luftballons in Rosa und Blau angebracht wurden.

»Oh mein Gott, ich bin schon so aufgeregt Tante zu werden. Das könnt ihr euch gar nicht vorstellen. Nun bitte ich die werdenden Opas und Omas und natürlich die werdenden Eltern zu mir vor die Wand zu kommen«, erklärte Franzi.

Alle werdenden Opas und Richy, der werdende Vater, trugen Blau. Frau Wohlfahrt und die Omas trugen hingegen Rosa.

Ich konnte die Spannung der Gäste um das Geschlecht spüren. Da ich bereits wusste, was es wird, war ich eher auf die Reaktionen der Gäste und der Eltern gespannt.

Die Eltern und Großeltern bekamen jeweils eine Konfetti-Kanone in die Hand gedrückt.

»So jetzt zählen wir von zehn abwärts und bei null bitte die Kanonen abschießen!«

Nach einem lautstarken Countdown von zehn Sekunden drehten alle Beteiligten die Konfetti-Kanonen. Nach einem furchtbar lauten Schlag färbte sich der Himmel rosa. Die Gäste jubelten. Ein paar von ihnen schrien: »Yeah, it's a girl!«

Doch als das Konfetti weniger wurde, sah ich Frau Wohlfahrt kniend neben Ihrem Mann, der reglos auf dem Gras lag. Ist das ein Scherz, dachte ich. Nachdem einige Gäste laut losschrien, trat ich ein paar Schritte näher. Dann sah ich das Blut. Richy lag in einer riesigen Lache. Ich bekam am ganzen Körper Gänsehaut.

Ich kniete mich zu ihm auf den Boden und sah die Wunde.

Wir realisierten, dass Richy Wohlfahrt ein Schuss traf. Ich versuchte die Wunde abzudrücken aber bemerkte, dass sich die Schusswunde auf Höhe des Herzes befand. Ich fühlte den Puls. Nichts! Leider konnten wir nichts mehr für ihn tun.

Kurze Zeit später kam die Polizei, welche die Gäste nach dem Vorfall befragte und die Personalien aufnahm. Keiner konnte sich wirklich erklären, was passiert ist. Von weiten sah ich wie Franzis Mann, der Schwager von Nadia Wohlfahrt befragt wurde. Er hatte die Hülse der Konfetti-Kanone in der Hand und gestikulierte wild.

Frau Wohlfahrt schrie wie am Spieß: »Wer hat meinen Mann umgebracht?«

Nachdem die Polizeibeamten meine Aussage aufgenommen hatten, wollte ich einfach nur nach Hause.

Unter Schock und mit Tausenden Fragen, die meinen Kopf durchströmten, radelte ich los. Warum tötete jemand diesen Richy? Wer tötete ihn? Warum gerade auf dieser Party? Frau Wohlfahrt muss sich schrecklich fühlen. Sie wirkten so glücklich und freuten sich auf ihr Baby. Sie erzählte mir noch vor einer Stunde wie sie das Kinderzimmer für einen Jungen oder für ein Mädchen einrichten würden. Auf einmal wurde aus dem ganz normalen Familienwunsch ein Albtraum. Aus Vater, Mutter und Kind wurde eine alleinerziehende Mama.

Auf dem halben Weg nach Hause merkte ich, dass ich momentan nicht allein sein wollte und rief spontan Jonny an. Ich weinte bereits am Telefon und ohne viele Erklärungen von meiner Seite sagte er: »Komm vorbei!«

Jonny empfing mich an seiner Eingangstür. Mit seinen 1,88 Meter füllte er den Türrahmen recht gut. Seine dunklen Haare hatte er heute nicht nach oben gegelt, sondern verwuschelt, als ob er schon geschlafen hätte. Irgendwie auch süß, dachte ich. Nachdem ich ein leises »Hey« herausgebrachte hatte, fiel ich ihm um den Hals, schluchzte und weinte. Schwäche zeigen vor einem Tinder-Fuck-Body ist eigentlich ein absolutes No-Go aber in diesem Moment war mir das egal. Er umarmte mich und ich spürte, dass er es auch genoss mich zu trösten.

Ich erzählte ihm die ganze Geschichte von der Gender-Reveal-Party. Den lauten Knall, das rosa Konfetti und dann dieser Schockmoment, in dem alle realisierten, dass Herr Wohlfahrt reglos am Boden lag. Jonny war genauso schockiert und sagte, dass die Geschichte nach einem schlechten Film klang. Mein Magen knurrte auf einmal und Jonny sagte: »Nanu, Hunger? Pizza und Tiramisu?« »Hast du etwa Pizza und Tiramisu?«

»Auf gar keinen Fall aber die Männer und Frauen mit den orangenen Westen können das ganz gut hörte ich.«

»Oh ja, sagte ich. Lass uns was bestellen.«

Wir tranken Wein, aßen mehr als wir Hunger hatten, und er umarmte mich, sodass mein Kopf perfekt zwischen einer Brust und seinen Schultern passte.

Es tat so gut sich bei Jonny auszuweinen und ihm alles, was mir auf dem Herzen lag zu erzählen. Manchmal frage ich mich, warum Männer so selten weinen. Waren Männer von Natur aus stressresistenter oder wurden sie nur so erzogen, dass sie nicht weinen durften und immer Stärke zeigen. Gegen Ersteres spricht auf jeden Fall die Suizidrate. Die ist bei Männern deutlich höher. Das könnte damit zusammenhängen, dass sie in unserer Gesellschaft ihren weichen Kern nicht zeigen wollen und somit kein Ventil für ihre Ängste und Sorgen haben. Vielleicht ist das aber auch zu generalistisch gedacht. Vielleicht weinen sie ja heimlich oder ich kenne einfach keine Typen mit großem Heuldrang. Nachdem wir gegessen haben, erzählten wir uns gegenseitig die peinlichsten Dating-Geschichten. Er fing an mit einer Story, als er noch in München wohnte. »Also Lischen das war so, sagte er.«

Ich hasste es, wenn jemand Lischen sagte, aber auch das konnte ich ihm heute verzeihen. »Ich war auf so einer Anime-Party.«

»Was zur Hölle bitte ist denn eine Anime-Party?«, fragte ich ihn.

»Eine Anime-Party ist eine Feier für Fans aus der japanischen Zeichentrick-Szene, zum Beispiel kommen da Leute als Sailor Moon verkleidet oder so und spielen Tekken-Video-Spiele und so weiter. Ich bin da jedenfalls zufällig vorbeigekommen.«

»Ja, ja zufällig«, sagte ich, »du kleiner Pikachu« und lachte. »Jedenfalls, sprach mich ein Mädchen vor der Bar an, die auch verkleidet war und fragte mich, ob ich was trinken wollte. Ich hatte an dem Abend eh nichts vor und sie sah irgendwie süß aus. Wir tranken ziemlich viel und unter den ganzen verkleideten Menschen und der technoartigen Anime-

Musik hatte ich einen richtig schönen Abend. Danach gingen wir zu ihr aber um ehrlich zu sein waren wir beide zu betrunken für Sex. Wir waren beide noch angezogen. Sie griff mit Ihren Händen an meinen Arsch und zog mich an sich heran, hatte aber die Augen schon geschlossen. Meine Batterie war auch leer, um ehrlich zu sein. Ich sagte ihr »lassen wir das« und legte mich neben ihr ab. Am nächsten Morgen schlug mich etwas in mein Gesicht. Ich öffnete langsam meine Augen und spürte es wieder. Ich drehte mich zur Seite und dann realisierte ich, dass ein Hase im Zimmer herumsprang. Als ich ihn so im Visier hatte, rannte ein zweiter Hase erneut durch mein Gesicht. Ich musste hier raus dachte ich mir. Prinzessin Mononoke neben mir schlief noch tief und fest. Ich öffnete die Wohnungstür, schloss sie hinter mir, versuchte loszulaufen und fiel hin. Mein Schnürsenkel hatte sich in der Tür festgeklemmt. Ich zog an meinem Schuh, nichts rührte sich. Ich zog so fest, dass er riss. Und wenn die Tür bis heute nicht geöffnet wurde, dann klemmt er da noch heute im Reich von Prinzessin Mononoke und ihren Hasen. Ende! »Ich lachte und fragte: »Wer ist denn bitte Prinzessin Mononoke?« »Mononoke gehört dem Stamm der Wölfe an, sie trägt Wolfszähne als Kette, ein weißes Shirt und hat rote Bemalungen im Gesicht. Wusste ich vor dem Abend auch nicht. Ich habe das danach gegoogelt«, erklärte er. »Ah ja, und diese Wolfsprinzessin findest du also sexy«, erwiderte ich. »Damals fand ich das ein bisschen sexy, ja!«

Wir lachten beide.

»So jetzt bist du dran«, sagte er. »Ich habe keine peinlichen Storys«, antwortete ich. »Lügnerin!«, bekam ich als Antwort. »Ok, ok«, sagte ich.

»Mir ist das schon ein, zwei Mal passiert, dass beim Sex so Töne aus der Vagina kommen.«

»Du meinst Fürze«, sagte er.

»Nein Töne«, sagte ich, kniff meine Augen zu und knurrte ihn an. »Jedenfalls hat ein Mann mal so sehr gelacht, dann habe ich mitten im Sex aufgehört und bin gegangen.«

»Der Arme, hat bestimmt Samenstau danach gehabt.«

Ich boxte Jonny gegen die Schulter und sagte: »Nichts der Arme, ich bin hier die Arme, die ausgelacht wurde, nur weil der mit seinem schiefen Teil Luft in mein Inneres presste.« Wir lachten beide.

Nach einer Weile schlief Jonny ein. Ich löste mich von seinem Arm, radelte nach Hause und legte mich ins Bett. Nach einem langen Tag mit viel Aufregung schlief ich erschöpft ein.

Kronach, Jahr 2003

Die Untersuchungen ergaben, dass meine beste Freundin Amalia vergewaltigt und daraufhin mit einem Maßkrug erschlagen wurde. Die Polizei investigierte Monate lang. Verdächtigt wurde ein afghanischer Flüchtling Namens Amir Karimi. Die Polizei fand seine Jacke am Tatort. Allerdings hatte der Verdächtige ein Alibi von der zuständigen Aufsichtsperson aus dem örtlichen Flüchtlingsheim. Die Aufsichtsperson Anja Varga war eine gute Freundin meiner Mutter. Sie gab an, mit ein paar jugendlichen, darunter Amir Karimi, zur Tatzeit bis in die Nacht Brettspiele gespielt zu haben.
Anja war meiner Ansicht nach sehr vertrauenswürdig, daher glaubte ich ihr. Auch auf den Überwachungsvideos aus dem Flüchtlingsheim wurde in der Nacht niemand entdeckt, der das Gelände verlassen hatte.
Amir Karimi sollte am nächsten Tag verhört werden und wurde vom leitenden Kommissar abgeholt. Auf dem Weg ins Polizeipräsidium hielt der zuständige Polizist beim Metzger Höring an, um sich ein Leberkäsebrötchen zu holen. Laut Angaben des Kommissars Möller nutzte der Verdächtige Amir Karimi die Gelegenheit und flüchtete, während der Kommissar an der Theke wartete.
Trotz einer Fahndung wurde der Verdächtige nie wieder gesehen.
Am Tatort wurden mehrere DNA-Spuren

gefunden. Mehrere Personen wurden zum DNA-Test aufgerufen, die sich zur Tatzeit auf dem Schützenfest-Gelände befanden. Darunter auch Tobi, Andy, und Christoph, die mit Amalia zuletzt beim Break-Dance-Fahrgeschäft gesehen wurden.

Allerdings ergaben die Tests keine Übereinstimmung. Die drei Jungs sagten zudem aus, dass Amalia nach der Fahrt von Ihnen weglief, Richtung Wald.

Aufgrund der mangelnden Beweislage und der fehlenden Verdächtigen wurde der Fall circa sechs Monate nach der Tat ohne Gerichtsverhandlung geschlossen.

Ich habe mir sehr lange Vorwürfe gemacht. Immer wieder dachte ich: Hätte ich doch bloß, nach dem Kuss reagiert oder wäre sogar in dem Moment darauf eingegangen wäre sie noch am Leben.

Gleichzeitig war ich wütend auf die Polizei, die meiner Meinung nach nicht mehr konnte als betrunkene Radfahrer anzuhalten, Jugendliche mit ein paar Gramm Gras anzuzeigen und auf Kreisligafußballspielen für die angebliche Sicherheit zu sorgen.

Aber um die wirklichen Probleme kümmerten sie sich nicht. Bei Schlägereien wurde weggeschaut, rassistische Beleidigungen gegenüber Immigranten wurden als harmlose Streitereien abgetan und bei Mord waren sie offensichtlich komplett überfordert.

Zudem war ich wütend auf einige Bürger der Stadt.

Eines Tages hörte ich beim Bäcker, dass der Vorstand vom Kleintierzuchtverein Hubert sagte: „Ich wusst ja scho immer, des des mit die Kanacken bei uns ka guta Idee ist. Ouer auf der aneren Seiden, woa die Kla a nier ganz unschuldig, wie nuttich die immer rumgelafen ist". Als ich hörte, dass dieser Typ Amalia als nuttig bezeichnete, warf ich ihm daraufhin mein Stück Kuchen ins Gesicht. Verständnis von meinen Eltern bekam ich dafür nicht. Sie sorgten sich eher um ihren Ruf als mich zu verteidigen. Der „Geschädigte", wie die Polizei so schön sagte, würde von einer Anzeige absehen, wenn ich mich entschuldigen würde. Das tat ich allerdings nicht und kassierte zwanzig Sozialstunden im Altersheim.

Ich wollte weg, einfach nur weg aus diesem Kaff.

Nächster Morgen, 15.09.2023

Trotz der Ereignisse konnte ich überraschend gut schlafen. Ich wachte zehn Minuten vor dem Wecker auf, machte mir einen Kaffee und setzte mich an den Küchentisch. Ich starrte auf die Vollholzplatte aus Eiche und dachte mir, der Tisch könnte etwas mehr Aufmerksamkeit vertragen. Ich kochte nicht viel. Daher sah der Tisch bislang meist nur meine Kaffeetasse. Armer Tisch, dachte ich.

Ich überflog zwei Nachrichten auf meinem Handy: „Jonny: Ich muss wohl eingeschlafen sein, hoffe du bist gut nach Hause gekommen: "Papa: Habe ein EDV-Problem, bitte zeitnah melden". EDV stand für Elektronische Datenverarbeitung und war ein Begriff, den wohl nur Generationen vor den 1970er-Jahren verwendeten.

Ich ignorierte meine Nachrichten für einen Moment und öffnete die lokale Zeitungsapp Donau-News. Ganz oben bereits die Schlagzeile: Konzernchef Richard Wohlfahrt eiskalt mit präparierter Konfetti-Kanone getötet. Tatsächlich war es Mord, dachte ich. Eigentlich wusste ich das gestern schon als ich die Schusswunde sah, aber durch die Schlagzeile realisierte ich jetzt, dass Herr Wohlfahrt getötet wurde. Außerdem dachte ich gestern noch, dass der Schütze vielleicht hinter einem Baum stand oder von einem höher gelegenen Haus mit einem Scharf-schützengewehr schoss, aber da stand eindeutig „mit präparierter Konfetti-Kanone". Das heißt, jemand hat diese harmlose Kanone zu einer Waffe umfunktioniert. Da braucht es durchaus Know-how, dachte ich. Ich las die verbleibenden Worte der Pressemeldung: Auf einer sogenannten Gender-Release-Party, die im Garten der Wohlfahrts organisiert wurde, wollten Nadia und Richard Wohlfahrt das Geschlecht ihres Babys bekannt geben. Beim Öffnen einer der Konfetti-Kanonen löste sich ein Schuss. Die Kugel traf Herrn Wohlfahrt im Herzbereich, wodurch er wenige Minuten später seinen Verletzungen erlag. Der Multi-Millionär Richard Wohlfahrt leitete das Logistik-Unternehmen Ratisbona Express. Er war im Aufsichtsrat des örtlichen Fußballvereins und Sponsor vieler Veranstaltungen. Er hinterlässt seine schwangere Frau Nadia Wohlfahrt. Die Polizei konnte bislang keinen Täter und kein Motiv ausfindig machen.

Wieder starrte ich auf meinen Küchentisch und durchdachte noch mal den ganzen gestrigen Abend, als eine E-Mail-Benachrichtigung meinen Fokus zurück auf das Smartphone richtete.

Absender: amalia.truth@xmail.com

Mit einem leichten Angst-Gefühl führte ich langsam den Finger über den Bildschirm des Smartphones und klickte auf die E-Mail.

Wieder ein Link zu einem Video. Meine starrenden Augen durchlöcherten den Bildschirm. Vor Angst hatte ich Gänsehaut am ganzen Körper. Ich brauchte einen Augenblick, um mich zu sammeln. Danach überwiegte die Neugierde. Mit noch leicht zitternden Händen öffnete ich den Link. Nach einem kurzen schwarzen Bild zeigte es Amalia reglos auf dem Boden mit beiden Armen nach hinten gestreckt. Ihr Dirndl war Richtung Bauch gestülpt und sie lag in einer Lache Blut. Oh mein Gott, dachte ich, das muss bereits nach der Tat gewesen sein. Von hinten gefilmt waren jeweils zwei menschliche Gestalten rechts und zwei weitere links von dem reglosen Körper zu sehen. Einer der Männer drehte sich nun langsam um. Als ich sein Gesicht sah, lief es mir plötzlich eiskalt den Rücken herunter. Das Video endete.

Mir war klar, dass ich Nadia Wohlfahrt anrufen musste.

Neben dem Haus, in dem ich aufwuchs, lebte die Familie Vogel. Sie hatten einen Sohn Sebastian, ein Einzelkind, das circa drei Jahre älter war als ich. Er ärgerte mich häufig als Kind, daher mied ich ihn. Jedes Jahr in den Sommerferien bekamen sie Besuch von Sebastians Onkel und Tante und seinem Cousin Richard.

Als Sebastian und Richard noch klein waren, spielten sie oft Fußball im Garten und als der Ball ab und an über den Zaun in unsere Blumenbeete fiel, schmiss ich den Ball wieder hinüber. Während Sebastian ab und an »Danke Punktgesicht", aufgrund meiner Sommersprossen sagte, war Richard netter und fragte mich sogar ab und an ob ich mitspielen möchte. Allerdings traute ich mich nicht und lehnte ab.

Ein paar Jahre später im jugendlichen Alter hörten sie an den warmen Sommerabenden Rock-Musik und tranken Bier im Garten, bevor sie auf irgendwelche Partys gingen. Richard hatte etwas längere dunkle Haare, hatte weich-aussehende leicht braune Hautfarbe und trug immer eine Lederjacke mit Aufnähern von irgendwelchen Bands. Ich schaute ab und zu durch die Hecken und beobachtete die beiden. Richard war irgendwie sexy, aber ich traute mich nie die beiden anzusprechen.

Zweifelsohne war das Gesicht, dass ich soeben in dem Video sah, der junge Richard Wohlfahrt. Die Version von ihm, die ich heute kurz kennenlernen durfte, hatte kürzere Haare, tauschte Lederjacke durch einen teuren Hugo Boss Anzug und war leider tot.

Ich rief Nadia Wohlfahrt an. Bevor ich etwas sagen konnte, unterbrach sie mich und hielt einen Monolog darüber, dass sie nicht verstehen kann, wer ihren Mann auf dem Gewissen hat. Wer mag es ihr verübeln, nachdem was geschah? Ich hörte zu und versuchte sie zu trösten. Dann sagte sie plötzlich: »Ist wohl jetzt auch etwas mit dem Kind? Bitte sagen Sie mir, dass mein Kind gesund ist?«

»Nein, Frau Wohlfahrt, ich rufe aus einem anderen Grund an.«

Ich erklärte ihr die Sache mit Amalia, den Videos und dass darin ihr Mann einer der Täter war. Zu dem erklärte ich ihr, dass die Videos nicht echt sind und mit einem KI-Tool erstellt wurden. Der

Ersteller der Videos könnte aber womöglich der Mörder Ihres Mannes sein. Mit leicht skeptischem Unterton fragte sie mich, ob ich ihr die Videos per Mail schicken könnte. Ich willigte ein. »Frau Wohlfahrt, ich habe ihnen soeben die Videos geschickt. Ich muss jetzt in die Praxis. Wir können aber gerne heute Abend telefonieren ok?«

»Können Sie vielleicht auch bei mir heute Abend vorbeikommen, um über das alles zu reden?«, fragte sie.

»Klar, ich komme so gegen 18:15 Uhr nach meiner letzten Patientin. Bis später«, war mein letzter Satz, bevor ich auflegte.

Der Tag in der Praxis verlief relativ normal. Normal bedeutet leider auch, dass ich einer Patientin mitteilen musste, dass Ihr Embryo keinen Herzschlag hat und dass ich ihr eine Ausschabung empfehle, um Infektionen vorzubeugen. Fast jede dritte Frau erleidet dieses Schicksal. Es wird nur wenig darüber geredet. Es war ein Job zwischen Freuden und Tränen. Ich sah es als meine Aufgabe, Frauen in jeder Situation bestmöglich zu helfen.

Nach der Arbeit fuhr ich direkt zu Frau Wohlfahrt. Wir saßen am Esstisch und schauten uns die KI-generierten Videos mehrmals an. Ich erklärte ihr, dass die Geschichte damals mit Amalia auf dem Schützenfest genauso abgelaufen ist. Nur mit dem Unterschied, dass die Täter nie gefasst wurden. Vorsichtig machte ich sie auch darauf aufmerksam, dass Ihr Mann durchaus einen Link zu meiner Heimatstadt hatte. Frau Wohlfahrt weinte. Die Tränen liefen ihr über Ihr perfektes Make-up, herunter, über Ihren Wangen und tropften auf ihren unterdurchschnittlich kleinen Babybauch. Sie sah sehr gut aus. Ich dachte, sie würde komplett fertig ausschauen, nachdem was gestern Abend passiert war. Sie hatte welliges schwarzes Haar, das knapp über die Schultern reichte. Sie trug eine weiße Bluse und enge schwarze Lederjeans. »Ich kann das alles nicht glauben. Wer schickt so etwas? Und wer könnte glauben, dass mein Mann für diese schlimme Tat verantwortlich ist?«, fragte Frau Wohlfahrt. »Ich weiß es nicht, Frau Wohlfahrt. Ich kann mir allerdings gut vorstellen, dass der Mörder Ihres Mannes hinter diesen Videos steckt«, sagte ich mit vorsichtiger Stimme.«

»Diese Videos dürfen auf keinen Fall zur Polizei, hören Sie. Der Ruf meines Mannes und unserer Firma darf mit solch einer Kampagne nicht in den Dreck gezogen werden.«

Ich wusste zunächst nicht, was ich sagen sollte, da ich mich, nachdem was passiert war auch in Gefahr sah. Was ist, wenn es der Mörder auch auf mich abgesehen hatte? Vielleicht gibt er auch mir die Schuld, weil ich Amalia mit diesen Typen damals hab weglaufen lassen.

Bevor ich antworten konnte, sagte Frau Wohlfahrt: »Falls Sie Security brauchen, kein Problem, mein Mann hat ein Team in der Firma engagiert.«

Ich antwortete: »Nein, schon gut. Ich sag

niemanden etwas von dem Video. Danke für das Angebot, aber ich glaube momentan komme ich gut ohne Schutz klar.«

Eigentlich fühlte ich mich gar nicht wohl, aber Frau Wohlfahrt war momentan die Person, die hier leidet, daher wollte ich keine Schwäche zeigen.

»Und können wir uns bitte duzen, dieses siezen nervt total«, ergänzte Nadia Wohlfahrt. »Klar, Lisa«, sagte ich und versuchte leicht zu schmunzeln.

Im Anschluss erklärte mir Nadia, dass die Polizei festgestellt hätte, dass eine der Konfetti-Kanonen manipuliert gewesen wäre und als Schusswaffe fungierte.

»Nadia, wie konnte der Täter wissen, dass genau diese Kanone in den Händen von Ihrem Mann landen würde?«, fragte ich sie.

»Die Kanonen waren mit Namen beschriftet. Franzi, meine Schwester erklärte, dass sie sich auch nicht erklären konnte, wer die Kanonen beschriftet hatte. Sie war auch kurz verwundert, als sie die Kanonen im Korb mit den Beschriftungen sah, dachte aber dass sich ihr Mann Tony etwas dabei gedacht hätte und sie deshalb namentlich zugeordnet hat. Tony erklärte allerdings nach dem Vorfall, dass er auch keine Ahnung hatte, wer die Kanonen beschriftet hatte. Franzi brachte mehrere Körbe und Kartons für die Party einen Tag vorher und wir stellten alles in die Garage. Das Garagentor ist die meiste Zeit offen. Ich dachte ja, wir leben in einer sicheren Gegend. Daher konnte theoretisch jeder von der Straße in die Garage laufen.«

Vielleicht hatte auch Franzi oder ihr Mann etwas mit dem Mord zu tun, dachte ich für einen Moment. Ich starrte noch in den Raum, als Nadia sagte: »Ich muss mich jetzt etwas ausruhen, aber vielen lieben Dank, dass du mir die Sache mit dem Video mitgeteilt hast und dass ich mich bei dir ausheulen durfte. Wir sehen uns spätestens nächste Woche in der Praxis. Bitte informiere mich, falls sich der Spinner mit den Videos wieder meldet.«

»Klar, gerne«, sagte ich.

Sie umarmte mich noch mal, bevor sie die massive dunkelgraue Eingangstür hinter mir schloss.

Etwas nachdenklich und ängstlich machte ich mich auf den Heimweg.

Auf der Couch angekommen, checkte ich meine Nachrichten auf dem Handy und bemerkte, dass ich Jonny noch eine Antwort schuldig war. Als ich »hey« schrieb, unterbrach mich ein eingehendes Telefonat. „Papa" erschien auf dem Handy. Ich nahm den Anruf an und sagte »Hey Paps.«

Ohne „Hallo" zu sagen oder zu fragen, wie es mir geht, sagte er in seiner gewohnten Rationalität: »Ich kann mein Facebook nicht mehr öffnen.« Oh je, dachte ich, da war ja ein „EDV-Problem". »Da steht Anmelden und Registrieren«, folgte im Anschluss. »Ja, du musst dich mit deiner E-Mail-Adresse und deinem Passwort anmelden, also klicke bitte auf Anmelden«, erklärte ich ihm. Warum gibt es keine

Altersgrenze nach oben hin für Social-Media-Plattformen oder generell für Smartphones, fragte ich mich. Meine Gedanken wurden unterbrochen, als mein Vater meine Mutter rief: »Rita, wo hast du die Passwörter wieder versteckt?!« Während sie diskutierten, wer dafür verantwortlich war wo der Zettel mit den Passwörtern liegt, dachte ich, an welchen neuen Erfindungen unsere Generationen wohl im Alter verzweifeln würde. Vielleicht verliere ich ja in 20 Jahren meine Patientinnen, weil ich keine Termine per Hologramm anbieten würde oder weil ich keine kostenlosen Tipps auf Social Media zur Verfügung stelle. Social Media war definitiv eine Sache, mit der ich mich mehr beschäftigen musste. Ich war zwar auf den gängigen Formaten angemeldet, stellte aber keinen Content zur Verfügung, wie man so schön sagt.

»Hi Lisa, Schatz, wie geht es dir?«, rief meine Mutter.

Ich sagte: »Hey Mum, alles gut und dir?« Mein Vater unterbrach: »Also wir haben da jetzt ein Passwort.«

»Gut, dann bitte E-Mail und Passwort eingeben«, entgegnete ich. »Ah jetzt geht es wieder! Danke Tschüss, bis ba…«, waren die letzten achteinhalb Worte, die ich hörte. Mein Vater war nicht besonders gut im Small Talk. Ich war allerdings der Überzeugung, dass er Dinge, bei dem ich ihm helfen konnte, auch manchmal als Vorwand nutzte, um mit mir Kontakt aufzunehmen. Irgendwie fand ich das auch süß von ihm und ich habe mich daran gewöhnt, dass er nicht ständig nach meinem Leben fragt. Der Part war eher meiner Mutter überlassen. Wichtig war, wenn es darauf ankam, unterstützten mich meine Eltern.

Noch in Gedanken, poppte eine Nachricht von Jonny auf: »Steht unser Date noch? Ich hätte eventuell schon Sushi für zwei bestellt«, gefolgt von einem um 180° gedrehten grinsenden Smiley. Oh Shit, dachte ich. Heute ist ja Freitag. Ich dachte an Jonny und ein Kribbeln ging durch meinen ganzen Körper. Da merkte ich, wie sehr ich ihn sehen wollte. Ich wollte ihn spüren, auf mir, hinter mir. Oh je, dachte ich, was macht dieser Typ nur mit mir. Ich antwortete: »Bin schon auf dem Weg.«

Er öffnete mir die Tür. Er trug ein schwarzes Slim-Fit-Shirt, graue Jeans und hielt zwei übervolle Weingläser in der Hand. Ich nahm ihm eines ab, machte einen großen Schluck, packte ihn am Kragen seines Shirts und zog ihn an mich heran. Wir stellten beide die Weingläser an der Kommode neben der Garderobe ab. Wir küssten uns intensiv und rissen uns gegenseitig die Kleidung vom Leib. Wir fassten uns gegenseitig in den Schritt und stöhnten. Jonnys Jonny war bereits hart. Er zog sich ein Kondom über und drehte mich bestimmend, sodass ich mit meinem Rücken zu ihm stand. Er küsste meinen Hals. Es fühlte sich alles so wahnsinnig gut an. Ich hielt mich an der Kommode fest und er drang in mich ein. Ich spürte seinen Penis an jeder Stelle meiner Vagina. Er nahm mich von hinten, was meiner Lieblingsstellung entsprach. Nach wenigen Minuten führte ich ihn ins Schlafzimmer. Jonny lag nun auf mir und während ich ihn in mir spürte, küssten wir uns intensiv. Ich war häufig kurz vor dem Höhepunkt – allerdings war ich eine Frau, die nur sehr selten einen vaginalen Orgasmus hatte. Ich merkte, wie er in mir kam. Er legte sich seitlich zu mir, leckte meine Nippel und nahm seinen Zeige- und Mittelfinger und strich in hoher Frequenz über den äußeren Teil meiner Klitoris. Innerhalb von weniger als einer halben Minute kam ich und schrie vor Glück. Im Anschluss lachte und zitterte ich zu gleich. Er grinste und sein Grinsen ging in ein Lachen über. Er fragte: »Was ist so lustig?«

»Ich dachte gerade an deine Nachbarn, ob sie uns wohl gehört haben.« Gleichzeitig spürte ich, wie ausgepowert ich war. Mein Herz schlug in hoher Frequenz und meine Lunge rang nach Luft.

»Ach die sind das schon gewohnt«, sagte er. Ich klatschte ihn mit meiner flachen Hand auf seine Brust. Er zog mich an sich heran und ich schmiegte meinen Kopf zwischen seine Schulter und Brust.

Wir lagen völlig befriedigt im Bett nebeneinander und schauten uns in die Augen.

Nach kurzer Zeit stand Jonny auf und versprach sogleich wieder zurückzukommen.

In dem Moment fragte ich mich, ob der Point-of-no-Return mit Jonny überschritten wurde. War er immer noch nur ein Tinder-Match oder war es mehr?

Vielleicht war er auch nur eine gute Ablenkung, nach all dem Stress und den Vorkommnissen der vergangenen Tage, versuchte ich mir kurz einzureden. Vielleicht und das war wahrscheinlicher, war es mehr.

Jonny kam nur mit Boxershorts zurück, stellte eine Sushi-Platte in die Mitte des Betts und reichte mir mein Weinglas. Konnte dieser Abend noch irgendwie besser werden?

Freitag, 15.09.2023 – Person X

Ein Schwein weniger, dachte ich als ich die News über Richard Wohlfahrt gelesen hatte. Nachdem ich die Mörder kannte und wusste, dass Amalias Scheinfreundin Lisa sie im Stich gelassen hat, wollte ich Rache. Rache an all denen, die dafür verantwortlich waren. Diese KI-Tools waren brutal gut. Ich musste lediglich die Protagonisten auswählen, eine Story beschreiben und schon wurde völlig automatisch ein reales Video erstellt.
Es war bald Zeit für ein weiteres Video.

Samstag, 16.09.2023 – Lisa

Am nächsten Morgen frühstückten wir gemeinsam auf der Terrasse. Während ich mir unter der Arbeitswoche wenig Zeit am Morgen nahm, liebte ich es am Wochenende lange und ausgiebig zu frühstücken. Jonny holte verschiedene Brötchen vom Bäcker. Er wohnte in einem dieser neuen Blocks, in denen ein kleiner Bäcker integriert ist. Es gab Käse, Avocado, Obst und Rührei.

»Mann Jonny, das Ei ist ja der Hammer. Was ist ein Geheimnis?«, fragte ich Ihn.

»Butter, jede Menge Butter«, sagte er.

»Hätte ich mir denken können«, sagte ich und schmunzelte. Während ich selbst immer an Fett beim Kochen sparte und mich fragte, warum meine Kochkünste so bescheiden sind, war das Geheimnis vieler guter Gerichte wohl einfach Fett in Form von Butter und Öl.

Die Gerichte meiner Oma waren der Hammer. Sauerbraten mit fränkischen Gugelhupf-Semmelkloß, Rouladen, Kartoffel-Puffer oder mein absolutes Lieblingsgericht Schäuferla mit Klößen und Wirsing. Aber wenn ich länger darüber nachdenke, traute sie sich einfach an der ein oder anderen Stelle etwas „energiereicher" zu kochen. Logisch, die Generation meiner Oma hatte noch oft Angst vor Hungersnöten und Krieg. Da war jede Kalorie und jedes Gramm Extrafett am Körper ein Segen. Immer wenn ich bei Oma war und sie sagte ich sah

„gesund" aus, wusste ich, dass ich zwei Kilo zu viel hatte. Heutzutage hatten die Leute andere Probleme: Low Fat, High Protein, Low Carb usw. war in aller Munde. Allerdings ist Fett einfach Geschmacksträger und durch wenig zu ersetzen. Daher sollte ich vielleicht auch ab und an etwas großzügiger mit Butter und Öl sein. In diesem Moment unterbrach Jonny meine Fett-Gedanken und sagte: »Was ist eigentlich aus dem Videotypen geworden?«

»Ich habe noch ein zweites Video per E-Mail gesendet bekommen. Eine Fortsetzung des ersten Videos.«

»Was, ein zweites Video? Vom gleichen Absender? Was kam darin vor?«

»Ja, zumindest von der gleichen E-Mail-Adresse.«
Ich erzählte ihm die Story vom zweiten Video. Er hörte aufmerksam zu.

Während ich erzählte, erwischte ich mich kurz bei dem Gedanken, dass ich Nadia Wohlfahrt versprochen habe niemanden etwas davon zu erzählen. Allerdings vertraute ich Jonny und irgendwie tat es auch gut darüber zu reden. Daher wischte ich mir das schlechte Gewissen, wie in der Tinderapp, im Kopf nach links und erzählte weiter.

»Bitte verspreche mir, dass du jetzt damit zur Polizei gehst!«

»Das kann ich nicht, ich habe es Nadia versprochen!«

Ich konnte sehen, dass Jonny nicht begeistert war,

dass ich seinen Rat ignorierte. Irgendwie süß, dass er so umsorgt um mich war.

»Wow, unglaublich. Wer ist bloß dieser Typ? Und warum will er gerade was von dir? Also warum schickt er dir diese Videos? Das ist alles so surreal«, sagte er.

»I know«, sagte ich.

Jonny starrte auf den Brötchenkorb, kaute langsam und rhythmisch auf einer Salzstange herum, als er plötzlich mit der Hand auf den Tisch schlug. Gefolgt mit den Worten »Ich habs!«

»Was hast du?«, fragte ich, mit leicht skeptischem Unterton. »Ich weiß, wie wir den Absender des Videos bekommen«.

»Und wie?«, fragte ich.

»Ich habe da so einen Kumpel. Martin heißt er. Der ist ein komplett durchgedrehter IT-Freak aber schwer in Ordnung. Der kann uns bestimmt den Absender hinter dem Video verraten.«

»Auf legalem Weg?«, fragte ich. Mit ironischem Unterton und verdrehten Augen antwortete er: „Aber so was von legal!«

»Los, wir gehen!«, sagte er im Anschluss.

»Wohin?«, fragte ich.

»Na, zu Martin.«

»Woher weißt du, dass er Zeit hat?«

»Martin hat immer Zeit. Babys essen, schlafen und kacken. Leute im IT-Bereich erweitern diese Tätigkeiten lediglich auf Zocken und Programmieren.«

»Das ist aber sehr klischeehaft«, erwiderte ich.

»Du wirst schon sehen«, waren Jonnys letzte Worte, bevor wir uns Richtung Tiefgarage bewegten.

Martin, der ITler, lebte außerhalb der Stadt in einem kleinen Ort namens Sinzing. Es war ein Einfamilienhaus, wahrscheinlich aus den 60ern, sehr schlicht und gelb-beige angestrichen. Ich war mir nicht sicher, ob er allein oder mit seiner Familie hier wohnte.

Ich trat zur Eingangstür, als Jonny sagte: »Hier entlang.« Wir liefen um das Haus herum. Eine Treppe führte zum Keller hinab. Nach ein paar Stufen erklang es durch ein halbgeöffnetes Fenster »Elendiger Hurensohn, ich f**** deine Mutter, du Bastard. Nichts kannst du außer dich verstecken!«

Erstarrt blieb ich auf den Treppen stehen und suchte Blickkontakt zu Jonny. »Keine Sorge, Counter-Strike.«

»Was?«, fragte ich mit sichtlichem Unverständnis.

»Martin, er zockt nur!«

»Ah, ok!«, sagte ich und mein Gesichtsausdruck entspannte sich.

Jonny klopfte mit seinen großen Händen gegen die Metalltür und rief: »Martin, mach auf, bevor du ein neues Spiel beginnst und gleich wieder abgeballert wirst.«

Wir hörten Schritte, die zunehmend lauter wurden. Martin öffnete die Tür. Vor uns stand ein ca. 1,85 Meter großer Mann, mit langen Haaren und einem Bart aus dem zwei kleine fünf Zentimeter lange Zöpfe aus dem Kinn herausragten. Ich würde ihn auf locker 115 Kilogramm schätzen. Sein Gesicht war blass. Vitamin-D-Mangel war mein erster Gedanke.

»Hey Jonny, alte Wursthaut!«, sagte Martin und umarmte ihn.

»Hey Martin, du alte Haubitze.«

Ich fand es immer interessant, welche Kreativität Männer in ihre Begrüßungen stecken.

Martin sagte im Anschluss: »Was treibt dich in mein Reich? Und wen hast du mir hier mitgebracht?«

»Hi, ich bin Lisa«, sagte ich. »Wir, äh John und ich, wir sind Freunde.«

»Ja, Freunde«, bestätigte John.

Martin wusste sofort, dass wir etwas miteinander am Laufen hatten und dass keiner von uns beiden den Status wusste.

Er sagte: »Freunde also. Na dann, Jonnys Freunde sind auch meine Freunde.« Er reichte mir die Hand und stellte sich vor: »Martin, ich bin dafür verantwortlich, dass dein Freund Jonny hier seine IT-Klausuren an der Uni bestanden hat.«

Jonny konterte: »Ja, das stimmt. Und ich bin dafür verantwortlich, dass Martins Willy mal gebuttert wurde, nachdem ich ihm die Mädels vom Junggesellinnenabschied damals angesprochen habe und da zufällig eine dabei war, die es geil gemacht hat, wie Martin über C-Codes sprach.«

Wir lachten alle drei, nur Martin war der Einzige, der dabei leicht rot wurde.

»Kommt rein«, sagte Martin und führte uns in sein

Wohn-/Zockzimmer.

Im Zimmer standen eine alte Couch sowie ein Regal mit Comics, Büchern und Action-Figuren.

Zwischen Couch und Schreibtisch befanden sich mehrere leere Pizzakartons und Tüten von fast allen gängigen Fast-Food-Ketten.

Der Schreibtisch war mit einer etwas komischen Tastatur und einer sehr unförmig wirkenden Computer-Maus bestückt. Eindeutig Gaming-Ausstattung, dachte ich. An der Wand des Schreibtisches hingen 3 Bildschirme nebeneinander und darüber noch mal zwei. Ich fragte mich schon des Öfteren, warum jemand mehr als zwei Bildschirme brauchen würde. Ich habe allerdings nie weiter nachgeforscht.

Wir zeigten Martin die Videos, ich erklärte ihm den Hintergrund mit Amalia und den Mord an Richy Wohlfahrt.

»So so, und ihr wollt jetzt herausfinden, wer dir diese mysteriösen Videos geschickt hat, richtig?«, fragte Martin in einer leicht provokanten Art. Er wusste, dass es uns helfen kann. Ich spürte, wie er diese Macht genoss.

Ich erbarmte mich und antwortete: »Ja, das würde uns denke ich einen Schritt weiterbringen.«

»Gut, das sollte möglich sein!«, sagte Martin.

»Wie gehen wir vor?«, fragte Jonny.

Martin erklärte: »Ich schicke eurem geheimnisvollen Video-Ersteller eine E-Mail mit dem Text: „Mehr Fakten über Amalias Tod“, und hänge einen

Link an. Wenn er oder sie auf den Link klickt, schnappt die Falle zu. Trojaner, IP, Location, Zack-Bum, Fall gelöst.«

»Klingt gut«, sagten Jonny und ich gleichzeitig.

»Uuuund abgeschickt, jetzt heißt es abwarten«, sagte Martin.

Martin und Jonny packten noch ein paar alte Storys aus dem Studium aus.

»Hey Martin, weißt du noch als du dem alten Professor Hindl einen Porno auf seinen Laptop geladen und während der Vorlesung abgespielt hast. Oh mein Gott Liz, wie rot der angelaufen ist und wie der herumgeschrien hat der Hindl«, erklärte Jonny. Während die beiden sich kaputt lachten sah ich eine E-Mail-Benachrichtigung auf einen der fünf Bildschirme.

»Hey, ihr zwei. Ruhe! Was hat das zu bedeuten?«, fragte ich.

»Das heißt, der Fisch hat angebissen«, erwiderte Martin.

Es dauerte noch eine halbe Stunde, bis Martin die Adresse der IP herausgefunden hat.

»Geiler Scheiß, Martin! Wie du das wieder hinbekommen hast!« Jonny klopfte Martin stolz auf die Schultern und Martin genoss es.

»Hey, kann ich ein Selfie mit euch machen? Wir haben schon lange kein Bild mehr zusammen gemacht!«, sagte Martin.

Ich fand es etwas komisch aber Jonny und ich willigten ein.

Im Auto gab ich die Adresse in mein Navi am Handy ein. Es handelte sich um eine Adresse in Regensburg.

»Die Adresse ist mitten im Zentrum, in der Nähe des Haidplatzes«, sagte ich.

Auf der Fahrt fragte mich Jonny: »Sag mal, willst du damit nicht doch zur Polizei? Ich denke wir sind weit gekommen, aber irgendwie lässt mich das Gefühl nicht los, dass es langsam ein bisschen nach Gefahr riecht. Was meinst du?«

Ich überlegte und dachte auch, dass es die richtige Entscheidung wäre. Allerdings versprach ich meiner Patientin Nadia, die Sache für mich zu behalten.

»Wir können ja mal kurz schauen, wer da wohnt und so und dann können wir immer noch überlegen, ob wir die Polizei einbinden«, antwortete ich.

Ich bekam ein lang gezogenes »Okay« als Antwort. Er war offensichtlich kein Freund von meiner Idee aber wollte mich unterstützen.

»Hey, und? Hatte ich übrigens recht?« sprudelte es nun aus Jonny heraus.

»Recht mit was?«, fragte ich, ohne zu wissen, was er meint.

»Martin. Er ist der most typical IT-Guy«, erklärte er.

»Ja du hattest Recht, aber es sind bestimmt nicht alle so!«, stellte ich klar. Es gibt bestimmt auch ITlerinnen, die hübsch, blond, schlank, tätowiert sind, die in einer ordentlichen Wohnung mit viel Licht programmieren oder zocken oder was die sonst noch so tun.«

»Ja die gibt es, auf Twitch«, sagte er.

»Auf was?«

»Twitch. Sag mal, du lebst wirklich hinter dem Mond, oder? Auf Twitch kannst du Leuten dabei zusehen wie sie zocken. Manche Mädels nutzen das für sich. Sie zocken mit tiefem Ausschnitt, erzählen ein wenig wie das Spiel gerade läuft und manche Männer schauen eben gern dabei zu. Manche verdienen damit mehr als eine halbe Million Euro im Jahr.«

»Oh man, irgendwas mache ich verkehrt. Ich verdiene einen Bruchteil davon und bin gefühlt Tag und Nacht in der Praxis. Und diese Mädels spielen halb nackt ein bisschen am Computer und lassen sich dabei zuschauen«, sagte ich.

»Verrückte neue Welt, was?«, erwiderte John.

»Ja das kann man wohl so sagen! Sag mal, warum wollte denn Martin ein Selfie mit uns machen?«, fragte ich.

»Deinetwegen! Ich bin mir ziemlich sicher, dass er damit in irgendeiner Gamer-Community ein bisschen angeben will.«

»Oh je, klingt etwas creepy!«

»Keine Sorge, Martin ist der liebste Mensch, den ich kenne. Vielleicht ist er gerade deshalb Single.«

»Ok, na dann!«, sagte ich und glaubte Jonny.

»Da vorne rechts.« Vielleicht kannst du in der Gasse dort parken dann haben wir nur noch ein paar Meter zu laufen«, sagte ich.

Nachdem wir das Auto abgestellt hatten liefen wir

quer über den Haidplatz, welcher einer meiner Lieblingsplätze in der Stadt war. Um den Platz befinden sich mehrere historische Gebäude, wie die rötlich angestrichene Neue Waag oder das gräuliche Hotel Goldenes Kreuz, auf dem einer der vielen Patriziertürme der Stadt in die Höhe ragt. Die Außentische der Cafés und Pizzerien waren voll besetzt. Auf dem mit Pflastersteinen bedeckten Platz waren mehrere Touristengruppen, die in verschiedenen Sprachen die Weltkulturerbestadt kennenlernen durften. Dazwischen grölten ein paar Fußballfans: »SSV du bist unsre Welt, eine Liebe, die für immer hält.«

Ja, einen Fußballverein ein Leben lang zu lieben ist tatsächlich einfacher als einen Menschen, dachte ich.

Das Eichhofener Bier, das sie tranken, erinnerte mich an das Bierfest, das hier immer auf dem Platz stattfand.

»Hey, gibt es das Bierfest hier noch?«, fragte ich Jonny.

»Du meinst den Tag des Bieres?! Ja, ich denke das findet nächsten Sommer wieder statt.«

»Sehr geil! Da will ich unbedingt wieder hin. Da bekommt man doch immer so einen Tonkrug und darf von allen Brauereien mal probieren, oder?«, fragte ich voller Vorfreude.

»Ich glaube, das wurde während Corona abgeschafft«, antwortete Jonny.

»Ach schade, aber ist bestimmt immer noch gut mit

der Livemusik und den Essensständen und so.«

»Ja, das denke ich auch und du verdurstest sicher auch nicht, wenn es keine Schaumhalbe aus dem Tonkrug mehr gibt.«

»Wohl wahr!«

Ich schaute auf mein Handy und ließ meinen Gedanken freien Lauf: »Einhorngäßchen. Hier müssen wir rein.«

Selbst nach Jahren in dieser Stadt war ich noch nicht vertraut mit all den Straßennamen.

»Diese ganzen kleinen Gassen. Ich bin mir sicher, dass es immer noch welche gibt, durch die ich noch nie gelaufen bin«, sagte Jonny.

»Ja, du sagst es! Auf meiner ersten Party hier habe ich zwei Stunden nach Hause gebraucht, weil ich mich ständig verlaufen habe.«

Jonny schmunzelte.

Ich zeigte auf ein Haus. »Das muss es sein!«

Es war ein typisches vierstöckiges Haus aus der Regensburger Altstadt. Alt, aber schön mit grauem Putz. Auf dem Klingelschild waren zwölf Namen. Wir überflogen die Namen.

Plötzlich hörten wir ein Schreien aus dem Haus.

Die Haustür war nur angelehnt. Ich öffnete sie langsam. Im Augenwinkel sah ich wie zwei Gestalten aus dem Hinterausgang das Haus im schnellen Tempo verließen.

Von unserer Position aus erblickten wir bereits, dass eine der beiden Wohnungstüren im Hochparterre halb offen war. Wir schauten uns wortlos an.

Wir liefen langsam die Treppen nach oben und versuchten dabei so leise wie möglich zu sein.

Vor der Wohnung flüsterte mir Jonny zu: »Wollen wir da wirklich rein?«

Ich wagte einen vorsichtigen Blick um die Ecke der Wohnungstür und sah, wie sich eine Frau am Boden krümmte und stöhnte. Ich winkte Jonny zu und wir betraten die Wohnung.

Sie bestand nur aus einem Hauptraum. Eine kleine Couch, ein 1,40-Meter-Bett, ein Schreibtisch und eine kleine Kochnische. Auf dem Schreibtisch lagen duzende Bücher.

Ich eilte zu der am Boden liegenden Frau. »Hallo, brauchen Sie Hilfe?«, fragte ich.

Die Frau drehte sich in meine Richtung, wischte sich ihr langes blondes Haar aus dem Gesicht und suchte Blickkontakt.

Nahezu zeitgleich erschraken die junge Dame und ich. »Lisa!«, sagte sie. »Valentina, bist du das?«, erwiderte ich.

»Ja«, antwortete sie schmerzverzerrt.

Ich drehte mich zu Jonny und sagte: »Valentina ist die Schwester von A…« In diesem Moment wurde ich von Valentina durch eine schreiende Frage unterbrochen: »Wer ist das? Ist das John Fiedler?«

John antwortete verhalten mit »Ja.«

Valentina schreckte plötzlich zurück, stemmte ihren Körper an die Couch, sodass sie aufrecht saß, streckte ihren Arm aus und schrie: »Verpiss dich du Mörder, verpiss dich!«

Jonny und ich schauten uns verwirrt an. Valentina schrie weiter, als Jonny seine beiden Handflächen deeskalierend ausstreckte und sagte: »Ok, ich gehe. Liz, ruf mich später einfach an, ok?«

Ich nickte verhalten. Als Jonny die Wohnung verlassen hatte, beruhigte sich die Frau, die ich nur noch als Kind in Erinnerung hatte.

»Brauchst du Hilfe? Bist du verletzt?«, fragte ich sie.

»Nee passt schon«, sagte sie mürrisch. In Folge zog sie sich an der alten grauen Couch hoch und ließ sich langsam rückwärts auf die Couch fallen.

Ich lief zu der kleinen Küche, holte eines der vier vorhandenen Gläser aus dem Regal und füllte das Glas mit Leitungswasser.

Ich reichte das Glas zu Valentina und sagte: »Hier, trink erst mal was.«

»Danke!«, sagte sie.

»Also wo soll ich anfangen? Wurdest du gerade von diesen beiden Typen vermöbelt?«, fragte ich.

»Kann schon sein. Hast du sie gesehen?«, erwiderte sie.

»Sie rannten aus dem Haus, als wir ankamen. Ich habe sie allerdings nicht erkannt«, antwortete ich.

Es folgte ein kurzes »hm«, von Valentina.

»Was wollten die von dir?«, fragte ich.

»Keine Ahnung!«, antwortete sie genervt.

»Ok, anderes Thema: Hast du mir diese Videos geschickt?«, fragte ich fordernd.

Sie blickte mich mit ihren blauen Augen an, Tränen kullerten langsam über ihr Gesicht und sie sagte:

»Ja, ich war so sauer auf dich und ihre Mörder!«

»Warum denn auf mich? Und woher weißt du, wer Amalias Mörder sind?«, fragte ich.

»Du hast sie im Stich gelassen, kurz bevor, bevor.«, sagte sie. Ihr Satz wurde von Schluchzen und Weinen unterbrochen.

»Ich kniete mich vor ihr auf die Couch, nahm ihre beiden Hände in meine und sagte: „Valentina, ich habe deine Schwester geliebt. Sie war meine beste Freundin. Ich kann mir bis heute nicht verzeihen, dass ich ihr nicht hinterhergelaufen bin, nachdem.« Mein Satz wurde von meinen Gedanken an Amalia unterbrochen. Ich erinnere mich noch so genau an diesen Abend, an dem sie verschwand. Ich merkte, wie mir währenddessen die Tränen herunterliefen. Valentina ergänze meinen abgebrochenen Satz mit: »Nachdem sie dich geküsst hat! Und sie weggelaufen ist.«

»Du weißt von dem Kuss?«, fragte ich erstaunt.

»Ja ich habe euch gesehen. Ich kam gerade zurück von meinem Rummel-Rundgang mit Tante Hanna. Unser Tisch war im Biergarten des vorderen Zeltes, daher hatte ich einen guten Blick auf euch«, sagte sie. »Ich wollte unbedingt zu euch, aber meine Eltern sagten, ich soll euch ein bisschen in Ruhe lassen.«

»Ich war einfach stark verwirrt, nachdem sie mich geküsst hatte. Ich habe sie geliebt als Freundin, aber ich hatte einfach nicht diese Gefühle für sie, weißt du. Aber sie war meine beste Freundin und ich hätte alles für sie gemacht. Ich vermisse sie bis heute!«, antwortete ich.

Ich ließ ihre Hände los, öffnete meine Arme und sie umarmte mich. Wir beide weinten uns die Seele aus dem Leib.

»Ich weiß, schluchzte sie. Amalia erzählte immer, wie großartig du warst. Sorry für die Videos. Ich war einfach so sauer auf alle, weil Amalia für immer weg ist und keiner je verurteilt wurde.«

Nachdem wir uns etwas beruhigt hatten, fragte ich: »Du hast erwähnt, dass du auf die Mörder sauer bist. Die oder der Mörder wurden aber nie gefasst, oder? Woher weißt du wer...?«

Im Anschluss erklärte mir Valentina, wie sie durch eine Anfrage auf ChatGPT vier Namen der möglichen Mörder bekommen hat.

Die Namen waren:

John Fiedler

Richard Wohlfahrt

Tanja Richter

Kurt Nowak

»Wow, das ist ja richtig spooky. Und weißt du auch warum ChatGPT diese Namen ausgegeben hat?«

»Naja ChatGPT greift auf alle möglichen Datenbanken zu. Darunter auch auf geleakte Daten, also Daten die von irgendwelchen Servern geklaut wurden, z.B. gibt es Millionen von Chat-Verläufen und Bilder aus Social Media oder heimlich gedrehte Sex-Tapes von Politikern oder...«

»Oder diese kürzlich gehackten Polizeiakten,

richtig?«, unterbrach ich sie.

»Ja, genau! Diese wurden bei der Analyse in Amalias Fall auch berücksichtigt.«

»Und was genau gab der Chat-Bot an?«

»Fangen wir mit Richard Wohlfahrt an. Seine DNA wurde in Resten eines zertrümmerten Bierkruges am Tatort gefunden. Der Polizei war dies auch bekannt, allerdings hatte er ein Alibi. Da es keine weiteren Beweise gibt, kann die KI ihn als Täter aber auch nicht ausschließen.

Von deinem Typen John Fiedler waren auch DNA-Spuren am Bierkrug. Die Polizei weiß allerdings bis heute nicht, dass die Fingerabdrücke zu ihm gehören. In der Polizeiakte steht lediglich „Weitere unbekannte DNA an den Scherben gefunden". Der Bot hat die DNA, die im Anhang der Akte aufgeschlüsselt ist, mit allen Treffern im Internet verglichen. Auf der Ahnungsforschungsplattform mytribe hat John Fiedler vor zwei Jahren einen DNA-Test gemacht, um wahrscheinlich seinen Stammbaum herauszufinden. Der Bot hat die DNA verglichen und hat eine Deckung der beiden DNA-Proben von 99,9 % festgestellt.

In einem Polizeifoto vom Tatort markierte ChatGPT zudem einen blauen Knopf von einem Hemd. Der Bot fand ein Profilbild von Kurt Nowak in einem christlichen Forum, bei dem er ein Hemd trug mit einem Knopf der gleichen Farbe. Unter allen Hemdträgern gibt es nur 0,5 % blaue Knöpfe. In der Polizeiakte stand lediglich, dass der Knopf nicht zugewiesen werden konnte.

Und dann haben wir noch Tanja. Sie war vorbestraft, hetzte auf diversen Foren gegen Amalia. Hier ein Eintrag: „Diese scheiß Barbie gehört echt weggeräumt." Es wurden allerdings keine Spuren von ihr am Tatort gefunden und laut ihrer Aussage hat sie das Festgelände nie verlassen.«

»Und heißt das, dass alle vier beteiligt sind?«, fragte ich.

»Nein, es kann einer sein, es können aber auch mehrere sein. Es hieß nur „potenzielle Mörder"«, sagte sie.

»Und du glaubst daran?«, fragte ich im Gegenzug.

»Ich weiß nicht, was ich glauben soll, aber es ist zum ersten Mal seit 20 Jahren eine Spur und ich werde jetzt definitiv nicht aufgeben, sondern weiter nachforschen«, sagte sie.

»Aber warum ist die Polizei dem nicht auf den Grund gegangen, wenn es mehrere DNA-Spuren gab?!«

»Um ehrlich zu sein, weiß ich es nicht. Ich traue diesen Provinzbullen nicht. Ich glaube auch nicht, dass es dieser Flüchtling war. Deshalb gehe ich auch nicht zur Polizei. Weißt du, ich will doch einfach nur Gerechtigkeit.«

Ohne groß nachzudenken, sagte ich: »Valentina, ich helfe dir! Justice for Amalia, so wie du es in deinen gruseligen Videos angekündigt hast«, erwiderte ich.

Wir lachten beide kurz und schnieften. Valentina

reichte mir ein Taschentuch und wir schnäuzten und wischten uns die Tränen aus dem Gesicht.

»Diese Videos, an wen hast du die abgesehen von mir geschickt? Kann es sein, dass irgendeiner von den potenziellen Mördern dich zusammengeschlagen hat?«, fragte ich.

»Na ja, das erste Video habe ich an alle vier potenziellen Mörder und dich geschickt. Das zweite Video habe ich nur an dich und Richard Wohlfahrt geschickt. Ich wollte die vier Kandidaten nach und nach aus der Reserve locken und zu deiner zweiten Frage: Ja, das ist gut möglich, dass einer von den vier Verdächtigen diese Männer zu mir geschickt hat, weil der eine Typ sagte, dass ich das nächste Mal ende wie Amalia, wenn ich das Video veröffentliche oder damit zur Polizei renne«, erklärte sie.

»Oh wow, das klingt ganz und gar nicht gut. Wie willst du jetzt vorgehen?«, fragte ich.

»Wir gehen nicht zur Polizei. Erst wenn wir genug Beweise haben, dann übergeben wir die Sache an unsere Freunde und Helfer«, erwiderte sie.

»Einverstanden!«, antwortete ich.

»Also schauen wir uns die Täter an. Fangen wir bei Richard Wohlfahrt an. Hast du etwas mit seinem Tod zu tun?«, fragte ich und schaute Valentina dabei tief in die Augen.

»Nein, bist du bescheuert?!«, antwortete sie.

»Na ja, die Videos wirkten schon sehr bedrohlich. Und Richard Wohlfahrt wurde, kurz nachdem die Videos veröffentlicht wurden, ermordet«, antwortete ich.

„Ja, das habe ich in der Zeitung gelesen, aber ich bin keine fucking Mörderin“, erwiderte sie.

»Ok, ok, ich glaube dir«, sagte ich, wobei ich mir in Wirklichkeit nicht einhundert Prozent sicher war, ob ich ihr glauben sollte.

»Also wir haben einen Toten, Richy Wohlfahrt. Dann haben wir Tanja Richter. Sagt dir die etwas?«, fragte ich Valentina.

»Nein, aber ich habe etwas recherchiert und sie war wohl mit euch auf der Schule. Ich schaue mal in Social Media und zeige sie dir«, sagte sie.

Mit ein paar Klicks erschien ihr Profil. Die Frau trug langes brünettes Haar und hatte etwas breitere Hüften. Sie lachte kaum auf den Bildern und sie trug meist Jeans und ein weites Oberteil. Des Weiteren waren weder Mann noch Kinder auf den Profilbildern zu sehen. Wohnort Kronach, stand noch in dem Profil.

»Puh, vom Sehen vielleicht aber hm, nicht wirklich«, sagte ich.

»Die war ein Jahr über euch auf der Schule«, erwiderte Valentina.

»Oh, ok. Wie gesagt, das Gesicht sagt mir grob etwas, aber ich kann mich nicht wirklich erinnern«, erklärte ich.

»Dann haben wir Kurt Nowak. Der ist auch in Kronach aufgewachsen. Ich habe nicht wirklich viel über ihn gefunden. Lediglich, dass er wohl in der Kirche sehr aktiv ist.«

»Den kenne ich«, schoss es plötzlich aus mir heraus. »Das war einer der Ministranten in der Kirche. Hat nie viel gesagt, erschien aber immer ganz nett«, ergänzte ich.

»Gut dann haben wir noch diesen Typen, den du hierhergeschleppt hast. Woher kennst du den eigentlich?«

»Jonny, oh Gott. Ich kann nicht glauben, dass Jonny etwas damit zu tun hat. Ähm, ich kenne ihn von Tinder«, sagte ich leicht beschämt. »Wir haben uns schon ein paar Mal getroffen und er versprach mir mit den Videos zu helfen. Jedenfalls hat er so einen IT-Kollegen und der hat uns dabei geholfen dich zu finden«, erklärte ich.

Ah, durch den Link in der Mail habt ihr mich also gefunden, oder?«, fragte sie.

»Ja, so ist das abgelaufen!«

»Warum hat er dir nichts davon erzählt, dass er auch das Video bekommen hat?«, fragte sie.

Die Frage war berechtigt. Valentina hatte ja auch ein Video an Jonnys E-Mail-Adresse geschickt.

»Puh, ich habe keinen blassen Schimmer!« Ich starrte nachdenklich an die Wand, die auch schon einmal weißere Tage gesehen hatte.

»Lisa! Die DNA von Jonny wurde am Tatort gefunden!«, sagte sie nun in einem kalten und sachlichen Ton.

»Das muss ein Fehler sein!«, entgegnete ich dem Vorwurf. Ich dachte an die Treffen mit Jonny, an das, was er bisher alles zu mir sagte und wie er sich verhielt. Ich wurde etwas skeptischer in meinen Gedanken gegenüber Jonny, aber konnte mir dennoch nicht vorstellen, dass er der Täter war.

»Hm, wie oft hast du ihn gesehen? Wie gut kennst du ihn?«, fragte Valentina berechtigterweise.

»Nicht oft, vielleicht vier Mal oder so. Ja, du hast recht. Ich kenne ihn noch nicht wirklich. Ich kann mir nur nicht vorstellen, dass er ...«.

»Ja ich mag mir auch nicht vorstellen, dass es Mörder und Vergewaltiger gibt, aber es gibt sie nun mal, und zwar in großer Anzahl«, entgegnete sie mir.

»Ja, auch wenn ich es nicht glauben kann, aber du hast recht. Wir sollten jeder Spur nachgehen.«

»Was ist eigentlich mit dem damaligen Hauptverdächtigen Amir Karimi?«, fragte ich.

»Ich habe etwas im Internet recherchiert. Falls meine Infos richtig sind, ist er wohl zurück nach Afghanistan, hat dann im Krieg den Ammis als Ortskraft geholfen. Er hat Glück gehabt und hat nach dem Krieg als Dank eine Greencard in den USA bekommen. Er hat geheiratet und den Namen seiner Frau angenommen. Er heißt jetzt Amir McInnes. Hier ist seine Facebook-Seite!«

»Puh, schwer zu sagen, ob der das ist. Ich habe ihn nicht wirklich gekannt. Nach dem Mord kursierten lediglich ein paar Bilder in der Stadt«, antwortete ich.

»Ich bin mir auch nicht 100 % sicher, aber ich habe ein paar Bilder von früher verglichen und es besteht schon eine sehr große Ähnlichkeit. Hier schau dir die Bilder mal an!«, forderte sie.

Es erschienen Bilder, die Amir Karimi als Jugendlichen zeigten und zum Vergleich sein aktuelles Facebook-Profil.

»Ja, tatsächlich besteht da eine große Ähnlichkeit«, sagte ich.

»Ich habe ihn angeschrieben«, sagte sie.

»Wie, du hast ihn angeschrieben? Was heißt das, du hast ihn angeschrieben?«

»Na ja ich habe ihm alles erklärt. Wer ich bin, warum ich nach ihm gesucht habe. Und ich wollte natürlich einfach eine Erklärung. Warum er abgehauen ist, wenn er doch laut den Aussagen im Flüchtlingsheim unschuldig war. Bisher hat er nicht geantwortet.«

»Ok ja, vielleicht würde uns das wirklich helfen, wenn wir seine Story kennen würden«, sagte ich.

»Ich will einfach Gerechtigkeit, weißt du«, sagte sie, während ihr eine weitere Träne herunterlief.

»Ja das wollen wir beide!«

Nach kurzer Überlegung fragte ich: »Hast du nächstes Wochenende schon etwas vor?«

»Äh, ja ne, warum?«, antwortete sie mir.

»Na ja, lass uns doch mal nach Kronach fahren und der Sache auf den Grund gehen. Vielleicht bringen wir etwas mehr über die Tatverdächtigen in Erfahrung. Vielleicht werden sie nervös und knicken ein, oder wer weiß, vielleicht bekommen wir irgendwo noch mehr Infos.«

Ich konnte die Verwandlung in ihren blauen Augen sehen, von Trauer zu Begeisterung und Überzeugung. Während sie mehrmals schnell nickte, antwortete sie: »Ja das machen wir! Wir besuchen die und reißen denen mal richtig den Arsch auf.«

Im Anschluss redeten wir noch über die letzten Jahre und wie wir beide nach Regensburg gekommen sind. Valentina erzählte mir von ihrem Jura-Studium. Ich war stolz auf sie. Stolz, dass sie nach dem Schicksalsschlag die Schullaufbahn so gut gemeistert hat und, dass sie bis heute nicht aufgegeben hat, nach dem Schuldigen für Amalia zu suchen.

»Ich sollte dann mal gehen«, sagte ich.

»Klaro, dann bis nächste Woche. Und noch mal danke Lisa!«, sagte sie kurz bevor ich aus der Wohnungstür hinaustrat.

Sonntag, 17.09.2023

Nach dem ersten Kaffee am Morgen war ich etwas hibbelig und spürte einen gewissen Bewegungsdrang.

Also holte ich die Laufschuhe aus dem Schuhschrank, zog mir ein paar Sportklamotten an und lief los, ohne ein wirkliches Ziel zu haben. Auf den ersten Metern spürte ich, dass die Temperatur am Morgen bestimmt schon die 20° C geknackt hatte. Mein inneres Navi führte mich am Theater vorbei Richtung Donau. Die ersten zwei Kilometer, dachte ich, dass ich sterbe. Doch ich kenne dieses Gefühl sehr gut und weiß, dass es nachlässt. Nach kurzer Zeit hatte ich den inneren Schweinehund besiegt und meinen Rhythmus gefunden. Laufen war für mich immer der beste Ausgleich und eine Art Burn-out-Prävention. Hier konnte ich abschalten. Ich brauchte auch nie Musik dabei. Im Gegenteil, ich war froh, dass ich beim Laufen einfach von der digitalen Welt abgeschnitten war und meinem Körper und Gehirn freien Lauf lassen konnte. Die Natur war die einzige Inspiration. Nur nach meiner letzten Beziehung, die mit großem Herzschmerz endete, hatte ich es mit dem Laufen einmal kurz etwas übertrieben, indem ich fast jeden Tag fünfzehn Kilometer lief. Ich dachte, dass ich den Kopf freibekommen würde, was zum Teil auch stimmte.

Allerdings merkte ich auch, dass ich meinen Körper mit immer besseren Laufleistungen auch ein Stück weit bestrafen wollte, da ich dachte, dass ich und mein Körper nicht gut genug für ihn, meinen Ex, waren. Nachdem ich das realisierte, reduzierte ich das Level wieder etwas, ging ab und an mit Freunden feiern, aß sehr viel Soul-Food und wurde zunehmend glücklicher. „Fat und Happy", würde mancher sagen, aber nein, so schlimm war es nicht. Ich hatte einfach die drei bis vier Kilo, die ich im Liebeskummer verloren hatte, wieder zurückgewonnen, nachdem ich über diesen A**** hinweg war.

Seitdem laufe ich auch wieder gerne entspannt, aber pushe mich nicht zu irgendwelchen Höchstleistungen.

Nachdem ich der Donau ein paar Kilometer folgte, erreichte ich den Westbadweiher. Obwohl der See so stadtnahe war, fühlte ich mich hier immer wie inmitten eines Nationalparks. Tausende Enten, Möwen, Schwäne und verschiedenste Vogelarten fühlten sich auf und um das Gewässer wohl. Während mir ein paar Schweißperlen durch mein Gesicht liefen, blickte ich auf zwei Schwäne, die eng nebeneinander schwammen. Was für ein unbeschwertes Leben, dachte ich. Ein paar Meter daneben stritten sich ein paar Enten um Brotstücke, die ein kleiner Junge ihnen vor ihre Schnäbel geschmissen hatte. Also so ganz stressfrei ist das Leben auf dem Wasser wohl doch nicht, stellte ich fest. Nach einer Kurve um den See kamen mir zwei rauchende Männer mit Kapuzen entgegen. Sie erinnerten mich an die zwei Gestalten, die Valentina drohten und verprügelten. Ich musste plötzlich wieder an die ganzen verrückten Dinge denken, die passiert sind: Der Mord an Richard Wohlfahrt, die Videos die Valentina verschickte, die potenziellen Mörder Amalias, unter denen auch Jonny war. Ich bildete alle möglichen Szenarien in meinem Kopf ab. War Jonny der Mörder von Amalia? Was haben die anderen Verdächtigen damit zu tun? Hatte Valentina sich vielleicht doch an Richard Wohlfahrt gerächt und ihn umgebracht? Irgendwie wollte ich nicht glauben, dass die beiden Mörder sind, aber ich versuchte die gutgläubige Lisa Engel für einen Augenblick auszublenden und mir zumindest vorzustellen, dass es mögliche Szenarien wären. Auf dem Rückweg dachte ich noch lang über alles nach, kam aber zu keiner Antwort. Es gab einfach zu viele Fragen, die unbeantwortet waren. Vielleicht bringt ja die Spurensuche in Kronach irgendwelche Ergebnisse, war mein letzter Gedankengang, bevor ich kurz vor meiner Haustür vom Laufschritt ins Gehen überging. Ich liebte diesen Moment nach dem Laufen, bei dem ich mich immer leicht wie ein Vogel fühlte. Nach einer erfrischenden Dusche wollte ich die Sonne noch etwas nutzen und beschloss zur Donau-Insel zu radeln, um etwas zu entspannen.

Zwischen den Donaukanälen angekommen, mit einem Handtuch in meiner linken und einem Aperol-Spritz to go in meiner rechten Hand, breitete ich mich aus.

Auf dem Bauch liegend sah ich mich um. Studenten spielten Spikeball, Beer-Pong und versuchten sich balancierend auf einer Slack-Line.

Ich fragte mich, warum ich in meinen 20ern gefühlt viel mehr Zeit hatte als jetzt. Und warum ich mehr ausprobierte, weniger Sorgen hatte und einfach machte, statt überlegte.

Etwas neidisch schaute ich in die lachenden jungen Gesichter. Dann allerdings kam mir auch der Gedanke, dass sie alle noch unzählige Prüfungen schreiben müssen.

Ich machte einen langen Zug aus meinem Strohhalm, lächelte und dachte: Ne, tauschen möchte ich mit euch trotzdem nicht.

Mein Handy klingelte und riss mich aus meinen Gedanken. Ich schaute auf den Screen und sagte leise vor mich her: »Jonny!« Nein, von dir lasse ich mir sicher nicht meinen Sonntag versauen und drückte ihn weg. Ich war so sauer auf mich, dass ich mich womöglich einmal mehr in einem Mann getäuscht habe.

Ich zog an meinem Aperol und hörte, wie die Luft in meinem Strohhalm mir signalisierte, dass mein Getränk leer ist. Schade, dachte ich.

Wieder klingelte mein Handy, wieder war es Jonny. Ich nahm den Anruf an und sagte genervt: »Was?!«

»Was war da gestern los?«, fragte er.

»Was los war? Na ja, dein Name steht im Zusammenhang mit dem Mord an meiner damaligen besten Freundin Amalia. Das ist los!«, antwortete ich im schnippischen Ton.

»Liz, ich habe damit nichts zu tun. Ich kenne Amalia nicht und bin nie zuvor in Kronach gewesen, das musst du mir glauben.«

»Deine DNA wurde am Tatort gefunden!«, sagte ich.

Ich konnte regelrecht hören, wie er ungläubig nachdachte. Nach einer kurzen Pause erwiderte er: »Aber, das kann nicht sein!«

»Ja, ich war auch schockiert. Pass auf, ruf mich einfach wieder an, wenn du eine bessere Erklärung hast, ok?«, fragte ich im rhetorischen Ton.

Er konnte noch »aber« sagen, kurz bevor ich auflegte.

Eigentlich war ich mir sicher, dass er nicht der Mörder war. Ich wollte und konnte es nicht glauben. Vielleicht lag die KI falsch. Wer weiß, mit welchen Algorithmen hier gearbeitet wird? Am Ende sind es doch nur Computer-Codes die sich aus irgendwelchen Daten etwas zusammenreimen. Aber dass angeblich die DNA von Jonny am Tatort gefunden wurde, machte mich skeptisch. Ja dachte ich, ich habe momentan das Richtige getan. Solange ich nicht sicher weiß, dass Jonny mit der Sache nichts zu tun hat, sollte ich den Kontakt meiden.

Ich stand auf, merkte im Stehen den Aperol noch mehr als im Liegen und stellte fest, dass ich genug Sonne und frische Luft getankt hatte. Ich nahm mein Rad und schob es über die steinerne Brücke, da Fahren bei der Menschenmenge undenkbar wäre. Am höchsten Punkt der Brücke Stand die Skulptur, das Bruckmandl. Das Männchen hielt sich die Hand an die Stirn und blickte Richtung Süden. Von hier aus hatte man den schönsten Blick auf die Stadt. Der Dom, die Türme und all die historischen Gebäude.

Nach dem Trubel auf der Brücke schwang ich mich auf mein Rad.

Herrlich dachte ich, es gibt nichts Schöneres als nach einem Getränk in der Sonne gemütlich zu radeln.

Daheim angekommen, rief ich meine Eltern via Video-Call an, um sie über meinen anstehenden Besuch zu informieren.

»Das sind ja herrliche Neuigkeiten Lisa-Schatz. Was willst du denn essen?«, entgegnete mir meine Mutter.

Mein Vater rief aus sicherer Entfernung im fränkischen Dialekt: »Foh fei langsam, die stobbn überall«, was so viel hieß, wie ich soll mich beim Fahren nicht blitzen lassen.

»Ja ich fahre langsam. Bitte macht euch keine Umstände, ihr müsst nicht extra für mich kochen.«

Während ich mir noch ein paar Minuten den Kronacher Gossip anhören durfte, sah ich alle Decken und Wände des Wohnzimmers auf dem Handy. Nicht weil meine Eltern sie mir zeigten, sondern vielmehr, weil sie die Kamera ständig schwenkten, sodass ich ihre Gesichter kaum sah.

Nach dem Gespräch endete mein Sonntag, in dem

ich in der Mitte eines semi-spannenden Tatorts auf
der Couch einschlief.

Arbeitswoche 18.09 - 22.09.2023

Die Arbeit in meiner Praxis tat mir in der Folgewoche gut. Ich war abgelenkt und ich liebte es, den Frauen zu helfen. Die Tage verflogen.

Am Donnerstag hatte Nadia Wohlfahrt einen Termin in meiner Praxis. Sie trat langsam in den Behandlungsraum. Ihr Kopf war nach unten gesenkt und sie war ganz und gar nicht die Nadia Wohlfahrt, die ich kannte.

Das Erste, was sie sagte, war: »Richy hat mich betrogen.« Ich schaute sie nur erstaunt an und sie sagte daraufhin: »Als die Polizei mir das Handy und den Laptop von Richy zurückgegeben hat, habe ich unseren IT-Spezialisten aus der Firma gebeten, mir Zugang zu den Geräten zu verschaffen. Auf seinem privaten Handy fand ich im Archiv Nachrichten mit einer Prostituierten. Ihr Name war Raluca.«

Ich überlegte. Irgendetwas sagte mir der Name, aber ich kam nicht darauf. Ich lief zum Eingang des Behandlungszimmers, schloss die Tür und umarmte sie im Anschluss.

»Dieses Schwein«, sagte sie. »Die letzten Monate habe ich ja immer diese brennenden Schmerzen gehabt, Sie wissen schon. Wir konnten dadurch wenig bis gar keinen Sex haben. Ich wusste ja nicht, dass er sich gleich woanders Befriedigung sucht.«

In dem Moment wusste ich nicht wirklich, was ich sagen sollte. Ich dachte, wenn er jetzt tot ist und es stellt sich raus, dass er ein A**** war, würde sich bei mir das Trauer-Level reduzieren. Aber ich kann es auch nachvollziehen, dass Nadia Wohlfahrt einfach enttäuscht war. Der Mann, den sie liebte, dem sie vertraute, hat sie enttäuscht und das schmerzt.

»Sie müssen sehr enttäuscht und wütend sein. Ich kenne das Gefühl, wenn man betrogen wird«, sagte ich leise.

»Ja das ist es! Ich dachte einfach nicht, dass Richy so etwas tun würde, aber da habe ich mich wohl getäuscht.«

Die Menschen, die man am meisten liebt und denen man das größte Vertrauen schenkt, haben das Potenzial einem am meisten wehzutun, dachte ich.

»Ich hätte eine Bitte, Lisa. Du kannst auch gerne Nein sagen, aber ich würde mich freuen, wenn du mir hilfst?«

»Um was geht es denn?«

»Ich würde heute gerne mit dieser Nutte sprechen. Vielleicht weiß sie etwas über Richys Tod. Na ja und mich würde es freuen, wenn du mitkommst. Ich würde mich einfach sicherer fühlen, weißt du.«

Ich war etwas überfordert, aber mein kleines Helfersyndrom ließ mich antworten, ohne dass ich viel darüber nachdachte. »Ich helfe dir! Lass uns dieser Raluca mal ein paar Fragen stellen. Wo finden wir denn diese Prostituierte?«

Nadia umarmte mich erneut. »Danke Lisa, du hast etwas gut bei mir. In den Nachrichten fragte Richy, ob er ins Walhalla kommen soll oder zu ihr. Ich dachte, die Walhalla ist ein komischer Ort dafür, aber dann googelte ich „Walhalla Bordell" und fand das Walhalla Pleasure am Hafen.«

»Ah ok, noch nie davon gehört!« Ich überlegte gerade, ob ich überhaupt schon einmal in der Hafengegend war.

»Ich mache heute um 18 Uhr Schluss. Dann treffen wir uns danach vor Ort?«

»Ja, so machen wir das!«

»Lassen Sie uns nun über was Erfreulicheres sprechen«, sagte sie, während sie mit einem etwas erzwungenen Lächeln Richtung Ultraschallgerät blickte.

Im Ultraschall sah alles wunderbar aus, was ich Nadia auch mitteilte. Es war schon ein Wunder, dass diese kleinen Knirpse die Stimmung von werdenden Müttern binnen kürzester Zeit ins Positive rücken konnten.

»Das war es für heute, Nadia. Der kleinen Prinzessin geht es wunderbar.«

Während sich Nadia wieder anzog, fragte ich: »Hat die Polizei eigentlich irgendwelche neuen Erkenntnisse bezüglich Richys Tod?«

»Nein, leider nicht. Sie ermitteln weiterhin in alle Richtungen, teilten sie mir heute Morgen mit. Lisa, du hast doch niemanden von diesem dubiosen Video erzählt, oder?«

»Nein, das habe ich nicht«, log ich und hoffte dabei unbemerkt zu bleiben.

»Sehr gut! Ich glaube das war eine schmutzige

Kampagne von Konkurrenzunternehmen oder ein Scherz von Jugendlichen«, antwortete sie.

»Ja, kann sein«, antwortete ich, auf die Wand mit den Dankeskarten von Müttern starrend, um meinen Zweifel nicht zu zeigen.

»Oh, Nadia, ich muss dich jetzt leider herauskicken. Die nächste Patientin wartet schon ein paar Minuten. Dann treffen wir uns nach Feierabend bei diesem Bordell?« Ich dachte kurz, hoffentlich hörte niemand im Nebenraum, wie ich soeben „Bordell" in meiner Praxis sagte.

»Kein Problem! Genau bis später, danke dir!«

Der restliche Tag in der Praxis verlief sehr gewöhnlich ab. Nach Feierabend radelte ich direkt zum Hafen. Nadia stand bereits vor ihrem schwarzen Mercedes und telefonierte.

»Die Ware muss heute noch raus! Das haben wir dem Kunden versprochen«, befahl sie ihrem Gesprächspartner in einem autoritären Ton.

»Ich muss jetzt auflegen, ciao!«, sagte sie.

»Hey Lisa, du warst ja ganz schön schnell mit deinem Drahtesel.«

»Na ja, ist ja jetzt auch nicht so weit hierher«, antwortete ich.

»Wollen wir rein?«, fragte sie.

»Ja, gehen wir es an!«, sagte ich.

Ich war etwas aufgeregt, da ich noch nie vorher in einem Bordell war.

»Warst du schon einmal in einem Puff?«, fragte ich Nadia, während wir Richtung Eingang liefen.

»Ne, du?«

»Ne, ist auch mein erstes Mal. Ich bin gespannt, wie es da drin ausschaut.«

»Ich bin eher gespannt, ob wir diese Raluca finden.« Das Gebäude sah von außen wie ein rechteckiger Betonklotz aus. An der Kante zum Dach waren rote Neon-Leuchten angebracht, die sicher in der Nacht noch ein anderes Flair erzeugen würden. Über dem Eingang hingen ein leuchtendes Herz und ein Schild mit dem Namen des Etablissements: „Walhalla Pleasure".

Nach der Eingangstür gelangten wir in die Bar des Bordells. Der Raum war recht klein. Die Wände bestanden aus rotem Teppich. An mehreren kleinen Tischen saßen mindestens ein duzend halb-nackter Frauen. Ich sah keinen einzigen Mann. Hinter dem etwas in die Jahre gekommenen Tresen stand eine Frau, die ich auf Mitte sechzig schätzen würde. Sie hatte rote wellige Haare, trug ein sexy Negligé, wodurch ihre Brüste auffällig weit nach unten hingen. Ich vermutete, dass sie die Chefin ist, und begrüßte sie.

»Hey, Hallo!«, sagte ich.

»Hey, wollt ihr einen Dreier oder jede von euch einzeln? Ich kann euch Crystal empfehlen. Die besorgts auch Frauen und hat eine Zunge, wie ein Chamäleon kann ich euch sagen. Außerdem macht sie das volle Programm: Bermuda Dreieck, Sexy Spinne, Schere, Rimming, Natursekt und so weiter.«

Wow, bis auf die Schere war mir alles unbekannt, dachte ich. »Was ist denn Natursekt?«, fragte ich in leiser Stimme in Richtung Nadia. Währenddessen dachte ich, wenn ich mit einer Person einfach nur Sekt trinken müsste, dann würde ich das auch für Geld machen.

»Da wirst du angepinkelt!«, erklärte Nadia.

»Iiii, wer macht denn so was bitte?«, fragte ich und bemerkte zugleich, dass mein Sexleben wohl recht langweilig ist, nachdem ich das Angebot hier hörte.

»Äh nein, danke! Wir würden gerne mit Rucula sprechen«, erklärte Nadia der älteren Dame.«

»Raluca«, berichtigte ich.

»Genau die!«, bestätigte Nadia.

»Hier gibt es keine Raluca!« Ich spürte, dass sie nicht die Wahrheit sagte, zeigte auf Nadia und erklärte. »Hören Sie! Ihr Mann, Richard Wohlfahrt ist vor Kurzem umgebracht worden. Wir wissen, dass er sich mit Raluca getroffen hat, und erhofften uns, dass sie uns helfen kann, den Mörder zu finden.«

»Ist schon gut, Gabi!«, hörte ich nun eine junge Stimme hinter uns sagen.

»Ich rede mit ihnen.«

Wir drehten uns um. Vor uns stand eine junge Frau, vielleicht Anfang zwanzig. Sie hatte eine schwarze Bob-Frisur und erinnerte mich etwas an die Schauspielerin des Filmes Pulb Fiction. Sie trug lediglich aufreizende schwarze Unterwäsche und hohe goldene Schuhe.

Ich erkannte sie.

»Hallo Frau Engel. Mein Beileid Frau Wohlfahrt! Ist schlimm, was mit ihrem Mann passiert ist. Hat er nicht verdient«, sagte sie in rumänischem Akzent.

Nadia war sichtlich verwundert, dass Raluca mich kannte.

»Hi! Ja, jetzt weiß ich, woher ich sie kenne. Sie waren vor ein paar Monaten bei mir in der Praxis wegen…«.

»…einer Blasenentzündung«, ergänzte sie.

»Die Tabletten, die Sie mir verschrieben haben, wirkten gut. Danke noch mal! Kommt mit!«, befahl sie und lief los.

Wir liefen einen schmalen Gang entlang, in dem sich Zimmer an Zimmer reihte.

Auf dem Weg nach hinten fragte ich Raluca:

»Warum sagte die Dame, dass du hier nicht arbeitest?«

»Mein Name hier ist Silverstar. Nur wenige in diesem Business kennen meinen richtigen Namen, ist besser so, glaubt mir das!«

Am Ende des Gangs gingen wir in eines der Zimmer.

Die Wände waren aus gewölbtem dunkelrotem Leder. In der Mitte stand ein zwei Meter breites Bett. Daneben auf einem Tisch lagen eine Menge Sexspielzeuge.

»Hier ist also ihr Arbeitsplatz?«, fragte ich und bemerkte, dass ich in diesem Moment nicht gut im Small Talk war.

»Ja, aber ich mache auch viel von zu Hause! Im

Home-Office, wenn man so will. Richy war immer bei mir zu Hause.«

»Also ist es wahr!«, sagte Nadia, nachdem sie jetzt noch mal realisierte, dass ihr Mann sie betrogen hat.

»Ja, Richy kam meist zwei Mal die Woche zu mir nach Hause.«

»Zwei Mal? In der Nachricht auf seinem Handy war lediglich von einem Treffen die Rede.«

»Ja, normal kam er zwei Mal die Woche. Letzte Woche hat er allerdings kurzfristig abgesagt. Er musste zu irgendeinem Treffen, schrieb er.«

»Warum finde ich davon nichts auf seinem Handy?«, fragte die sichtlich verwunderte Nadia.

»Zeigen Sie!«, forderte Raluca und deutete mit ihrem Finger auf Nadias Smartphone.

Nadia übergab ihr das Handy.

»Welche Nummer ist das?«, fragte Raluca laut überlegend.

Sie nahm ihr Handy in die andere Hand und verglich die Nummern der beiden Geräte.

»Ah, sehen sie. Richy hat mir immer von diesem Handy geschrieben.« Raluca zeigte Nadia den Chatverlauf ihres Handys.

»Das Handy, das sie mit gebracht haben, hat er nur einmal vor ein paar Wochen verwendet. Wenn ich mich richtig erinnere, sagte er, dass er unterwegs war und nur das Handy dabeihatte.«

»Ein anderes Handy? Wie ist das möglich?«, fragte Nadia erstaunt.

»Weiß nicht«, antwortete Raluca kurz und knapp.

»Wissen Sie, welches Treffen Richy gemeint haben könnte?«, fragte ich.

»Nein! Sehen Sie selbst, er schreibt nur etwas von einem Treffen. Keine weiteren Infos.«

»Ich vermute die Dienstreise«, sagte Nadia.

»Wie war er so? Ich meine Richy. Hat er viel mit Ihnen gesprochen oder haben Sie nur Sex gehabt und dann ist er wieder verschwunden?« Ich war überrascht, wie souverän Nadia mit der Situation umging. Ich wäre wahrscheinlich auf Raluca sauer und eifersüchtig, auch wenn sie nichts für Richys Untreue kann.

»Der Sex war einfach. Von hinten, von vorne, meist nur fünf Minuten. Richy hat aber auch danach noch viel gesprochen. Manchmal kam er nur um zu reden. Ich habe mich schon gefühlt wie eine Psychologin.«

»Was hat er so gesagt?«

»Wie sehr er Sie liebt und sich auf das Kind freut zum Beispiel.«

»Das hat er gesagt?«, fragte Nadia.

»Ja, Richy ging es hier nur um Sex und na ja und um sich ab und an etwas von der Seele zu reden. Stress in der Arbeit und so.«

Ich war erstaunt, dass Richy seine Frau liebte und trotzdem die Leistungen einer Sexarbeiterin in Anspruch nahm. Für mich wäre es undenkbar Sex und Liebe so strikt zu trennen.

»Und hat er einmal gesagt, ob er Probleme mit irgendwelchen Leuten hatte? Oder mit anderen

Worten: Können Sie sich vorstellen, wer ihn auf dem Gewissen hatte? Im Rotlichtmilieu gibt es ja ab und an etwas Trouble«, sagte ich.

»Richy war nicht im Milieu, er war nur Kunde und nein, er hat nie erzählt, dass jemand ihn hassen würde. Ich weiß auch nicht wer so was macht. Richy war immer freundlich und hat immer gutes Trinkgeld gegeben.«

»Gutes Trinkgeld also«, sagte Nadia und starrte an die Wand. »Er hat unser Geld hier verprasst, meinen sie wohl!«, ergänzte sie nun in einem gereizten Tonfall und wandte sich wieder Raluca zu.

Ich versuchte Nadia etwas zu beruhigen. »Nadia, diese Frau kann nichts für Richys Untreue. Wenn es nicht Raluca gewesen wäre, dann vermutlich eine andere.«

Nadia nickte und stimmte mir zu: »Vermutlich hast du recht.« Sie scannte nun den Körper von Raluca mit ihren Blicken.

»Schöne Brüste haben Sie. Wo haben Sie die machen lassen?«

Ich fand die Frage etwas unpassend, aber Raluca nahm es als Kompliment.

»Danke, in Prag. Die haben dort eine gute Klinik.«

»Wie viel kosten die?«, fragte Nadia.

»6000 Euro.«

»Das sind sie definitiv wert«, sagte Nadia.

»Wow, das ist eine Menge Geld«, kommentierte ich.

»Ach na ja, so viel verdiene ich manchmal pro Woche«, erklärte Raluca.

Ich riss die Augen auf und sagte: »Pro Woche? Sie verdienen 6000 Euro pro Woche?«

»Ja, kommt immer darauf an wer und wie viele Kunden kommen. Während meiner Periode kann ich natürlich nicht arbeiten und manchmal bin ich auch krank oder mache Urlaub. Muss ein wenig sparen, dass ich in ein paar Jahren vielleicht aussteigen kann. Ich würde gerne Medizin studieren.«

Als sie den Urlaub und den Wunsch erwähnte Medizin zu studieren, dachte ich, dass ich mir eine Prostituierte so gar nicht im Privatleben vorstellen konnte aber klar sie war ein Mensch, wie wir, nur eben mit einem etwas außergewöhnlichen Job. Sie genoss es sicherlich auch einfach mal nur mit Freunden zu essen, zu lachen, ein Bier zu trinken und so weiter. Shame on me, dass ich eine Prostituierte vor dem Gespräch mehr als ein Etwas betrachtete.

»Also können Sie sich wirklich nicht vorstellen, wer meinen Mann so sehr hasste, dass er ihn umbrachte?«, wiederholte Nadia noch mal in anderen Worten.

»Nein, leider kann ich euch da nicht helfen.«

Ich schaute zu Nadia. Wir merkten, dass es Zeit zum Gehen war.

»Raluca, danke für deine Zeit. Falls dir noch etwas einfällt, ich lasse dir meine Nummer da«, sagte Nadia und drückte ihr eine Visitenkarte in die Hand.

»Ciao!«, sagte sie.

Als wir das Bordell verließen, sagte Nadia:

»Hübsche Frau!«

Ich wusste zunächst nicht, was ich darauf antworten sollte, da ihr Mann sie ja mit ihr betrog.

»Ja, durchaus. Sag mal, denkst du etwa auch darüber nach dir die Brüste machen zu lassen?«, fragte ich.

»Ja ziemlich sicher werde ich das machen. Wusstest du, dass jährlich siebzigtausend Frauen in Deutschland an Brustkrebs erkranken? Jede achte Frau trifft dieses Schicksal. Ich lass mir lieber meine Brüste präventiv abnehmen und mir Silikon einsetzen. Somit sinkt die Gefahr von Krebs und ich habe im Alter richtig schöne Titten. Zwei Fliegen mit einer Klappe, so zu sagen.«

»Hm, ja aber ist immer noch ein Eingriff und du hast dann einen Fremdkörper in deiner Brust, der auch Probleme machen könnte.«

»Ja Lisa, alles hat seine Risiken und ich vermute bei der Entscheidung gibt es kein richtig oder falsch.«
Da hatte sie recht, dachte ich.

»Ja das stimmt schon! Ich denke, das muss jede Frau für sich entscheiden.«
Ich wechselte das Thema und sagte:

»Also viel haben wir von dieser Raluca nicht in Erfahrung gebracht.«

»Na ja, immerhin weiß ich jetzt, dass Richy noch ein zweites Handy hatte. Vielleicht sind da ja noch mehr Infos drauf.«

»Richtig, die Sache mit dem Handy habe ich ja fast schon wieder vergessen.«

»Und hast du eine Ahnung, wo er das aufbewahrt?«, fragte ich.

»Nein, aber ich werde das Haus und die Firma auf den Kopf stellen, um es zu finden. Danke, Lisa, dass du mitgekommen bist! Ich muss jetzt gehen.«

Ich merkte, dass Nadia traurig war und gegen die Tränen kämpfte.

Sie umarmte mich kurz und lief Richtung Auto. Nachdem sie die Tür öffnete, drehte sie sich noch einmal herum und fragte: »Wollen wir nächste Woche einen Kaffee trinken?«

»Nächste Woche habe ich Urlaub, aber gerne mal danach.«

»Schön, wo fährst du denn hin?«

»Ach, nur in die Heimat.«

»Na ja, ist sicher auch schön die Familie mal wieder zu sehen. Dann rufe ich dich übernächste Woche mal an und wir machen ein Kaffee-Date aus«, sagte sie.

»Klar gerne! Und wenn noch irgendetwas ist, dann ruf mich bitte an«, sagte ich.

»So machen wir das.«

»Sie stieg ein und fuhr los.« Ich konnte noch lange hören, wie sie ihren kalten Motor für Richys Betrügereien bestrafte.

Freitag, 22.09.2023

Freundlicherweise hat meine Kollegin Fr. Dr. Hahn meine Patientinnen übernommen und ich konnte bereits gegen Mittag ins Wochenende starten.

Wie geplant holte ich Valentina um 13 Uhr ab.

Sie trug Jeans und einen Hoodie. Die Kapuze war über den Kopf gestülpt und die Hände versteckt in den Seitentaschen. Sie öffnete die Autotür und sagte: »Moin.«

»Sag mal, hast du ne Fahne?«, fragte ich aufgrund des Alkoholgeruchs.

»Ja, möglich. Gestern war Kneipentour von der Uni.«

»Und irgendwie riechst du auch ein bisschen nach Sex.«

Sie versank im Autositz wie ein kleines schuldiges Mädchen und grinste.

»Well done! Manchmal wünsche ich mir auch die Studienzeit zurück.« Ich wollte schon fast ergänzend fragen, ob sie verhütet haben, aber ich konnte mich bremsen. Denn das wäre sicherlich die uncoolste und bemutternste Frage in diesem Zusammenhang gewesen.

»Ja, hat alles seine Vor- und Nachteile. Ich wünschte mir ehrlich gesagt, dass ich endlich dieses Examen hinter mich bringe und in den Job einsteigen kann und Kohle verdiene.«

»Ja, du hast recht, jeder Lebensabschnitt hat so seine Vor- und Nachteile, aber hey, das mit dem Studium schaffst du locker. Genieße die Zeit, die ist schneller rum, als du dir vorstellen kannst. Ich bin mir sicher, dass du mal eine super Staatsanwältin wirst.«

Ich reichte ihr einen Kaugummi und sagte: »Hier nimm.«

Sie schielte zu mir und sagte »Danke.«

Ich erzählte ihr kurz über meinen Bordellbesuch bei Raluca mit Nadia.

»Na ja, die Infos von dieser Sexarbeiterin helfen uns jetzt nicht wirklich, oder?«, fragte sie.

»Ja, das stimmt, aber das mit dem zweiten Handy beweist zumindest, dass Richy Geheimnisse hatte.«

»Na ja, er hatte eine Affäre mit einer Sexarbeiterin. Da macht es doch Sinn, dass er ihr nicht vom Privathandy textete. Stell dir mal vor, du hast einen Freund und dann vibriert sein Handy und dann kommt eine Nachricht: Heute nur Blasen, 69er oder Analsex? Ist einfach nur clever dafür ein weiteres Handy zu haben«, ergänzte sie.

Ich schmunzelte. »Ja, vielleicht hast du recht.«

»Du wolltest doch einfach mal in einen Puff, geb's doch zu!«

»Nicht primär, aber es war definitiv eine sehr interessante Erfahrung«, erwiderte ich.

Kurze Zeit später schlief Valentina ein und schlief den Großteil der Fahrt. Währenddessen dachte ich über alles nach, was die letzten Tage so passiert war.

Valentina erwachte erst kurz nach Kulmbach wieder.

»Oh Mann, habe ich Kopfschmerzen und wenn ich
die AFD-Wahlplakate so sehe, muss ich fast kotzen.
„Für deutsche Leitkultur", wenn ich das schon lese.
Die gehören echt verboten!«, sagte Valentina.
»Ich glaube, ein Verbot würde sie eher stärker machen. Sie würden sich dann einfach unter einer
neuen Fahne reformieren. Ich glaube vielmehr, dass
wir mit ihnen reden müssen. Wenn wir Mauern
statt Brücken bauen, spaltet das nur die Gesellschaft
und Mauern haben bekanntlich noch nie ein Problem behoben. Egal ob das der Limes, die Berliner
oder die Chinesische Mauer war.
»Ich weiß nicht, ob man mit denen reden kann.«
»Du, es gibt da sicher einige Idioten mit braunem
Gedankengut, die sich nicht überzeugen lassen,
aber viele sind denke ich einfach nur unzufrieden
und somit Protestwähler. Nehmen wir mal das Beispiel, dass jemand in München 40 Stunden pro Woche arbeitet und Mindestlohn bekommt, das wären
dann ungefähr 1400 Euro netto. So, jetzt gehen für
eine Ein-Zimmer-Wohnung circa 800 Euro Warm-
miete weg, bleiben noch 600 Euro. Jetzt nimmst du
ein paar Versicherungen, ein Ticket für die Öffis
und schon kratzt du am Dispo. Ich kann schon verstehen, dass diese Leute sauer sind, wenn wir Milli-
arden Steuergelder versenken und sie gerade so
über die Runden kommen. Die wollen dann keinen
arroganten Bundeskanzler, der vermutlich noch nie
einen Schraubenzieher in der Hand hatte. Extreme
Parteien nutzen die Wut dieser Bürger und

versuchen sie mit einfachen Parolen zu locken, aber unsere Politik versäumt es momentan auf diese Gruppen zuzugehen. Ich denke ein bisschen mehr Wertschätzung, ein bisschen mehr Netto vom Brutto und ein bisschen mehr politische Transparenz würden bereits ausreichen, um einen Teil der Leute zu besänftigen. Zudem müsste die Politik deutlicher klarstellen, dass unser Land ohne Migration kollabieren würde. Schauen wir doch nur mal in die Gastronomie, in die Pflege oder auf den Bau: Diese Jobs wollen doch viele Deutsche nicht mehr machen. In unserer Generation wollte doch schon fast jeder nur noch einen Krawattenjob aber die nächste Generation verlangt ja noch viel mehr. Da wollen die meisten um die Welt reisen und von Bali aus remote eine millionenschwere App entwickeln. Aber um noch einmal auf das Grundproblem zurückzukommen, unzufriedene Menschen wollen immer Veränderung. Ich gebe dir ein weiteres Beispiel. Ich war während des Referendums ein paar Monate Backpacken in Schottland und da konnte ich Ähnliches beobachten. Die, die wenig oder sogar Schulden hatten, arbeitslos waren oder Jobs im Niedriglohnsegment hatten, wählten den Austritt aus dem Vereinigten Königreich. Der Mittelstand war gespalten und die Reichen wählten den Bestand des Systems. Warum sollten Leute, die wenig zu verlieren haben, das aktuelle System unterstützen.

»Ja das mag grundsätzlich schon so sein, aber selbst,

wenn man nicht zufrieden ist, ist das hierzulande immer noch kein Grund rechts zu wählen! Da habe ich lieber einen Euro weniger in der Tasche und keinen Hass gegen andere Menschen! Ich war einmal in New York und habe mir da eine Couch in einem Airbnb gebucht. Die Mieterin der Wohnung war ungefähr in meinem Alter. Sie hatte drei Jobs und vermietete zwei Couchs bei Airbnb, um über die Runden zu kommen. Wenn es einem nicht gut geht, dann muss man etwas verändern und nicht immer die Schuld bei den anderen suchen. Daher kann ich das scheiß Gejammer nicht mehr hören!«

»Du, ich sehe das genauso. Ich meine ja nur, dass wir andere Mittel brauchen, um die Wähler der extremen Parteien wieder mitzunehmen. Und falls du es wissen willst, ich habe Grün gewählt.«

»Was, du hast Grün gewählt? Ich dachte alle Ärztinnen wählen Gelb.«

»Nanu, jetzt bist du aber recht generalistisch unterwegs. Ja, was die Grünen gerade so machen, ist sicher auch nicht alles super, aber auch ich habe lieber einen Euro weniger in der Tasche und möchte, dass die Kinder meiner Patientinnen in einem sauberen Land aufwachsen.«

»Das solltest du einmal sagen, wenn dich einer von einer Polit-Talkshow interviewt. Da bekommst du dann bestimmt das Bundesverdienstkreuz.«

»Ne, so ein Orden steht mir nicht. Was hast du bei der letzten Wahl gewählt?«

»Ach die Schwarzen sind mir eigentlich ein wenig

zu konservativ, aber seit Amalias Tod wünsche ich mir einfach eine besser aufgestellte Polizei, die mehr Ressourcen hat, um für mehr Gerechtigkeit zu sorgen, daher ...«

»Interessant, ich hätte dich mehr in die linke oder rote Ecke gesteckt.«

»Ja, grundsätzlich bin ich schon eher sozial aber gibt halt in jedem Wahlprogramm Vor- und Nachteile.«

»Weißt du, was sozial wäre? Wenn du dir noch einen Kaugummi nehmen würdest«, sagte ich.

Ich schnippte die Schachtel auf und reichte sie ihr mit einer Hand.

Sie verdrehte die Augen und sagte: »Ist ja schon gut. Auf unserer nächsten Fahrt gehe ich am Abend vorher nicht so steil.«

Wenige Minuten später kamen wir in unserer Heimatstadt an.

Ich setzte Valentina am Haus ihrer Mutter ab und wir vereinbarten, dass wir uns um 16 Uhr in der Stadt treffen und gemeinsam dieser Tanja einen Besuch abstatten.

Ich fuhr über die holprigen Pflastersteine der Altstadt, schaute mir links und rechts die historischen Fachwerkhäuser an und sah diese Stadt zum ersten Mal seit Jahren aus einem anderen Blickwinkel. Mit dem jahrelangen Abstand, den ich von ihr hatte, fielen mir auf einmal viel mehr Details auf. Ich dachte, das ist wirklich eine wunderschöne Stadt.

Das erinnerte mich an einen Urlaub, den wir im Montafon in Österreich machten. Überall diese surreal hohen Berge. Ich dachte, dass es wohl ein Traum wäre, hier zu leben. Doch der Besitzer des Hotels behauptete, er genieße die Zeit, wenn er mal in Norddeutschland ist, alles flach ist und nicht ständig diese Wände vor einem sind.

Fazit in meinem Kopf: Man begehrt das, was man nicht hat, getreu dem Sprichwort, das Gras des Nachbarn ist immer grüner.

Als ich bei meinen Eltern ankam, wurde ich mit Freude empfangen. Auf eine lange Umarmung meiner Mutter folgte eine Ghettofaust von meinem Vater, die er sich seit Corona-Zeiten nicht mehr abgewöhnt hatte.

Ich freute mich auch meine Eltern zu sehen, war aber in Gedanken bei Amalia und ihren potenziellen Mördern.

Der Tisch war bereits gedeckt mit Apfelkuchen und Muffins und es roch nach Kaffee. Einen Kaffee konnte ich jetzt nach der Arbeitswoche und der langen Fahrt wirklich gebrauchen.

»Setz dich Liebes!«, sagte meine Mutter.

Ich entschied, vorerst nichts von all dem, was passierte, meinen Eltern zu erzählen.

Während ich den Kaffee genoss, bekam ich einen detaillierten Bericht des lokalen Gossips über den Fußballverein, die Feuerwehr und den Nachbarn.

Dabei kam keine Frage darüber, wie es mir geht, wie es in der Praxis läuft oder wie mein letzter Urlaub so war.

Es war interessant, mal wieder in diese kleine Welt

abzutauchen, in der der Horizont bereits im nächsten Landkreis endete. Was sicher nichts mit Intelligenz zu tun hat. Meine Eltern waren sehr intelligente Menschen, aber es schien so, dass der Interessensbereich im ländlichen Bereich sich eher auf lokale Aktivitäten beschränkte. Vielleicht hatte das auch etwas damit zu tun, dass sich die Leute hier mehr miteinander beschäftigen, mehr zusammen unternehmen und sich mehr unterstützen. Somit ist es auch nicht verwunderlich, dass hier mehr übereinander hergezogen wird. Reibung erzeugt bekanntlich Wärme. In größeren Städten ist hingegen alles anonymer. Ich kenne ja nicht mal die Hälfte meiner Nachbarn. Somit ist es in großen Städten den Leuten auch egal, was man tut, wie man ausschaut, wo man herkommt oder hingeht, aber es ist ihnen meist auch egal, wie es einem geht oder wie man seinen angelieferten Schrank in den vierten Stock hochbekommt.

Mein Vater unterbrach meinen Gedankengang mit den Worten: »Sag mal, kennst du eigentlich die Tanja aus dem Kegelclub? Die hat fei immer noch keinen Mann!«

»Moment Tanja, wie heißt die mit Nachnamen?«

»Du weißt schon, die Tochter vom Karl-Heinz. Der ist Politiker bei der CSU. Die müsste fast in deinem Alter sein«, behauptete er.

»Ein Jahr älter ist die Tanja«, korrigierte meine Mutter. Nun war ich ganz aufmerksam, da mein Vater genau die Person nannte, die vom Bot verdächtigt wurde, meine beste Freundin ermordet zu haben.

»Äh ne, vom Sehen vielleicht. Was macht die so?«

»Na ja, wie gesagt die kegelt halt relativ gut. Arbeiten tut sie in der Stadt. Typische Beamtin würde ich sagen bei der um 16 Uhr der Hammer fällt.«

Meine Mutter ergänzte: »Wie ihr noch zur Schule gegangen seid, ist die einmal mit unserem Nachbarn dem Sebastian Vogel zusammen gewesen. Das hat aber glaube ich nicht lange gehalten.«

»Na ja vielleicht ist sie ja lesbisch«, sagte mein Vater.

»Möglich, vielleicht ist sie aber auch einfach nur allein glücklich. Oder vielleicht hat sie jedes Wochenende einen anderen Lover. Ich weiß, dass das schwer vorstellbar für euch ist, aber es gibt da draußen Menschen, die kein Haus bauen, nicht heiraten, keine Kinder bekommen und trotzdem glücklich sind«, warf ich den konservativen Thesen entgegen.

»Nein, das glaub ich nicht! Die hätte, glaube ich, schon sehr gerne einen Mann«, rechtfertigte sich mein Vater.

»Papa, da steckt ziemlich viel „Glaube" in deinem Satz. Also ich muss dann mal los«, sagte ich.

»Wie, wohin denn?«, fragte meine Mutter erstaunt.

»Ich treffe mich noch mit einer Freundin sagte ich.«

»Ahaa mit einer Freundin«, sagte meine Mutter und blinzelte.

»Nicht das, was du denkst, Mum!«

»Schon klar«, sagte sie.

Meine Eltern würden am liebsten, dass ich direkt

neben ihnen ein Haus baue, eine Praxis eröffne und
am besten einen Lehrer heirate. Aber den Gefallen
werde ich ihnen leider nicht tun.

Ich traf Valentina am Marienplatz. Von hier liefen
wir die obere Stadt hinauf und folgten der Adresse,
die wir im Internet recherchiert hatten.

Wir liefen den ganzen Berg hinauf, am Gefängnis
vorbei, bis wir unterhalb der Festung standen.

»Schon krass, was das Kaff eigentlich für eine riesige Festungsanlage hat, oder?«, fragte Valentina.

»Ja absolut und bei der schönen Altstadt wundert
es mich echt, dass sich nicht mehr Touristen hierher
verirren«, sagte ich.

»Hier muss es sein!« Valentina zeigte mit ihrem Finger auf ein kleines gelbes Einfamilienhaus in der
letzten Reihe, bevor die Häuser endeten und die
ersten Mauern der Festung weit in den Himmel rag-
ten.

»Hey, willst du da wirklich reingehen?«, fragte ich
Valentina.

»Hast du etwa Angst?«, fragte sie.

»Keine Ahnung, immerhin ist sie verdächtig, deine
Schwester umgebracht zu haben.«

»Na ja, wir unterhalten uns doch nur mit ihr. Ich
glaube nicht, dass sie einen Grund hätte uns sofort
umzulegen. Außerdem sind wir zu zweit und ich
habe ein Pfefferspray dabei.«

»Du hast Pfefferspray?!«

»Klar, wir leben in einer gefährlichen Welt, aber
wenn wir nichts tun, werden wir nie etwas

herausfinden.«

»Wo du recht hast, hast du recht. Also tun wir es!«

Wir klingelten bei Richter und warteten. Einen kurzen Augenblick später öffnete uns eine Frau die Tür.

Sie hatte zerzauste brünette Haare, trug Jogginghose und ein T-Shirt, das die Aufschrift „Kegelfreunde Kronach" trug.

»Hey, seid ihr die Pizza, die ich bestellt habe?«, fragte sie und lachte lautstark.

»Ne, wir sind…«

»Ah du, ich kenne dich vom Sehen. Du warst eine Klasse unter mir aufn Gymmi«, sagte sie, während sie zu mir blickte.

»Ja, ich bin Lisa. Lisa Engel«

»Und ich bin Valentina Geiger.«

»Geiger, die vom Bauunternehmen?«, fragte Tanja Richter nun mit ruhigerer Stimme.

»Ja genau, die bin ich«, sagte Valentina.

»Also wir sind hier, weil wir mit dir über Amalia Geiger sprechen wollen. Du weißt doch von dem Fall, oder?«, fragte ich.

»Ja tragisch. Aber das ist zwanzig Jahre her, oder? Kommt doch rein, wir können drin reden«.

Durch einen Flur gelangten wir in ein kleines Wohn- und Esszimmer. Eine braune große Ledercouch nahm viel von dem wenigen Raum ein. Auf den Regalen befanden sich ein paar Pokale vom Kegelverein und ein Bild, das sie mit ihrer Familie, vermutlich Eltern und Großeltern, zeigte.

»Wollt ihr nen Kaffee?«

Ich lehnte dankend ab, während Valentina »Super gerne!« sagte.

»Also gut, wenn du eh einen machst, dann gerne auch einen für mich«, ergänzte ich.

Nachdem der Kaffee fertig war, saßen wir auf der Couch und kamen zum eigentlichen Thema zurück.

»Muss hart für dich gewesen sein, das mit deiner Schwester«, sagte Tanja.

»Ja, das war es und ich denke noch heute häufig an sie. Was ich richtig schlimm finde, ist, dass die Polizei nie ihren Mörder gefasst hatte.«

»Aber war das nicht dieser Flüchtling, der dann wieder abgehauen ist?«, fragte Tanja.

»Na ja, der hatte ein Alibi und irgendwie habe ich das nie wirklich geglaubt. Weißt du, ich möchte einfach wissen, was sich abgespielt hat und…«

»Und warum denkt ihr gerade, dass ich etwas wissen könnte?«, fragte Tanja mitten im Satz.

»Na ja, das ist eine kleine Stadt und jeder der ungefähr in ihrem Alter war, könnte vielleicht was wissen«, erklärte ich.

»Hm verstehe«, sagte Tanja ungläubig.

»Also ich kannte deine Schwester nicht wirklich. Ich weiß, dass sie ein hübsches Mädchen war und auch bei den Jungs in meiner Klasse superbeliebt war. Ich habe nie wirklich mit ihr gesprochen. Es gingen Gerüchte herum, dass sie lesbisch war. Ich weiß nicht, ob das stimmt.«

»Kennst du irgendjemand, der es auf sie abgesehen

haben könnte?«

»Ne nicht wirklich«, sagte Tanja.

»Wir wissen von verschiedenen Quellen, dass du sie nicht mochtest!«, sagte Valentina bestimmt.

Tanja schaute etwas verwirrt.

Valentina packte ein paar Zettel aus und sagte: »Vielleicht hilft dir das auf die Sprünge. Das sind Einträge in Foren und auf Social-Media-Plattformen, indem du gegen meine Schwester gehetzt hast.«

Tanja schaute auf die Zettel und grübelte. »Ja kann schon sein, dass ich sie nicht besonders mochte, aber ich war damals sechzehn Jahre alt. Da schreibt jeder mal ein paar Hasskommentare über den anderen. Das ist doch ganz normal. Wisst ihr, was ich mir alles anhören durfte, weil ich dick war?! Verdächtigt ihr etwa allen Ernstes mich?«

»Uns interessiert lediglich, warum du sie so gehasst hast?«, fragte Valentina.

»Wahrscheinlich Neid. Sie war der Schwarm der Schule und ich war, na ja, nicht gerade ein Schwarm jedenfalls.«

»Hm ok«, sagte Valentina.

Es klingelte an der Tür. Tanja schnappte sich ihren Geldbeutel, der auf der Kommode im Gang lag und lief zielstrebig zur Eingangstür. Sie schaute durch den Spion und öffnete die Tür.

»Hey Tony, sagte sie!«

»Ciao Bella, meine Tanja! Pizza Capricciosa, wie immer!«

»Danke dir! Stimmt so«, sagte sie, während sie ihm das Geld in die Hand drückte.

»Mille Grazie!«

»Bis bald! Schönen Tag noch, Tony!«

Sie schubste die Tür zu und schenkte uns wieder Beachtung.

»Sorry, dass ich euch nicht weiterhelfen kann. Ich muss euch jetzt leider verjagen. Ich muss noch essen und ich habe in einer Stunde ein Match«.

Valentina und ich schauten sie entgeistert an.

»Kegeln«, nuschelte sie mit einem Stück Pizza in ihrem Mund.

»Ah dann, gut Holz und danke«, sagte ich.

»Viel Erfolg!«, sagte Valentina.

Wir verließen das leicht stickige Haus und ich war froh, wieder frische fränkische Luft einzuatmen.

»Gut Holz, wer sagt denn bitte so was?«, fragte Valentina.

»Das sagt man so unter Keglern«, entgegnete ich.

»Klingt eher danach, wie wenn man das einer guten Freundin vor dem Feiern mit auf dem Weg gibt. Gut Holz heute Abend!«, rief Valentina und wir beide lachten.

»Hey Lust noch auf die Festung zu gehen, wenn wir eh schon fast oben sind?«, fragte sie.

»Klar gerne«, antwortete ich.

Schnaufend oben angekommen, blickten wir auf die Stadt.

»Hey siehst du das Landesgartenschaugelände. Auf dem Spielplatz wolltest du damals immer schaukeln gehen«, erinnerte ich sie.

»Ja, stimmt und ihr beiden habt mich immer von beiden Seiten angeschubst. Das waren noch schöne Zeiten«, sagte Valentina.

»Also was denkst du? Hat sie was damit zu tun?«, fragte ich.

»Ich weiß nicht, schwer zu sagen. Die hat jetzt nicht viel preisgegeben.«

»Ja das stimmt. Sie wirkte nicht wirklich beunruhigt. Jedoch als sie deinen Namen erfuhr, verzog sie ihre Miene etwas«, sagte ich.

»Na ja sie wusste eben über mein Verhältnis zu Amalia und ich denke, es tat ihr einfach leid.«

»Möglich«, sagte ich.

»Sag mal Valentina, hast du eigentlich deinen Eltern davon erzählt, dass wir gerade Sherlock Holmes spielen?«

»Ne man, die würden komplett ausflippen. Die haben vor ein paar Jahren endlich aufgehört nach dem Mörder zu suchen und ihre Beziehung ist auch am gemeinsamen Leid zerbrochen. Die haben jetzt mehr oder weniger ihren Frieden gefunden. Im Gegensatz zu mir. Wenn ich denen jetzt erzählen würde, dass wir die Sache wieder aufrollen, dürfte ich mir was anhören. Daher lasse ich das lieber.«

»Verstehe!«

In diesem Moment klingelte mein Telefon. „Jonny" erschien auf dem Bildschirm.

»Na los, geh ran«, sagte Valentina.

»Ja«, sagte ich mit aufgesetzt schlecht gelaunten

Unterton und stellte auf Lautsprecher, damit Valentina mithören konnte.

»Hey Liz, bitte gib mir eine Minute, ok?«, waren Jonnys erste Worte.

»Ok, was gibts? Ich bin übrigens mit Valentina unterwegs und sie hört mit.«

»Also was du vermutlich noch nicht von mir weißt: Ich habe einen Zwillingsbruder. Als du das mit der DNA am Telefon gesagt hast, musste ich kurze Zeit später an ihn denken. Da wir eineiige Zwillinge sind, haben wir eine DNA-Übereinstimmung von 99,9 %. Robert, mein Zwillingsbruder ging oft mit seinen Kumpels auf irgendwelche Volksfeste. Die liebten das. Ich habe ihn gefragt, ob er schon mal in Kronach war. Er war sich erst nicht sicher, aber nachdem ich ihm einen Link über das Volksfest schickte, erinnerte er sich und bestätigte, dass er tatsächlich in dem besagten Jahr dort war.«

»Also verdächtigst du deinen Bruder, willst du damit sagen?«, fragte ich.

»Nein, ich kann mir überhaupt nicht vorstellen, dass er so etwas getan hat. Robert ist zudem evangelischer Pfarrer. Er war immer ein superliebenswerter Mensch. Ich denke, dass seine DNA irgendwie an den Tatort gelangt ist.«

»Hm irgendwie was?!«, entgegnete ihm Valentina provokant. »Wäre nicht der erste Pfarrer, der irgendwie Dreck am Stecken hat, oder?«

»Ja, ich meine ja nur, dass wir keine vorläufigen Schlüsse ziehen sollten. Es kann ja sein, dass er zum

Beispiel dort in der Nähe hingepinkelt hat oder irgendwas verloren hat, was ihm gehört. Jedenfalls habe ich ihm die ganze Story erzählt und natürlich hat er mich zunächst für verrückt erklärt, aber dann hat er mir letztlich versprochen uns zu helfen.«

»Es gibt hier kein „uns"!«, sagte Valentina.

»Ok, dann eben euch«, sagte er.

»Also wie schaut der Plan deines Bruders aus?«

»Er selbst weiß nur noch, dass sie in einer Hütte auf den Bänken standen und ziemlich viel getrunken haben. Zudem hat er seine damaligen Freunde gefragt. Die berichten Ähnliches. Ralph, der Fahrer der Gruppe damals hat einige Videoaufnahmen und Bilder gemacht. Wir sind die Bilder und Videos durchgegangen, aber außer volltrunkene Jungs, die zu Liquido hüpfen und Sierra Madre grölen, ist da nicht viel zu sehen. Ich habe gedacht, vielleicht wollt ihr euch das Material noch mal anschauen.«

Valentina und ich schauten uns an, ich hielt meinen Finger auf dem Mikrofon des Smartphones, sodass wir uns absprechen konnten, ohne dass Jonny es hört.

»Was meinst du?«, fragte ich Valentina.

»Vertraust du ihm?«, kam als Gegenfrage.

»Irgendwie schon. Und wenn sie schuldig wären, warum sollten sie uns dann ihre Hilfe anbieten?«

»Ok, dann machen wir es, aber wir treffen uns irgendwo in der Öffentlichkeit. Sicher ist sicher!«, sagte Valentina zu mir.

Ich nickte Valentina zu und hielt ihren Vorschlag

für eine gute Idee.

»Gut, wir sind allerdings in Kronach«, sagte ich zu Jonny.

»Kein Problem, mein Bruder wohnt in Bamberg und erwähnte bereits, dass er heute Abend Zeit hätte, falls wir Hilfe benötigen. Wir machen uns auf den Weg.«

»Sag Bescheid, wenn ihr da seid. Wir treffen uns dann im Café Kitsch, ok?«

»Ok, perfekt. Bis später.«

Zwei Stunden später trafen wir uns im Café Kitsch. Als wir ankamen, saßen Jonny und sein Zwillingsbruder Robert bereits im Café. Sie tranken beide Coke aus Gläsern mit Eis. Vor ihnen lag ein iPad auf dem Tisch.

Es war erstaunlich, wie ähnlich die beiden aussahen. Jonny hatte etwas längere Haare, was die Sache für mich einfacher machte. Ich war etwas nervös. Zum einen, weil ich Jonny irgendwie mochte, zum anderen, weil ich immer noch nicht wusste, ob ich ihm oder seinen Zwillingsbruder trauen konnte. Nach einem kurzem »Hey!« als Begrüßung, setzten Valentina und ich uns gegenüber von ihnen und waren gespannt, was sie uns mitgebracht haben.

»Also wir haben uns das Gegröle der Jungs jetzt noch ein paar Mal angeschaut, aber da ist nichts auffälliges dabei«, sagte Jonny.

»Kannst du dich noch an den Abend erinnern? Wart ihr, abgesehen vom Bierzelt, noch an anderen Orten? Ist dir irgendetwas aufgefallen?«, fragte ich

Robert.

»Um ehrlich zu sein, kann ich mich an nicht mehr so viel erinnern. Wir haben alle gut getrunken. Nachdem ich die Videos sah, konnte ich mich schon erinnern, dass wir in diesem Zelt waren. Bestimmt sind wir auch einmal um den Platz gelaufen. Die Bilder zeigen auch, wie wir an diversen Buden standen und an der Schnapsbar mit Kurzen standen. Das Übliche eben. Ich kann mich an nichts Ungewöhnliches erinnern. Ich habe auch Ralph, unseren Fahrer gefragt. Er meinte, wir sind alle fröhlich betrunken gegen Mitternacht in den Bus gestiegen und er hat uns heimgefahren.«

»Ein feiernder Pfarrer, auch sehr interessant!«, sagte Valentina.

»Ich war damals jung. Ich fand erst später einen besseren Zugang zu Gott! Ich trinke aber nach wie vor ab und an ein Glas Wein. Das ist ja kein Verbrechen in der Kirche«, antwortete er.

»Das stimmt! Die Kirche ist gegenwärtig eher für andere Verbrechen in der Presse! Zum Beispiel Sexualverbrechen«, provozierte Valentina weiter.

»Nun jede Organisation hat ihre schwarzen Schafe. Da sind wir leider keine Ausnahme.« Robert entschärfte damit die Situation.

»Hast du Amalia gekannt?«, fragte Valentina. Sie holte ein Bild aus ihrer Tasche, welches Amalia und sie vor einem See zeigte.

»Nein, nie gesehen. Also zumindest nicht aktiv. Früher haben wir viele Mädchen getroffen, aber ich kann mich nicht an sie erinnern«, sagte er und schaute Valentina dabei in die Augen.«

»Ok. Dann zeigt mal die Videos und Fotos, die ihr mitgebracht habt«, forderte sie.

Die Bilder zeigten sieben Jungs, im Bierzelt, an der Schnapsbar und im Bus auf der Hinfahrt. Da war nichts Auffälliges. Ein typischer Abend von Jugendlichen, die etwas über die Stränge schlagen. Vielleicht gaben die Videos etwas her.

Mehrere Videos im Bierzelt. Die Jungs, alle mit Lederhosen und Trachtenhemden ausgestattet, standen auf den Bänken. Zwei hatten Mädchen im Arm, von denen ich allerdings keine kannte. Nach mehreren Wiederholungen bemerkte ich plötzlich etwas.

»Halt, da. Schaut mal!«

Ich spulte zurück und zeigte auf den Biertisch.

»Was soll da sein?«, fragte Valentina.

»Ich sehe auch nichts!«, ergänzte Jonny.

»Robert, das bist doch du, oder? So jetzt passt auf. Hier trinkst du aus deinem Maßkrug. Im Anschluss stellst du ihn ab. Seht ihr den Typ mit dem Hut, der vorbeiläuft und seinen Krug abstellt? Jetzt passt gut auf.«

Valentina drehte ihre blauen Augen heraus und sagte lautstark: »Der Typ nimmt den Maßkrug von dir mit«, sagte sie und blickte Richtung Robert.

»Exakt!«

»Wow, das heißt, so könnte eventuell deine DNA an den Tatort gelangt sein«, leitete Jonny daraus ab.

»Könnte«, betonte Valentina.

»Immerhin eine mögliche Erklärung«, sagte ich.

»Ja, eventuell«, sagte Valentina skeptisch.

»Die Frage ist jetzt, wer ist der Typ mit dem Hut?«, fragte ich in die Runde.

Leider war sein Gesicht nicht zu erkennen. Der Typ trug eine kurze braune Lederhose, Haferlschuhe, Trachtensocken und eines dieser rot-weiß-karierten Hemden, die gefühlt jeder dritte in einem Bierzelt anhat.

»Hm, der Typ könnte ungefähr jeder gewesen sein. Würde er wenigstens irgendetwas Markantes tragen zum Beispiel eine rote Lederhose oder ein Vereinsshirt oder so was«, sagte ich.

»Na ja, wenn euere künstliche Intelligenz recht behalten soll, dann könnte es einer der drei anderen Verdächtigen sein«, erwiderte Jonny.

»Sag mal Liz, du hast doch erzählt, dass Amalia, nachdem sie von dir weggelaufen ist, mit ein paar Typen in diesem Fahrgeschäft war. Was ist eigentlich mit denen? Wurden die nie verdächtigt?«, fragte Jonny.

»Ah, du meinst Tobi, Andy und Christoph. Ich habe die Typen gehasst, nach dem was passierte. Doch laut Angaben der Polizei zeigte eine Überwachungskamera, wie sie nach dem Break-Dance wieder Richtung Mitte des Platzes liefen. Eine weitere Kamera zeigte sie lachend und Schnaps trinkend an der Bar. Die Überwachungskamera bei dem Fahrgeschäft zeigte Amalia leider nur ganz kurz, aber bestätigte, was die Jungs angaben, dass sie nach der Fahrt von ihnen weglief«, antwortete ich.

»Hm ok, aber vielleicht weiß einer von denen ja, wer der Typ ist«, sagte Valentina.

»Ja, das ist durchaus eine Option die zu fragen, Kronach ist klein und hier kennt jeder jeden. Oh man, so viele Spuren«, sagte ich in einem verzweifelten Ton.

»Lasst uns eine Liste führen. Jonny, mach dich mal nützlich und schreib mal auf deinem iPad mit«, sagte Valentina in einem freundlichen, aber fordernden Ton.

»Bereit, wenn Sie es sind!«, entgegnete Jonny.

»Also wir haben Richard Wohlfahrt, der ist tot. Mit Tanja haben wir heute gesprochen. Wir müssen noch mit diesem Kurt Nowak sprechen und mit den komischen Typen, die meine Schwester mit zum Break-Dance geschleppt haben. Haben wir jemanden vergessen?«

»Sebastian Vogel«, sagte ich.

»Der war wohl mal mit Tanja Richter liiert, meinten meine Eltern«, erklärte ich.

»Wow, und warum sagst du das nicht bevor wir mit dieser komischen Keglerin sprechen?«, fragte Valentina.

»Keine Ahnung, habe ich irgendwie kurzzeitig vergessen«, antwortete ich.

»Hm ok.«

»Seeebastian Vogel«, brummelte es aus Jonny heraus, der damit andeuten wollte, dass er fleißig die

Namen notierte.

»Also Leute, es ist 22 Uhr, heute werden wir niemanden mehr erreichen. Das heißt, wir können nur eines tun«, sagte Valentina.

»Ja, lasst uns gehen!«, sagte ich.

»Nein, ich meinte, saufen. Da hinten im Café ist eine Party-Area, lasst uns etwas trinken.«

»Sag mal kannst du schon wieder trinken, nachdem du gestern Vollgas gegeben hast?«

»Sicher Frau Dr. Engel«, entgegnete sie mir.

»Ok, ein Drink und dann gehen wir«, schlug ich vor.

»Ich geh dann mal ins Hotel und lass euch allein«, sagte Jonny.

»Nix da, wenn du wirklich unschuldig bist, dann musst du jetzt einen mit uns trinken. Betrunkene sagen bekanntlich die Wahrheit.«

»Ok, also gut, lasst uns nach hinten gehen«, sagte Jonny, ohne sich dagegen zu wehren.

Robert hingegen bestand darauf heimzufahren. »Ich fahre zurück nach Bamberg. Meine Kids warten zu Hause auf mich. Wir fahren morgen früh ins Schwimmbad. Falls ich euch noch helfen kann, sagt bitte Bescheid.«

»Ja, bitte frag deine Jungs noch mal!«, forderte Valentina.

Der hintere Teil des Cafés war vollgestopft mit Menschen, deren Durchschnittsalter ich auf 19 schätzen würde. Es lief eine Mischung aus 80-, 90- und 00er Musik.

Wir stellten uns an die Bar und Valentina bestellte drei Bier und drei Gurkenschnäpse.

»Wow, ich fühle mich ja in Regensburg beim Feiern manchmal schon alt, aber das hier toppt alles. Ich könnte von den meisten hier die Mutter sein«, sagte ich in die Runde.

»Ja, spätestens mit 30 wird man hier zwangsverheiratet«, behauptete Valentina mit sarkastischer Stimme.

»So, Prost.«

Valentina streckte ihr Schnapsglas in die Luft und sagte. »Auf dass wir diese H****söhne finden, die Amalia das angetan haben.«

Jonny und ich nickten und stießen mit Valentina an. Nachdem wir getrunken haben, hustete Jonny und fragte: »Pfui, was ist das?«

»Gurkenschnaps. Gerade hast du einen weiteren Beweis geliefert, dass du nie auf unserem Schützenfest warst.«

»Ich hätte das gerne anders bewiesen, um ehrlich zu sein«, entgegnete Jonny.

Natürlich blieb es nicht bei einem Bier und einem Schnaps. Wir tranken mehr und mehr. Valentina zerrte uns auf die Tanzfläche. Wir sprangen, sangen und lachten. Valentina wurde immer mal wieder von Typen angemacht, aber sie hat sie eiskalt abblitzen lassen. Diese Energie, das Selbstvertrauen, die Impulsivität: Ich sah in ihr so viel Amalia, was mich traurig und happy zugleich machte.

Gegen 2 Uhr morgens schloss die Bar. Jonny nahm

sich ein Taxi. Kurz bevor er einstieg, umarmte er mich und anschließend sahen wir uns wie zwei hungrige Raubtiere an. Wir wussten allerdings beide, dass es zu früh war, wieder intim zu werden und ich war durchaus noch etwas skeptisch mit all den neuen Informationen. Außerdem wollte ich mit Valentina heimlaufen, die auf dem Gehsteig tanzte und sang: »One kiss is all it takes falling in love with me.«

»Komm, wir gehen«, sagte ich zu ihr.

»Lass uns über den Friedhof laufen, ok?«

Ich war kein großer Fan, nachts über einen dunklen Friedhof zu laufen, aber es war kein Umweg also willigte ich ein.

»Tschüssi, Jonny Boyyy!«, rief sie ihm hinterher, während die Tür vom Taxi zufiel.

Auf dem Friedhof war es wirklich supergruselig. Es war recht dunkel, dann war da diese Stille und überall die Grabsteine, welche einen leichten Schatten unter den warmen Halogen-Straßenleuchten warfen, die noch leicht über die hohen Friedhofsmauern strahlten.

Valentina wurde plötzlich ruhiger. Ihre gerade noch da gewesene nicht zu bremsende Party-Laune schwang in Ruhe um.

Ich schaute hoch in den Himmel und dann kam es mir: Natürlich wie konnte ich so dumm sein? Sie will bei Amalia am Grab vorbeischauen.

Nach weiteren ruhigen 30 Metern erreichten wir das Grab. Es war ein recht klassischer Grabstein.

Darauf viele frische weiße Lilien, Amalias Lieblingsblumen.

Ich starrte noch auf die Blumen, als Valentina sagte: »Meine Mutter bringt jede Woche Neue davon. Ich vermisse meine Schwester wirklich sehr, aber wenn eine Mutter ihr Kind verliert, ist das glaube ich der maximale Herzschmerz, der nie mehr so richtig vergeht.«

»Ja, ich kann mich noch gut erinnern. Deine Mama, dein Papa, alle die ihr nahestanden, haben so viele Tränen vergossen. Es war schrecklich und das ist es auch heute noch, wenn wir zurückblicken. Ganz wird sie nie von uns gehen. Das ist Fluch und Segen zugleich.«

»Da fragt man sich doch an der Stelle, ob man tatsächlich Kinder will. Diese kleinen Biester kommen auf die Welt, man hat wahrscheinlich Glücksgefühle ohne Ende und ehe man sich versieht, verliert man sie wegen so einem Psychopathen«, sagte Valentina leicht lallend.

»Ja, Amalia ist auch der Grund, warum ich nie Kinder wollte. Ich teile diese Angst Valentina. Aber ich kann dir auch sagen, ich sehe jeden Tag dieses verdammte Glück, dass die Kleinen ihren Müttern bringen. Diese Bindung fängt schon im Mutterleib mit der Kopplung durch die Nabelschnur an und hält ein Leben lang. Viele Mütter haben mir diese positiven Emotionen geschildert, die mit nichts vergleichbar sind.«

»Also willst du doch Kinder«, sagte Valentina

lachend und legte dabei ihre Hand auf meinen Bauch.

»Ich bin mir nicht sicher, aber wenn du mal Mitte dreißig bist, hörst du die Uhr auch etwas lauter ticken und denkst ab und an mal darüber nach. Aber ich habe ja eh keinen Typen, daher ist die Entscheidung leicht.«

»Das können wir ändern!«

»Nicht heute! Komm lass uns nach Hause gehen«, forderte ich sie auf.

Plötzlich zog sie eine Gurkenschnapsflasche aus ihrer Jacke, riss sie in die Luft und sagte: »Auf dich Ami!«

»Du hast doch nicht?!«

»Komm, die war schon mehr als die Hälfte leer und wir haben da drin eh sauviel Trinkgeld gegeben.«

»Mann Valentina, los jetzt, wir gehen!«, sagte ich in einem Ton, als ob ich ihre Mutter wäre.

»Ok, ok Chefin, los geht's.«

Sie legte ihren Arm über meine Schultern und wir wankten durch die Nacht. Ich brachte Valentina noch bis zu ihrer Haustür und wartete, bis die Tür zufiel. Irgendwie hatte ich Angst um sie. Auf dem Weg nach Hause musste ich an Amalias Beerdigung denken. Die vielen Menschen, die vielen Tränen, die vergossen wurden. Ich fand es damals komisch, dass der Pfarrer eine Rede über Amalias Leben gehalten hat. Er nannte ihre Hobbys und erwähnte, dass sie ein beliebtes und zielstrebiges gewesen Mädchen sei. Der Pfarrer hat es zwar, dafür, dass er

Amalia kaum kannte, sehr gut gemacht, aber ich finde es immer noch seltsam, dass nicht die Familienmitglieder oder Freunde die Rede hielten. Schließlich kannten wir sie doch am besten. Wenn ich einmal sterbe, wünsche ich mir eine etwas unkonventionellere Beerdigung. Meine besten Freunde und meine Eltern sollen Reden halten. Dabei sollen nicht nur die positiven Dinge über mich erwähnt werden, sondern auch peinliche Storys und Dinge, für die sie mich nicht mochten. Nach der Beerdigung soll es eine Party mit Freigetränken auf meine Kosten geben. Vielleicht sollte ich eine gewisse Summe dafür in meinem Testament festlegen, dachte ich in dem Moment. Zudem würde ich mir Livemusik am Grab wünschen mit meinen Lieblingssongs. Wie toll wäre es, wenn Luisa, die beste Gitarristin, die ich im Freundeskreis hatte, „If I ever leave this world alive" von Flogging Molly spielen würde. Ich sang den Song, während ich durch die leeren Straßen Kronachs wankte und mir war es ziemlich egal, ob mich jemand hört.
Daheim angekommen, fiel ich wie ein Stein in mein Bett.

Nächster Morgen, Samstag, 23.09.2023

Nadia Wohlfahrt saß auf dem Gynäkologenstuhl in meiner Praxis. Sie hatte einen Termin für einen vaginalen Ultraschall.

Ich bereitete die Vaginalsonde vor, indem ich ein Kondom darüber zog. Etwas Gleitgel schön verteilt und schon konnte es losgehen.

Als ich die Sonde gerade einführen wollte, und ich einen optimalen Blick in den Scheideneingang hatte, sah ich plötzlich etwas Merkwürdiges. Da waren dunkle Haare in ihrer Vagina.

Ungläubig drehte ich meinen Kopf und kniff die Augenbrauen zusammen.

»Oh mein Gott, wo kommt dieser plötzliche Schmerz her?«, rief die Patientin.

»Ich eh, ich weiß es nicht. Da ist etwas in … Ich schaue kurz nach«, stotterte ich ahnungslos.

Plötzlich öffnete sich die Scheide von Nadia Wohlfahrt und es schien, als presste sie etwas heraus. Zeitgleich schrie sie nun noch lauter.

Nun sah ich, um was es sich da handelte. Es war ein Kopf. Wie konnte das sein, sie war doch erst im fünften Monat, dachte ich.

»Also gut, bei jeder Wehe schön mit pressen«, leitete ich sie nun an.

Nadia Wohlfahrt hechelte, presste, schrie und plötzlich kam der Kopf des Babys mit dem Gesicht nach unten heraus. Als auch der restliche Körper des Babys seinen Weg durch den Geburtskanal in unsere Welt fand, nahm ich das Baby, drehte es herum.

Als ich gerade das Baby der frisch gewordenen Mutter übergeben wollte, sah ich in das Gesicht des Babys, welches blutüberströmt war. Ich nahm ein weißes Tuch und wischte dem Baby das Blut ab.

Plötzlich erschrak ich, als ich sah, dass das Baby das Gesicht der 15-jährigen Amalia hatte.

Ich erschrak so sehr, dass mir das Baby aus der Hand glitt. Im selben Moment riss ich meine Arme vor Schreck nach hinten und warf das Ultraschallgerät um, welches einen furchtbaren Ton von sich gab. Der Ton wurde unangenehm laut, sodass ich mich auf den Boden kniete, meine Augen schloss und mir die Ohren zuhielt. Mein Kopf dröhnte.

In dem Moment wachte ich vom Klingelton meines Handys auf.

Wow, was für ein seltsamer Traum, dachte ich kurz, während ich meine Nachttischkommode nach dem Handy abtastete.

Ein verkatertes »Ja?!«, war mein einziges Wort, das ich herausbrachte.

»Hey, du Schlafmütze! Es gibt eine neue Spur«, sagte Valentina am anderen Ende.

»Spur, was denn für eine Spur?«

»Amir Karimi antwortete heute auf meine Nachricht. Er schrieb, dass er gerne heute gegen Mittag telefonieren will, und dass er uns ein paar Infos geben kann.«

»Wow, das klingt gut«, erwiderte ich.

»Aber vorher können wir noch zu deinem ehemaligen Nachbarn Sebastian Vogel. Ich hole dich in 10 Minuten ab, ok?«

»Puh, eh, ja sollte ich schaffen. Ich brauche nur schnell einen Kaffee.«

»Gut, bis gleich! Ciaoi«, waren ihre letzten Worte, bevor sie auflegte.

Ich stützte mich auf, rutschte etwas nach hinten, sodass ich aufrechter lag mit meinem Kopf gegen die Lehne des Betts. Ich hielt mir mit der rechten Handfläche meine Stirn und dachte »Warum? Warum so viel von diesem verdammten Gurkenschnaps?!«

Nach einer Power-Shower saß ich mit halbnassen Haaren am Küchentisch und wärmte meine Hände an der heißen Kaffeetasse. Durch die Glastür sah ich, wie mein Vater im Garten den Rasen mähte. Meine Mutter fragte mich währenddessen aus, was ich gestern Nacht gemacht habe.

Ich erzählte ihr lediglich, dass ich mit ein paar Freunden feiern war, unter anderem traf ich Valentina.

»Hey, wollen wir heute mal zum Altstadtfest?«, fragte meine Mutter.

»Leider keine Zeit Mum.«

»Ach was machst du denn schon wieder?«

»Ich mache einen Spaziergang mit Valentina und wir wollten dann eventuell später mal in die Stadt.«

»Ok, na da will ich euch mal nicht stören. Morgen soll es schönes Wetter werden und dein Vater wollte grillen. Da bist du dann aber schon da, oder?«, fragte meine Mutter mit rhetorischem Unterton.

»Ja, das bekommen wir hin, sagte ich zu ihr.«

Es klingelte und meine Mutter öffnete die Tür. Sie umarmte Valentina und fragte sie natürlich nach ihrem halben Leben aus.

»...Und hast du da schon einen Mann in Regensburg?«, fragte meine Mutter nach unzähligen anderen Fragen.

»Ist gut jetzt Mama, wir müssen jetzt gehen«, unterbrach ich sie.

»Was denn, man darf ja wohl noch fragen«, stellte meine Mutter mit einem Grinsen im Gesicht klar.

»Ja, das darf man, aber Valentina, du musst auch nicht antworten. Nicht antworten, darf man auch«, wiederholte ich provokativ und blickte in Richtung meiner Mutter, während ich Valentina am Arm Richtung Haustür zog.«

Während die Haustür zufiel, rief uns meine Mutter noch hinterher: »Valentina, komm bitte morgen zu unserer kleinen Grillfeier! Du bist recht herzlich eingeladen.«

»Deine Mutter ist echt supernett«, sagte Valentina.

»Ja, das ist sie und manchmal auch etwas anstrengend«, ergänzte ich.

Durch meine Mutter fand ich heraus, dass Sebastian Vogel inzwischen am Kreuzberg wohnte. Er war mit Sandra verheiratet, einer ehemaligen Schulkollegin von mir und hatte bereits zwei Kinder.

Am Haus angekommen, blickten wir auf ein typisches neu-fränkisches Einfamilienhaus, bei dem sich jeder Architekt im Grab herumdrehen würde. Elf mal elf Meter, hellgrauer Putz und Satteldach mit dunkeln Ziegeln. Von diesen Häusern findet man tausende Kopien in dieser Gegend.

Wir klingelten und warteten.

Niemand kam, um uns zu öffnen.

»Lass uns mal da hinten zum Garten laufen«, sagte Valentina.

Bevor ich etwas sagen konnte, machte sie sich auf den Weg. Rechts am Haus vorbei ging ein schmaler, circa ein Meter breiter Weg Richtung Rückseite des Hauses.

Zwei Kinder spielten Fußball. Wir blickten beide um die Ecke und sahen einen Mann in der Hängematte liegen.

»Hallo!«, rief Valentina.

Die Hängematte bewegte sich, wahrscheinlich erschrak der Mann von Valentinas Begrüßung. Der Mann blickte seitlich am Ende der Hängematte vorbei, um mit uns Blickkontakt aufzunehmen.

»Hey!«, sagte er freundlich und sichtlich über den Besuch verwundert.

»Er stieg aus der Matte heraus und lief auf uns zu.« Er trug einen Trainingsanzug des örtlichen Fußballvereins FC Kronach und hatte noch immer diese halblange Scheitelfrisur. Der Bauch ist etwas größer als früher, musste ich feststellen.

»Hey du bist doch meine ehemalige Nachbarin,

richtig?«

»Das ist korrekt und das ist Valentina, Valentina Geiger.«

Valentina schüttelte ihm die Hand und sagte: »Hey!«

»Zunächst mal wollten wir unser Beileid aussprechen für Richard, deinen Cousin. Wirklich hart, was da passierte.« Ich erklärte ihm kurz, dass ich in Regensburg wohnte und zufällig dabei war, als sein Cousin starb.

»Danke, das ist sehr lieb!«, erwiderte er irgendwie untypisch für einen Angehörigen des Toten.

»Du scheinst nicht wirklich zu trauern«, sagte Valentina zu ihm.

»Ja doch, die Art und Weise ist schon sehr tragisch«, entgegnete er.

»Ihr müsst wissen, Richy und ich waren früher sehr eng befreundet. Vor circa zehn Jahren hatten wir dann die Idee ein Logistikunternehmen zu gründen. Leider ist die Sache nicht so gut ausgegangen und Richy hat mich etwas abgezockt. Er hat mich um eine Menge Geld gebracht, um genau zu sein. Daher hatten wir die letzten Jahre so gut wie keinen Kontakt mehr. Folglich schockte mich die Nachricht nicht so sehr, wie ihr euch sicher vorstellen könnt.«

»So gut wie keinen Kontakt?«, fragte Valentina provokativ.

»Ein paar Jahre war Funkstille. Aber kurz vor seinem Tod schrieb er mir eine Nachricht, ob ich ihn mit dem Video bedrohen möchte? Und dass er mich fertigmachen würde, wenn ich so etwas verbreiten würde. Ich wusste nicht, was er damit meint.«

»Hm, wirklich seltsam«, entgegnete Valentina mit starrem Blick auf die Pflastersteine unter ihr.

»Also wie kann ich euch helfen? Ich vermute mal, dass ihr nicht nur gekommen seid, um mir Beileid für Richy auszurichten.«

»Wir sind wegen Amalia hier, Amalia Geiger, meine Schwester. Sie wurde im Alter von 15 Jahren in diesem Kaff ermordet«, schoss es aus Valentina heraus.

»Ich erinnere mich. Tragischer Fall. Ach, und du bist die Schwester. Das tut mir wirklich leid, was mit ihr geschehen ist.«

»Ja, das bin ich, danke! Na ja, wir wollten mit dir darüber reden, ob Richy eventuell etwas mit dem Mord zu tun haben könnte. Wir haben Indizien, die darauf hinweisen, dass er eventuell der Täter gewesen sein könnte.«

»Indizien, welche Indizien? Und der Täter war doch dieser Flüchtling, der dann untergetaucht ist, oder«, sagte er.

»Amir Karimi, der Flüchtling hatte ein stichhaltiges Alibi. Wir vermuten, dass die Polizei nicht in der Lage war den richtigen Mörder zu finden und daher haben sie sich auf Amir fokussiert«, antwortete ich.

Er überlegte kurz und sagte: »Ich verstehe, ihr denkt also, dass der Mörder immer noch da draußen herumläuft. Also zu Richy: Das kann ich mir beim besten Willen nicht vorstellen. Er war zwar ein Frauenheld und... und na ja, er hat auch damals oft über Amalia gesprochen, wie heiß er sie findet aber nein. Richy würde nicht so weit gehen. Wir waren damals sehr gut befreundet und er erzählte mir alles.«

Valentina blickte zu mir und gab mir mit ihrem geneigten Kopf ein Zeichen.

»Wir haben da ein Video von damals, vielleicht kannst du uns helfen.«

Ich kramte mein iPad aus der Tasche und bevor ich das Video abspielte, sagte ich: »Das Video wurde an dem Abend, an dem Amalia getötet wurde, im vorderen Bierzelt aufgenommen.«

Ich spielte das Video ab und stoppte in dem Moment, als der Mann mit dem Hut den Bierkrug mitnahm.

»Weißt du, wer der Typ mit dem Hut ist?«

»Das ist Richy! Ziemlich sicher. Er hatte sich damals so einen Hut gekauft und hatte sich megacool damit gefühlt.«

»Bist du dir sicher?«

»Spiel das Video bitte noch mal ab«, sagte er.

Nachdem das Video noch einmal durchlief, sagte er: »Ja, das ist Richy. Die Gangart, die Bewegungen, wie er läuft, kann ich zuordnen. Aber warum ist das so wichtig?«

»Es könnte sich bei dem Maßkrug um die Tatwaffe handeln«, antwortete ich.

»Ok, und wie seid ihr euch da so sicher?«, fragte er.

»Wir sind uns nicht sicher, aber wir gehen jeder Spur nach.«

»Hm verstehe. Also ich kann mich nur wiederholen, meiner Einschätzung nach war Richy nicht der Typ für so eine Tat. Außerdem war er zu clever, um einfach eine Frau umzubringen. Er hatte zudem genügend Frauen und hatte nie erwähnt, dass er irgendeinen Hass auf Amalia hatte.«

»Apropos, Frauen. Du warst doch damals mit Tanja Richter zusammen, oder?«

»Ja, das war ich, hielt aber nicht lange, vielleicht so ein halbes Jahr.«

»Warum habt ihr euch getrennt?«, wenn ich fragen darf.

»Ich war nicht so richtig in sie verliebt, um ehrlich zu sein. Na ja, alle um mich herum hatten ständig irgendwelche Girls am Start, aber ich war nicht so beliebt damals. Tanja wollte etwas von mir und ich habe mich darauf eingelassen, aber nach kurzer Zeit merkte ich, dass sie mich nicht glücklich machte. Klingt hart, aber so war es.«

»Zumindest warst du dann ehrlich zu ihr«, sagte ich.

»Ja das war ich. Aber wie kommt ihr jetzt auf Tanja?«

»Ich konnte mich nur daran erinnern, euch ab und an zusammen gesehen zu haben«, log ich.

Sebastian wechselte das Thema und sagte: »Und habt ihr noch weitere Verdächtige außer Richy?«

»Bislang nicht, aber wie gesagt, wir gehen jeder

Spur nach«, log ich.

Sebastian Vogels Kinder rannten nun auf ihn zu und sagten abwechselnd: »Papa, Papa, wir haben Hunger.«

In Hüfthöhe zerrten sie an ihrem Vater und verstärkten ihre Forderungen nach etwas zu Essen.

»Kinder, eure Mama kommt in ein paar Minuten vom Einkaufen und dann essen wir gemeinsam, ok? Schießt noch ein paar Freistöße, so wie Christiano Ronaldo, ok? Und dann können wir essen.«

»Ihr hört die Kids. Ich muss jetzt langsam mal das Essen vorbereiten«, sagte er.

»Was gibt's zu essen?«, fragte ich neugierig.

»Bolognese. Die Kids essen eigentlich nur Pommes, Pizza und Nudeln. Wir haben es lang mit allerlei gesundem Kram probiert, aber das war zwecklos. Also ich muss jetzt mal, wenn ich euch noch irgendwie helfen kann, jederzeit gerne. Wartet, ich gebe euch mal meine Nummer.«

Nachdem wir noch Nummern austauschten, verließen Valentina und ich das Grundstück.

»Hm, auch hier bekamen wir wenig Infos, oder?«, stellte Valentina fest.

»Ja, na ja, immerhin wissen wir jetzt, dass der Typ im Video Richy Wohlfahrt ist.«

»Immerhin, ja.«

»Was ist eigentlich mit Jonny Boy?«

»Wir hatten gestern Nacht mit ihm ausgemacht, dass wir zu zweit zu Sebastian Vogel gehen und wir uns in der Eisdiele treffen, schon vergessen? Oder ist die Info im Gurkenschnaps versickert?«, fragte ich.

»Ah ja richtig. Langsam kommt die gestrige Nacht zurück«, antwortete sie.

Wir liefen den Berg wieder hinab Richtung Innenstadt. In dieser Stadt kann man wirklich so gut wie alles zu Fuß erreichen, dachte ich.

Ich merkte, dass Valentina etwas unrund lief und sich ab und an in die Nähe ihres Schrittes fasste.

»Ist irgendwas mit dir?«, fragte ich.

»Irgendwie juckts da unten ein bisschen.«

»Oh, sagte ich. Soll ich mal nachschauen?«

»Ne du, lass mal. Das vergeht bestimmt wieder. Vielleicht ist die Kleine nur leicht gereizt.«

»Wie du meinst, aber ich würde das an deiner Stelle auf jeden Fall mal anschauen lassen.«

»Passt schon«, sagte sie.

»Wie du meinst.«

Gegen Mittag erreichten wir die Eisdiele und Jonny saß bereits im Außenbereich und hielt uns zwei Plätze frei. Er trug ein schwarzes Slim Fit Shirt, graue Jeans und eine Sonnenbrille. Ich dachte, wie kann er nur so hot sein.

Wir erzählten ihm unsere Erkenntnisse aus dem Gespräch mit Sebastian Vogel.

»Interessant. Das bringt uns einen Schritt weiter«, sagte Jonny.

»Ich habe auch etwas herausgefunden. Ich habe meinen Kumpel Martin darauf angesetzt die Social-Media-Profile von den Verdächtigen zu durchleuchten. Klar, damals gab es noch nicht so viele Plattformen. MySpace, Lokalisten, ICQ, wobei Letzteres eher ein Chat war. Jedenfalls hatten Sebastian und Richard MySpace und es gibt eine Konversation zwischen den beiden. Hier zum Beispiel schreibt Sebastian an Richard folgendes: Die Amalia würde ich auch gerne mal flachlegen. Die würde sich bestimmt erst wehren und sagen, „lass mich", aber wenn sie erst mal geknackt ist, geht sie bestimmt ab wie Gina Wild.

»Das klingt höchstverdächtig, aber Sebastian war weder von ChatGPT genannt, noch taucht er in irgendeiner der geleakten Akten auf. Und wie war die Reaktion von Richy?«

»Er sendete drei Lach-Smileys.«

»Ok, wow. Die zwei waren wirklich Arschlöcher! Jedenfalls macht das die Sache nicht einfacher, wenn Sebastian Vogel jetzt auch in den Kreis der Verdächtigen rutscht«, sagte Valentina.

»Ja, das ist so.«

»Habt ihr euch entscheiden?», fragte der Kellner, der plötzlich zwischen Jonny und Valentina auftauchte.

»Könnt ihr was empfehlen?«, fragte Jonny.

Zeitgleich sagten Valentina »Spaghetti-Eis« und ich »Joghurt-Eis.«

»Ok, ich nehme Spaghetti«, sagte Jonny.

»Also dann zweimal Spaghetti und zwei Kugeln Joghurt-Eis«, sagte ich zum Kellner.

Während wir das Eis genossen, starrten wir auf die

gegenüberliegenden Stadtmauern. Jonny interessierte sich sehr für die Stadt und stellte einige Fragen. Wir konnten ihm nicht wirklich viel erklären, außer, dass wir in der Schule gelernt haben, dass die Schweden im 30-jährigen Krieg die Stadt belagerten und tausend Kronacher die Stadt gegen zehntausend Schweden verteidigt haben.

«Wow, wie haben sie das geschafft?«

»Female Power!«, sagte Valentina.

»Die Frauen haben mitgekämpft, das ist richtig«, sagte ich.

»Sie haben heißen Teer und heißes Wasser von den Mauern geschüttet. Und die Festung gilt als eine der größten in Europa. Die Mauern waren schwer zu durchbrechen. Nach einigen Anläufen wählten die Schweden die Aushungerungstaktik, indem sie die Stadt einfach belagerten. Sie warteten in der Hoffnung, dass die Kronacher herauskommen würden. Doch das geschah nie. Der Legende zu Folge haben die Kronacher ihre letzten Housnküh, so bezeichnen sie hier weibliche Hasen, auf die Mauern getragen. Als die Schweden die hoppelnden Hasen auf den Mauern sahen, dachten sie, dass die Kronacher noch für Jahre Reserven haben und zogen ab.«

»Wow, das ist wirklich eine Mega-Story. Das so etwas nicht verfilmt wird und überhaupt, dass so eine Riesenfestung nicht mehr Tourismus anlockt.«

»Na ja, die Stadt hat keinen Autobahnanschluss und wird leider von Städten wie Bamberg, Bayreuth und Coburg überschattet«, erklärte ich weiter.

»Schade, aber macht Sinn«, sagte Jonny.

Valentina starrte auf Ihr Handy und grinste. Neugierig beugte ich meinen Kopf etwas in ihre Richtung, um zu sehen, was sie amüsierte.

»Sag mal, tinderst du etwa?«, fragte ich.

»Ja, aber nur so aus Langeweile.«

»Lass sehen!«, forderte ich, rückte mit meinem Stuhl zu ihr und blickte auf ihr Smartphone.

Nachdem Valentina ein paar vorgeschlagene Männer ablehnte, erschien einer, den ich ganz süß fand. Er hatte dunkle Augen, schwarzes Haar und war sportlich gebaut. Das Bild zeigte ihn auf dem Gipfel eines Berges beim Wandern.

»Na, der ist doch ganz nett!«, sagte ich.

»Ja, ganz hübsch, aber der ist zu klein. Schau mal, die Mädels hinter ihm sind ja sogar größer.«

»Da könntest du recht haben!«, erwiderte ich.

»Sag mal, was für ein Problem habt ihr Frauen eigentlich mit kleinen Männern?«

»Na ja, ich stehe halt auf große Männer. Ich brauche jemanden, der mich packt und herumtragen kann«, erklärte Valentina.

»Ich finde das voll diskriminierend«, erklärte Jonny, wobei ich nicht wusste, wie ernst er das meinte.

»Manche Frauen fragen mich auf Tinder auch im ersten Satz, wie groß ich bin. Wisst ihr, was ich dann darauf antworte?«

Während Jonny uns eine Denkpause gab, musste ich meine Eifersucht unterdrücken. Irgendwie war ich nicht mehr so begeistert, wenn Jonny über Tinder und andere Frauen spricht.

Nachdem weder Valentina noch ich reagierten, sagte Jonny:

»Wie schwer bist du eigentlich?«

Nach einem kollektiven Raunen, sagte ich: »Das ist ja voll fies!«

»Das ist genau das Gleiche!«

»Ne, das ist nicht das Gleiche!«, sagte ich, wobei ich bei tieferer Betrachtung feststellte, dass Jonny recht hatte. Nach der Größe zu fragen ist genauso oberflächlich, wie nach dem Gewicht zu fragen.

»Es ist ja nicht diskriminierend, wenn jemand einen gewissen Typ hat, oder? Nur weil jemand zum Beispiel auf große, muskulöse Südländer mit schwarzen Haaren steht, heißt es ja nicht, dass dieser jemand Menschen aus anderen Kulturkreisen oder mit markanten Körperproportionen nicht genauso respektiert und behandelt. Man darf einen Typ haben und trotzdem weltoffen sein!«, erklärte Valentina.

»Fairer Punkt!«, sagte ich.

»Ja, da hast du nicht Unrecht, aber trotzdem fies für die ganzen kleinen Männer da draußen!«, entgegnete Jonny.

»Was antworten dir dann die Frauen, wenn du sie fragst, wie fett sie sind?«, fragte ich neugierig.

»Die Hälfte ignoriert mich, die Hälfte nimmt es mit Humor«, erklärte Jonny.

»Wie valide ist denn da so…« Meine Frage wurde

von Valentina unterbrochen: »Seid mal kurz still!«, forderte sie.

Sie riss ihre blauen Augen auf, kniff mich mit ihrer Hand in den Arm und sagte »Das ist Amir, er fragt, ob wir jetzt telefonieren können.«

»Ja, dann los, ruf ihn an«, sagte ich.

Valentina stopfte sich ihre In-Ear-Kopfhörer ins Ohr und wählte einen Video-Anruf.

»Hey Amir! Thank you for your time!«

»Hey Valentina, how are you? I hope I can help you!«

»Yeah, I hope so too. You know, I have never given up finding the murderer of my sister Amalia and I hope you might can help me. I honestly never believed it was you, as you had this alibi. Why did you leave Kronach, when you were not guilty?«

«I was 16 years old when it all happened. The day after Amalia was killed, police officer Möller picked me up saying he needs to bring me to the police station. However, we stopped in the city, and he looked me in my eyes and said if I do not want to end up in jail, I need to leave Kronach and Germany now. I told him I was not guilty, but he said that they got enough evidence to put me behind bars. He gave me 100€ and said go and never come back! Shit, I was so scared. I left the car, put my hoodie over the top of my head and went straight to the train station. I took multiple trains and hitch-hiked back to Afghanistan which took me a few weeks. Back there, I translated for the Americans in the war. A few years back, I was lucky, and they gave me a greencard, I met my wife in the states and started a family. Honestly, I do not have good thoughts, when I look back to my time in Germany. Only the Bratwurst.«

»So, police officer Möller forced you to leave?«

»Yes, that is what happened.«

» I mean I was super young, in another country and just believed what the guy said. I was afraid to end up in jail. Today I would have probably thought different, I know my rights and stuff but back then it was different.«

»I see. What about your jacket? They found it at the crime scene.«

»You know, a few times a week we were allowed to leave the ground and I loved the woods. I just went to this nice place and chilled. Shortly before this happened to your sister, I was there and smoking some weed. Out of a sudden a local old guy was coming screaming at me that I should leave the forest. I run and forgot my jacket, which was hanging at the tree.«

»Wow, and did you tell this to the police?«

»This Möller guy was not listening at all. He was repeating the same story that they have enough evidence over and over again.«

»Amir, I am so sorry what our community did to you. You have been through a lot of shit. I am so glad for you that you found a home and a family.«

»Yeah, in the end I guess I ended up lucky in the

states but listen, I am glad that we had this conversation and that I could explain myself after all these years to you.«

»I am happy too that we had this chat. I promise you to find the real murderer and prove that the police was wrong.«

»I wish you all best to find justice and peace! If you need something else let me know but I am afraid I do not know more than what I just told you.«

»You helped a lot. Thank you and have a great day.«

 »Bye, thank you«, waren die letzten Worte des Gesprächs.

»Also was hat er gesagt?«, fragte ich neugierig.

»Er wurde vom Polizeibeamten Möller dazu genötigt zu verschwinden und bedroht, dass er andernfalls im Gefängnis landen würde, wenn er dies nicht tun würde. Zu dem erklärte er, dass er ein paar Tage vor Amalias Tod im Wald war und einen Joint geraucht hat. Als er durch einen Mann verscheucht wurde, vergaß er in Panik seine Jacke.«

»Könnte immer noch erfunden sein«, behauptete Jonny.

»Ja könnte sein, aber mit dem Alibi, dass er zusätzlich noch hatte, bin ich mir sehr sicher, dass er es nicht wahr«, antwortete Valentina.

»Besuchen wir doch einfach den alten Möller und stellen ein paar Fragen«, schlug ich vor.

»Ja, das machen wir.«

»Aber davor gehen wir noch zu Kurt Nowak, das

liegt auf dem Weg.«

»Sounds like a plan«, sagte Jonny.

Ich nickte.

»Bevor wir gehen, muss ich noch mal auf Toilette. Liz, musst du auch?«, fragte Valentina.

„Musst du auch" hieß meist unter Frauen „bitte begleite mich".

»Ja, gute Idee.«

Auf der Toilette angekommen, sagte Valentina:

»Meine Vagina juckt und brennt wie Feuer. Kannst du bitte trotzdem mal kurz nachsehen?«, frage sie leicht gereizt und beschämt.

»Klar kein Problem, lass uns hier in die Toilette gehen. Zieh dich mal aus«, antwortete ich leicht schmunzelnd.

»Lach nicht!«, sagte sie, während sie sich ihre Hose herunterzog.

Ich fuhr mir mit den Fingern über den Mund als Signal, dass ich mich nicht über sie lustig mache und die Sache ernst nehme.

»Also Frau Geiger, setzen Sie sich auf den Toilettendeckel. Den rechten Fuß bitte mal auf dem Toilettenpapierhalter ablegen. Den Linken werde ich mit meiner rechten Hand halten.«

»Du bist schwanger«, sagte ich mit ernster Miene.

»Was, das kann nicht sein!«, sagte sie mit schockiertem Gesicht.

»War nur ein Spaß, ist ein Scheidenpilz. Was nicht ausschließt, dass du schwanger bist, aber das kann ich ohne Ultraschall nicht erkennen«, sagte ich nach wenigen Sekunden.

»Oh man Liz, tue das bitte nie wieder. Ich kann gerade echt kein Baby gebrauchen. Aber das mit dem Scheidenpilz stimmt, oder wie?«

»Ja, das ist richtig. Warte kurz hier. Zwei Häuser neben der Eisdiele befindet sich eine Apotheke. Ich hole dir schnell etwas, das hilft.«

Ich huschte unauffällig an Jonny vorbei, um Fragen seinerseits zu meiden.

Kurze Zeit später mit einer Creme gegen Scheidenpilz in der Hand war ich zurück auf der Damentoilette.

»Hier, das hilft! Gut einschmieren am besten zwei Mal am Tag.«

»Sehr gut, her damit!«

»Während sie sich einschmierte, brummelte sie: »Schwanger, deine Mudda ist schwanger Liz!«

Ich musste lachen. Mir lief in dem Moment eine Träne herunter, weil ich so happy war, Valentina im Hier und Jetzt kennenlernen zu dürfen.

Als wir draußen ankamen, hatte Jonny bereits die Rechnung gezahlt.

»Na, Eis nicht vertragen?«, fragte Jonny in einem sarkastischen Unterton.

»Nein, wir haben uns die Nase gepudert«, antwortete Valentina gleicher Stimme.

»Also gut ihr Nasenpuder*innen lasst uns gehen«, genderte Jonny.

»Du weißt schon, dass du hier öffentlich gesteinigt wirst, wenn du genderst«, entgegnete ihm

Valentina.

»Oje, dann bin ich mal lieber leise«, erwiderte er.

Mit reichlich Zucker und Milch im Magen machten wir uns auf den Weg zu Kurt Nowak.

Seine Wohnung lag in der Klosterstraße und er ist wohl laut meiner Mutter Mesner in der naheliegenden Kirche. Das ist der Vorteil, wenn jeder jeden kennt. Du kannst dich nicht verstecken.

An der Adresse angekommen, blickten wir auf ein altes schönes Fachwerkhaus, das in einer gepflasterten Straße lag. Die Gegend hatte durchaus Mittelalter-Vibes. Den Klingelschildern zu Folge wohnten hier drei Parteien.

Kurz bevor wir klingelten, fragte Jonny: »Hey Valentina, dem hast du doch auch dieses Video geschickt, in dem er sich als Mörder von Amalia sieht, richtig? Was ist, wenn der Typ plötzlich Panik hat und eine Waffe zieht, uns vergiftet oder angreift oder ...«

»Wir beschützen dich!«, sagte Valentina mit schmollendem Mund, als ob sie mit einem Kind reden würden.

»Aber ernsthaft, ich meine, der Typ kann der Mörder sein. Wenn er schon mal gemordet hat, dann wird er es sicher wieder tun.«

»Also ich möchte den Mörder meiner Schwester unter allen Umständen finden. Dazu gehört auch ein bisschen Risiko. Du kannst aber jederzeit gehen, wenn du magst.«

»Ne, schon gut, aber sagt nicht, ich hätte euch nicht

gewarnt, wenn wir uns in der Hölle wieder treffen.«
Jonny drückte während seiner Warnung auf die
Klingel.
Kurz darauf hörten wir das mechanische Summen
einer alten Schließanlage.
Wir gingen durch die Tür und hörten das Öffnen
einer Wohnungstür im obersten Stock.
Als wir oben ankamen, blickten wir auf einen circa
1,90 m großen Mann. Er trug ein weißes Hemd, aus-
gewaschene Blue-Jeans, hatte sehr kurze blonde
Haare und um seinen Hals hing eine Kette mit ei-
nem großen Kreuz. Laut unserer Info war er 38
Jahre alt, allerdings sah er eher wie Mitte 40 aus.
»Gott segne euch!«, waren seine Begrüßungsworte.
»Äh Hallo«, sagte ich.
»Wie kann ich euch helfen?«, sagte der große Mann.
Nach kurzer Vorstellungsrunde erklärten wir ihm,
dass Valentina immer noch um Amalia trauert und
schwer darunter leidet.
»Ja, der Tod von deiner Schwester schockte unsere
Gemeinde damals sehr. Wir schlossen sie in unsere
Gebete ein.«
»Wir haben ein Video zugeschickt bekommen, dass
wir Ihnen gerne zeigen würden. Können wir even-
tuell kurz hereinkommen?«
»Ja, ich bitte darum.«
Ein schmaler Gang führte am Wohnzimmer vorbei
in eine kleine Küche. Ich konnte ein paar Blicke in
das Wohnzimmer werfen. Dort hingen überall
Kreuze und Fotos von irgendwelchen Bischöfen.

Die dunklen Balken unter dem Dach machten den Ort noch gruseliger, als er schon war.

In der Küche angekommen, sagte Kurt Nowak: »Bitte setzen Sie sich doch. Darf ich Ihnen einen Tee anbieten?«

»Nein, danke«, sagte ich, womit Valentina und Jonny mir zustimmten.

»Also, welches Video wollten Sie mir zeigen?«

»Ich holte das iPad aus meiner Tasche, lehnte es gegen das Fensterbrett und drückte den Play-Button.« Ich beobachtete Kurt Nowak dabei, wie er sich das Video betrachtete. Er zog die Augenbrauen zusammen und war fokussiert. Entweder hatte er keinen Schimmer, worum es gerade geht, oder er konnte es gut verstecken.

Nachdem das Video abgelaufen war, schaute er uns entgeistert an und sagte: »Ich verstehe nicht.«

»Das ist ein nachgestelltes Video von dem Abend, an dem Amalia starb. Am Ende des Videos sehen Sie Amalia und ihren potenziellen Mörder.«

»Aber der Mörder flüchtete damals, oder und wurde nie wieder gesehen? Es war doch ein junger Herr aus der Asylunterkunft, oder?«, fragte Kurt Nowak.

»Amir Karimi war es nicht, wir haben dafür Beweise«, sagte Jonny.

»Das ist ja interessant, aber wer war es dann?«

»Das wissen wir nicht. Wir dachten, Sie können uns vielleicht damit helfen?!«

»Ich, also warum ich? Ich fürchte, ich kann Ihnen da

nicht helfen.«

»Wer auch immer dieses Video erstellt und versendet hat, hat es auch an Sie geschickt. Daher dachten wir, Sie haben vielleicht Informationen, die uns helfen könnten, den Täter zu fassen«, sagte ich.

»An mich?!«, erwiderte er ungläubig gefolgt mit »Nein, da irren Sie sich.«

Während wir in der Eisdiele saßen, hatte Valentina die Idee, dass wir die E-Mail, die sie an Kurt geschickt hatte, an Valentinas private E-Mail-Adresse weiterleiten. Somit sah es so aus, als ob Valentina dieses Video bekommen hat, mit der E-Mail-Adresse von Kurt Nowak im Chat-Verlauf.

»Der Ersteller des Videos hat Ihnen auch das Video geschickt. Schauen Sie, das ist doch Ihre E-Mail-Adresse, oder?« Valentina zeigte ihm ihr Handy.

Während er überlegte, ergänzte sie: »Wer auch immer hinter diesem Video steckt, derjenige hat beim Weiterleiten vergessen, Ihre Kontaktinfos zu löschen.«

»Also wissen Sie, lassen Sie mich noch mal nachschauen.« Er holte sein MacBook. Ich dachte nur, wow das hätte ich ihm gar nicht zugetraut, dass er über solch einen modernen Laptop verfügt.

Da er an der Stirnseite des Tischs saß, konnten wir ihm leider nicht in den Bildschirm schauen.

»Also wann soll das gewesen sein?«, fragt er.

Nachdem wir noch mal das Datum nannten, tippte er leicht verwirrt und mit schüttelndem Kopf auf den Tasten herum.

»Nein, nichts. Allerdings muss ich gestehen, ich habe lediglich Kontakte im Kirchenkreis. Wenn ich Mails bekomme, die unseriös wirken, lösche ich diese sofort. Daher kann es schon sein, dass ich dieser E-Mail keinerlei Bedeutung geschenkt hatte und sie sofort gelöscht habe.«

Er redete sehr klar und wirkte durchaus überzeugend.

»Warum denken Sie, dass wir diese Nachricht bekommen haben Frau Geiger?«, fragte er.

»Ich weiß es nicht. Vielleicht will der Ersteller darauf hinweisen, dass der Täter noch nicht gefasst wurde. Vielleicht haben wir auch irgendetwas übersehen. Fakt ist, der Täter wurde nie gefasst und ihr ist nie Gerechtigkeit widerfahren.«

»Wissen Sie, der Herr ist gerecht und hat Gerechtigkeit lieb«, sagte Kurt Nowak.

»Altes Testament«, erwiderte Jonny.

Valentina und ich schauten ihn erstaunt an.

»Richtig, sind Sie gläubig?«

»Um ehrlich zu sein, nicht wirklich. Ich wurde nur sehr christlich erzogen.«

»Ah schade. Heute Abend ist eine Messe in der Klosterkirche, zu der ich Sie recht herzlich einlade.«

Valentina entgegnete: »Nein, danke. Außerdem, wenn der Herr doch Gerechtigkeit so sehr liebt, warum hat er dann nie den Täter dafür bestraft?«

»Die Wege des Herrn sind manchmal unergründlich«, entgegnete Kurt Nowak.

»Sehr unergründlich«, antwortete sie provokativ.

»Sagen Sie, kennen sie Tanja Richter?«, fragte ich.
Ich weiß nicht, ob ich mich täuschte, aber ich meine, Kurt Nowak zuckte leicht zusammen, als ich den Namen erwähnte.

»Ja, wir kannten uns damals aus der Schule. Ich half ihr etwas mit Mathematik und wir waren ab und an mal ein Eis essen. Da sie ein bürgerliches Leben bevorzugte und ich den Weg des Herrn wählte, sind die Wege etwas auseinandergegangen. Warum fragen Sie?«

»Ich dachte nur, dass ich Sie früher ab und an zusammen gesehen habe. Ich dachte damals, dass Sie vielleicht ein Paar oder so sind.«

Kurt Nowak schmunzelte leicht und antwortete: »Nein, das war wirklich nur eine Freundschaft. Tanja war ein sehr nettes Mädchen, aber da war nicht mehr.«

»Hatte sie irgendwie Hass auf Amalia?«, fragte ich.

»Nein, sie hatte Amalia nie erwähnt. Zumindest nicht, dass ich mich erinnern könnte.«

»Denken Sie, Tanja könnte etwas damit zu tun haben?«

»Ich glaube gar nichts«, sagte ich. »So groß ist dieser Ort nicht und irgendwer hatte damals verdammt viel zu beichten, wenn sie verstehen, was ich meine.«

»Ja, irgendwer ist für diese Gräueltat sicher verantwortlich und ich hoffe, dass Sie denjenigen finden. Ich fürchte nur, dass ich Ihnen nicht helfen kann.«

»Ach ja, da ist noch etwas.« Ich holte zwei Bilder

aus meiner Tasche.

»Sehen Sie, dieser Knopf wurde damals am Tatort gefunden. Es ist ein blauer Knopf. Blaue Knöpfe werden bei Hemden nur sehr selten verwendet und nun schauen Sie auf das zweite Bild. Hier sind Sie zu sehen mit einem Hemd, welches auch blaue Knöpfe hat.«

»Ja, um ehrlich zu sein, kann das sogar mein Knopf sein.«

Ich war gespannt, wie er das erklären will.

»Ich spazierte sehr häufig nachts im Wald hinter dem Volksfestgelände. Ich liebte den Wald dort, vor allem die Stelle, an der, na ja Sie wissen schon … Und da kann es schon durchaus sein, dass ich mal einen Knopf verloren habe. Ich war ein nervöser Junge und spielte immer an Knöpfen und Kordeln herum. Der Pfarrer sagte immer »Du kannst Gott nicht an deinen Kordeln zu dir herunterziehen. Falte deine Hände lieber und bete!«

»Also Sie meinen, Sie haben den Knopf dort zufällig verloren?«

»Ja, das halte ich zumindest für möglich. Es kann aber natürlich auch sein, dass jemand anders ein Hemd mit blauen Knöpfen trug. Ich habe meine Kleidung meist lokal gekauft. Damals kauften die Leute noch vermehrt in Geschäften ein, wissen Sie.«

Ich blickte Valentina in die Augen und ohne verbal zu kommunizieren, merkten wir beide, dass es Zeit zum Gehen war. Mehr Infos waren hier nicht mehr zu holen.

»Wir sind noch ein paar Tage in der Stadt. Falls Ihnen doch noch etwas einfällt, ich gebe Ihnen gerne meine Nummer«, sagte Valentina und drückte ihm ihr Handy in die Hand.

Herr Nowak notierte sich die Nummer auf einen Zettel und führte uns anschließend Richtung Wohnungstür.

»Ach, was ich Ihnen noch mit auf dem Weg geben darf. Wussten Sie, dass Amalberga von Gent die Schutzheilige von Amalia ist? Es gibt eine Statue im Wald von Hammelburg. Ich hatte das Vergnügen, vor einigen Jahren bei der Erstellung der Skulptur mitzuwirken. Es war eine Art geheime Aktion der jungen Christen diese Statue zu erstellen und dort zu platzieren. Wenn Sie einmal in der bayerischen Rhön sind, können Sie ja einmal einen Spaziergang dorthin machen und für Amalia beten.«

»Ja bestimmt, danke!«, sagte Valentina und ich wusste, dass ihr diese Info völlig egal war.

»Alles Gute!«, sagte der Religiöse als Verabschiedung.

»Was für eine Freak-Show«, sagte Valentina, nachdem wir das Haus verlassen haben.

»Ja, da sagst du was«, gab Jonny ihr recht.

»Also was denkt ihr? Ich glaube, der Typ sagt nicht ganz die Wahrheit.«

»Da hast du recht. Irgendwas war komisch mit dem Typen«, sagte Valentina.

»Habt ihr das Wohnzimmer mit den ganzen Kreuzen und komischen Bildern gesehen? Echt gruselig«, ergänzte Jonny.

»Aber leider sind wir hier keinen Schritt weitergekommen«, stellte ich laut sagend fest.

»Ja, das stimmt, leider«, antwortete Valentina.

Ich schaute auf meine Uhr. »Schon 15 Uhr. Lasst uns noch zum Polizeibeamten Möller gehen. Der wohnt nur zehn Gehminuten von hier entfernt.«

Herr Möller wohnte in der Alten Ludwigstädter Straße, nicht unweit von der Hofwiese und dem damaligen Tatort entfernt.

Auf dem Weg dorthin kamen mir einige Erinnerungen hoch. Wie oft ich damals diesen Weg Richtung Schützenfest gegangen bin. Mit welcher Vorfreude auf Bratwürste, gebrannte Mandeln, Zuckerwatte und Softeis. Als Kind gab es für mich nichts Beeindruckenderes im Jahr. Kurz vor dem Weg nach Hause, durften wir immer noch beim Roten Kreuz losen. Mit einem Luftballon in der Hand und auf Papas Schultern sind wir dann langsam nach Hause geschlendert.

Nun blickte ich quer über die Bahnschienen und sah nur einen leeren Platz ohne Menschen, Beleuchtung, Lärm und Charakter. Sobald ich in meinen Erinnerungen positive Momente mit diesem Platz verbinde, so kommen dann recht schnell die Bilder empor, wie ich Amalia auffand. Es heißt immer, die Zeit heilt alle Wunden, aber es ist ähnlich wie bei einem Bänderriss. Mit der Zeit wird das Band immer stabiler und du spürst es irgendwann nicht mehr im Alltag. Doch dann kommt ein Moment

starker Belastung und dann spürst du genau diese
Stelle wieder. So fühlt es sich an. Die Zeit heilt die
Wunden, aber die Narben bleiben für immer.

»Wir müssen hier rechts«, sagte Valentina.

»Ja, stimmt!«, sagte ich, während ich fast schon an
der Straße vorbeigelaufen bin.

»Das ist es!«

Herr Möller wohnte in einem roten Backsteinhaus,
das unverputzt war. Dies war sehr untypisch für
die Gegend. So ein Haus würde man eher in den
Niederlanden oder England erwarten. An der Tür
befand sich noch so ein Bügel, den man zum Klop-
fen verwenden konnte. Kurz nachdem wir klopften,
öffnete uns ein alter Mann, schätzungsweise Ende
fünfzig. Er trug graues seichtes Haar, ein kariertes
Holzfällerhemd, kurze graue Hosen und Birkenstockschuhe.

Birkenstockschuhe, dachte ich mir. Manchmal
musst du einfach nur dreißig Jahre warten, bis etwas wieder in Mode ist.

»Hallo, was kann ich für euch tun?« Nachdem er
uns kurz mit seinen Blicken gescannt hat, sagte er:
»Moment mal, du bist Lisa, Lisa Engel, richtig? Ich
kenne deinen Vater von der Feuerwehr. Wir hatten
damals viel miteinander zu tun. Und du hast damals diese Leiche gefunden von der, wie hieß sie
gleich noch mal?«

»Amalia, Amalia Geiger. Ich bin ihre Schwester Valentina.«

»Oh, das tut mir leid. Das muss damals sehr schwer

für dich gewesen sein.«

»Und Sie sind?«, sagte Herr Möller, während er in Jonnys Richtung blickte.

»Ich bin John, ein Freund von Lisa.«

»Schön Sie kennenzulernen«, sagte Herr Möller, während er ihm die Hand schüttelte.

»Also wie kann ich euch helfen? Sammelt ihr für die Caritas? Falls ja, ich habe letzte Woche schon eine Spende gemacht.«

»Nein, wir sind tatsächlich hier, weil wir einige Ungereimtheiten im Falle von dem Mord an Amalia gefunden haben.«

»Ungereimtheiten? Ja was denn für Ungereimtheiten? Bitte kommt doch kurz rein, dann können wir in aller Ruhe sprechen.«

Wir folgten Herrn Möller in das Haus. Innen wirkte das Haus viel größer. Der Wohn-Essbereich war offen und mit hellen großen Fließen bestückt. Zum Garten hin hatte das Haus große Fenstertüren. Ich war erstaunt, wie modern das Haus von innen wirkte. Die Einrichtung war sehr schmucklos: Keine Gemälde, keine Dekoration, alles in allem sehr schlicht. Der Fernseher war an und es liefen die Nachrichten. Die Nachrichtensprecherin sagte: „Seit die Hackergruppe Behind the Mirror zahlreiche digitale Polizeiakten gestohlen und teilweise veröffentlicht hat, gab es in mehreren deutschen Städten Demonstrationen vor den Polizeiwachen.“ Wütende Bürger hielten Transparente in die Luft mit Aufschriften wie: Und ihr wollt uns beschützen!

Oder Steuergeldverschwender!

Herr Möller nahm die Fernbedienung in die Hand und schaltete den Fernseher aus. Er kommentierte zugleich:

»Seitdem diese Akten im Internet kursieren, ist ganz schön was los. Da können wir zufrieden sein, dass es hier bei uns noch recht ruhig ist.

Bitte nehmt doch am Esstisch Platz. Ich koche uns schnell einen Kaffee.«

Ich glaube, alle in der Runde konnten einen Kaffee vertragen.

»Sehr gerne«, sagte Valentina.

»Wie geht es Ihrer Frau?«, fragte ich Herrn Möller, während er das Pulver in die Maschine schüttete.

»Meine Frau ist leider vor drei Jahren an Krebs gestorben, Darmkrebs.«

»Das tut mir leid«, sagte ich, was Valentina und Jonny bestätigten.

»Danke euch! Das war eine sehr harte Zeit. Wenn du 40 Jahre verheiratet bist und dann fehlt auf einmal die Person, die du geliebt hast. Wisst ihr, wenn so was passiert, dann werden all die Probleme in der Welt auf einmal so nichtig. All die kleinen Streitereien, Dinge, über die du dich aufregst. Ob du eine Beförderung im Job bekommst. Geld, ja vor allem Geld ist so unwichtig, solange ihr einigermaßen davon leben könnt.«

»Ja, da haben Sie wohl recht«, antwortete ich.

In dem Moment musste ich mich an meine frühen Zwanziger erinnern. Ich wohnte in einer 3er-

Studenten-WG. Wir mussten immer jeden Cent zusammenkratzen, dass wir auf die nächste Feier oder ein Konzert gehen konnten. Wie oft habe ich während meiner Studienzeit Nudeln mit Grillsauce gegessen oder habe die eigene Sektflasche vor dem Club versteckt, um Geld zu sparen. Dennoch war die Zeit, in der ich manchmal Geldsorgen hatte, wunderschön. Im 12er-Zimmer in den Hostels oder auf abgeranzten Campingplätzen habe ich so viele wunderbare Menschen kennengelernt, so viele tolle Momente erlebt. Mit Geld ist es einfacher, Menschen zu meiden. Dann buchst du dir ein Zimmer in einem teuren Hotel, sitzt gelangweilt am Pool und beobachtest alte Menschen, wie sie für einen geregelten Adrenalinanstieg sorgen, indem sie Cocktails trinken und dabei Bücher von Tess Gerritsen lesen. Währenddessen machst du selbst 50 Selfies von dir, teilst es in Social Media und hoffst, dass dich irgendjemand aus der Ferne anschaut und dir ein Like gibt.

»Mit Milch und Zucker?«, fragte Herr Möller und unterbrach somit meine Gedanken.

»Schwarz, für mich«, sagte ich.

»Gerne etwas Milch«, antwortete Jonny und Valentina bestellte mit viel Zucker.

»So also, ihr wolltet über Amalia sprechen. Was wollt ihr wissen?«

»Na ja, der Fall wurde nie aufgeklärt und um ehrlich zu sein, habe ich nie aufgegeben den Mörder zu finden und ich dachte vielleicht Sie könnten uns helfen. Sie haben ja damals mit an dem Fall gearbeitet, oder?«, fragte ich.

»Ja, am verdächtigsten war damals dieser Amir. Aber der ist ja dann damals verschwunden.«

»Sie sagen er war verdächtig, aber das heißt, Sie glauben nicht zu einhundert Prozent daran, dass er es war, oder?«

»Spätestens nach dem Tod meiner Frau glaube ich an Garnichts mehr. Ich war allerdings damals auch schon ein sehr rationaler Mensch. Wisst ihr, wir haben lediglich eine Jacke am Tatort gefunden und einen Joint, auf dem wir die DNA von Amir fanden. Amir hatte ein Alibi und auch an der Leiche waren weder Fingerabdrücke, Haare oder DNA-Spuren von ihm. Der Führungskreis in der Polizei und die Staatsanwaltschaft haben sich allerdings auf Amir eingeschossen.«

»Und haben sie eine Vermutung, wer es war?«, fragte Valentina.

»Nein, um ehrlich zu sein. Es wurden viele Leute befragt. Es wurden auch Spuren von anderen Jugendlichen gefunden, aber entweder hatten diese ein stichhaltiges Alibi oder die Spuren waren zu alt.«

»Wir haben heute mit Amir Karimi gesprochen«, sagte ich.

Ich konnte sehen, wie die Nervosität bei Herrn Möller anstieg. Er hatte hibbelige Beine, was ich am Tisch spürte, und ich sah, wie seine Augenbewegungen unruhiger wurden.

»Amir Karimi«, sagte Herr Möller verwirrt.

»Ist er hier in Deutschland?«

»Nein, er lebt inzwischen in den USA. Er ist damals zurück nach Afghanistan und hatte nach ein paar Jahren eine Greencard in den Staaten bekommen. Herr Möller, er hat uns erzählt, dass Sie ihn aufgefordert hätten unsere Stadt und unser Land zu verlassen und nie wieder zurückzukommen. Er behauptete zudem, dass Sie ihm gedroht hätten, dass er sonst ins Gefängnis kommt, wenn er nicht flüchtet.«

»Blödsinn«, sagte Herr Möller, nun in einem aggressiveren Ton.

»Amir wäre bereit, eine Aussage zu machen!«, log ich spontan.

Herr Möller legte die Ellenbogen auf dem Tisch ab und fasste sich mit den Händen über den Kopf.

Nach einer kurzen Pause sagte er: »Also gut, wenn ihr kein Fass aufmacht, dann sage ich es euch.«

»Das können wir nicht versprechen! Meine Schwester ist verdammt noch mal tot, reden Sie jetzt endlich!«, forderte Valentina.

»Ja, es ist wahr. Der Chef damals, Hans Wegner, gab mir die Anweisung, Amir in der Nähe des Bahnhofs auszusetzen und ihm Angst zu machen, sodass er das Land verlässt. Hans redete mir ein, dass sie ihn hier steinigen würden. Um weiteres Blutvergießen zu vermeiden, sei es das Beste, wenn er verschwindet, sagte er. Im Nachhinein habe ich es bereut, aber ich war damals 35 Jahre alt und wollte noch

Karriere machen. Nachdem der Fall dann zu den Akten gelegt wurde, habe ich mir nicht mehr so viel Gedanken darüber gemacht. Der Chef hat mich im Anschluss gut behandelt, ich wurde befördert und konnte meine Schulden für das Haus nach und nach abbezahlen.«

»Ach so, also für eine Beförderung haben sie meine Schwester einfach aufgegeben«, schrie Valentina nun Richtung Herrn Möller.

»Nein, wir haben sie nicht aufgegeben. Wir sind allen Spuren nachgegangen, konnten aber keinen von den Verdächtigen anklagen, da alle Beweise zu dünn waren.«

»Und wissen Sie, warum ihr Chef damals Ihnen diese Anweisung gab?«, fragte ich neugierig.

»Nein, nicht wirklich. Ich denke, er war verzweifelt, weil wir keinen Schuldigen hatten. Er wollte wahrscheinlich Ruhe unter das Volk bringen, wie man so schön sagt. Zu dem, na ja wie soll ich das sagen: Der Wegner machte keinen Hehl daraus, dass er Flüchtlinge nicht besonders gern mochte. Jetzt könnt ihr eins und eins zusammenzählen, warum das so abgelaufen ist.«

»Wow, das nenne ich mal Polizeiarbeit!«, sagte Valentina im sarkastischen Ton.

»Was ist aus Ihrem Chef geworden? Können wir vielleicht mit ihm sprechen?«, fragte ich.

»Der sitzt dement im Altersheim. Ich habe ihn ein paar Mal besucht. Glaubt mir, von dem erfahrt ihr nicht mehr viel.

Es tut mir wirklich leid, dass wir den wahren Schuldigen nie finden konnten. Das müsst ihr mir glauben!«

Ich schaute in Herrn Möllers Gesicht und irgendwie nahm ich ihm seine Reue ab.

»Na ja, wir haben eine Liste von möglichen Tätern. Liz, kannst du bitte Herrn Möller die Ergebnisse von ChatGPT zeigen?«, forderte Valentina.

»Willst du das wirklich?«, fragte ich Valentina.

»Ja, mach das bitte. Irgendwann müssen wir, befürchte ich, eh mit der Polizei sprechen.«

Ich kramte das iPad aus meiner Tasche heraus und öffnete die Ergebnisse von dem Bot.

»Wir haben etwas recherchiert und haben zum Beispiel herausgefunden, dass ein Knopf, den sie nicht zuordnen konnten, höchstwahrscheinlich Kurt Nowak gehört. Schauen Sie sich bitte die beiden Bilder an.«

Herr Möller verglich das Bild aus der Polizeiakte, dass den Knopf in einer Plastiktüte zeigte mit dem Profilbild des christlichen Forums. »Erstaunlich, warum sind Sie damit nicht eher zu uns gekommen?«, fragte er.

»Wir haben das erst kürzlich herausgefunden. Außerdem können wir anscheinend der Polizei nicht so ganz trauen, wie wir heute festgestellt haben«, sagte Valentina provokativ.

»Also wenn ihr das wollt, kann ich gerne das Fass noch mal aufmachen und meine Kollegen und ich können uns den Nowak mal vornehmen und ihn verhören.«

»Das Problem ist, es gibt noch mehr Verdächtige, laut unserer Analyse«, sagte ich.

»Ok, und die wären?«

Ich scrollte am iPad etwas weiter herunter.

»Hier, das ist, was wir herausgefunden haben.«

Auf dem Tablet waren nun die Ergebnisse der anderen drei Verdächtigen und die Hinweise des Bots zu sehen.

»Tanja, das macht keinen Sinn. Von ihr wurden keine Spuren gefunden und nur, weil sie einen Hass auf Amalia hatte, heißt das noch lange nichts. Zwischen Hass und Mord liegen Welten, glaubt mir das. Ich habe ziemlich viel in meiner Karriere gesehen.

Dann habt ihr Richard Wohlfahrt im Kreis der Verdächtigen. Der Cousin vom Sepp. Ja, den haben wir damals genauer unter die Lupe genommen. Der hatte ein Alibi und an der Kleidung von Amalia wurden auch damals keine Spuren gefunden.

Und als letztes John Fiedler, den kenne ich nicht. Ah ok, ich verstehe, die unbekannte DNA auf den Glasscherben vom zertrümmerten Bierkrug, die wir fanden, gehört angeblich zu diesem John. Moment, hießen Sie nicht so?« Herr Möller schaute erstaunt in Jonnys Richtung.

»Ja, das ist richtig. Mein Zwillingsbruder war damals auf dem Volksfest. Allerdings wissen wir noch nicht, wie seine DNA an den Tatort gelangt ist. Wir haben hier ein Video, indem der Bierkrug von

meinem Bruder Robert von Richard Wohlfahrt verwechselt wurde. Schauen Sie!«
»Und woher wissen Sie, dass das der Richard Wohlfahrt ist? «
»Sebastian Vogel hat uns das bestätigt.«
»Donnerwetter, Sie haben da richtig viel herausge-
funden«, sagte der Polizist Möller.
»Ja, allerdings läuft der Mörder immer noch frei
herum«, erwiderte Valentina.
Herr Möller überlegte und sagte kurze Zeit später
»Also, ich habe damals einen Fehler gemacht, der
mir unglaublich leidtut! Ich kann euch Folgendes
anbieten: Ich kann den Fall wieder aufrollen, aber
dann muss ich das offiziell machen und wir müssen
jeder Spur nachgehen. Das inkludiert auch die
DNA Ihres Zwillingsbruders.«
Ich konnte spüren, dass Jonny die Idee nicht gefiel.
»Wie wäre es, wenn Sie erst mal diesen Kurt Nowak
unter dem Radar befragen. Sie wissen ja, wie schnell
so eine Info viral geht«, schlug Jonny vor.
»Viral?«, fragte Herr Möller.
»Wie schnell es sich verbreitet«, erklärte Jonny.
»Ah ok. Eure Generation, immer mit diesen neuen
Worten. Wenn wir so junge Burschen manchmal be-
fragen, verstehe ich nur noch die Hälfte.«
»Also machen Sie das jetzt mit Kurt?«
«Ja, mache ich! Aber die Sache mit diesem Amir Ka-
rimi bleibt erst mal unter uns, ok?»
»Deal!«, sagte Jonny.
»Hier, meine Nummer.« Melden Sie sich bitte

gerne, sobald Sie etwas wissen«, sagte ich.

»Mache ich. Und Valentina, es tut mir leid! Wir hätten damals akribischer arbeiten müssen.«

»Ja, alle hätten das tun müssen, aber danke, dass Sie sich Ihren Fehler eingestehen.«

Herr Möller begleitete uns zur Haustür und verabschiedete sich von uns.

Das lief doch gut, oder?!«, fragte Jonny in die Runde.

»Ja, ich hatte das Gefühl, dass uns der Typ wirklich helfen will«, sagte Valentina.

»Ja, abwarten. Wir dürfen nicht unterschätzen, dass wir die Büchse der Pandora jetzt geöffnet haben. Die haben damals einen Fehler gemacht, indem sie Amir verscheucht haben. Sie wissen jetzt, dass ihr kleines Geheimnis aufgedeckt wurde. Die Frage ist, ob der Möller tatsächlich nur ausführende Gewalt war oder ob er da auch irgendwie mit drinsteckt. Die Story mit „die Kronacher würden den steinigen und wir mussten den schützen", nehme ich ihm nicht ganz ab.«

»Ja, das stimmt! Aber hey, wenn sie den wahren Täter jetzt finden und hinter Gittern bringen, dann wäre das auf jeden Fall eine Genugtuung für mich«, antwortete Valentina.

Jonny schaute auf seine Uhr und sagte: »Leute, es ist 16 Uhr und der Gurkenschnaps hat noch diverse Nachwirkungen. Ich muss mich jetzt mal eine Stunde hinlegen.«

»Was machen wir? Bratwurst und Bier auf dem

Altstadtfest?«, fragte Valentina.

»Gerne, aber für mich heute eher Bratwurst, Apfelschorle und danach noch einen Kaffee, aber du kannst dir gerne ein Bier gönnen.«

Während Jonny ins Hotel ging, liefen wir die zehn Minuten zurück in die Stadt. Diese Stadt war so klein im Vergleich zu Regensburg. Ich wundere mich immer wieder, warum alle hier ein Auto hatten, da doch alles einfach zu Fuß oder mit dem Rad erreichbar war. Laut mehreren Studien leben auch mehr übergewichtige Menschen auf dem Land als in Städten. Um ehrlich zu sein, wundert mich dies nicht. Das Distanzdenken ist hier einfach anders. Während es hier undenkbar wäre zum nächsten Supermarkt, der 500 Meter entfernt ist, zu laufen, legen ältere Menschen in den Städten routinemäßig mehrere Kilometer am Tag zurück, um ihre Erledigungen zu machen. Bewegung ist bekanntlich ein Hauptfaktor für ein langes Leben. Hinzu kommt die Glorifizierung des Alkohols, was ein deutschlandweites Problem darstellt und auch vor diesem Ort keinen Halt machte. Während meiner Jugend war das Kernthema wer, was und wie viel jemand trank und wie der oder diejenige sich dabei verhalten hat. Zugegeben, trinke ich auch eher zu viel. Während der Arbeitswoche funktioniert es ganz gut ohne alkoholische Getränke, aber auch da erwische ich mich schon manchmal mit einem Glas Wein nach Feierabend.

Valentina unterbrach meine Gedanken und sagte:

»Hey, bei dem Stand gabs nur Bier« und drückte mir einen Krug in die Hand, nachdem ich ihr ausdrücklich gesagt hatte, dass ich gerne eine Apfelschorle hätte. Dazu gab es ein Paar Bratwürste mit mittelscharfem Senf.

Ich zwickte meine Augen zusammen und fokussierte sie damit.

»Sorry, ich kann auch nichts dafür, wenn es da nur Bier gibt«, sagte sie.

»Daneben ist noch ein anderer Getränkestand.«

»Wupsi«, sagte sie und prostete mir zu.

»Prost!«, sagte ich.

Der anschließende Biss in die Bratwurst war ein Gedicht.

»Wenn die hier eines besser können als sonst wo auf der Welt, dann sind das Bratwürste«, sagte ich mampfend zu Valentina.

»Ja, oder?! Also ich könnte auf vieles verzichten, aber nicht auf diese geilen frischen Bratwürste vom Kohlegrill. Vor allen der mittelscharfe Senf dazu. Wie ich es hasse, dass die in der Oberpfalz auf alles süßen Senf schmieren, widerlich.«

»Ja, süßer Senf auf der Bratwurst geht gar nicht!«, stimmte ich ihr zu.

»Sag mal, wie gehts eigentlich deiner Vagina?«, fragte ich im Anschluss.

In dem Moment drehten sich zwei Männer um, die am Tisch hinter uns saßen.

»Oh, das war wohl etwas laut«, bemerkte ich.

»Also meiner Vaagiiinaaa«, Valentina betonte das

V-Wort nun extralaut, »geht es schon etwas besser. Die Creme hilft, denke ich, und die Kühlung von innen mit dem Bier kann auch nicht schaden.«

»Ja, normalerweise sollte das in ein paar Tagen weg sein. Wenn nicht, gehst du mal zu deiner Frauenärztin, ok?«

»Ok Mutti«, antwortete sie.

»Hier ist ja richtig was los«, wechselte ich das Thema.

Auf dem Marienplatz gab es mehrere Essensstände. Neben Bratwürsten gab es Crêpes, Galettes, Pizza, Burger und Döner. Mehrere Autohäuser präsentierten ihre neuesten Fahrzeuge. Für die Kinder gab es einige Spiele, z. B. stellte die Freiwillige Feuerwehr eine Kübelspritze auf, mit der ein paar Holzflammen gelöscht werden konnten.

»Ja, wir haben ein gutes Wochenende erwischt!«, antwortete Valentina.

Nachdem wir gegessen hatten, sagte Valentina: »Da drüben ist ein Glücksrad von der lokalen Frauenbewegung. Los, lass uns da mal hingehen und drehen.«

»Ok, lass uns mal sehen, ob wir Glück haben.«

Am Stand angekommen, drehte ich zunächst.

»Ein Kleingewinn!«, sagte die Dame. »Sie können sich hier etwas aussuchen.«

Es gab einen Sticker mit der Aufschrift Female Power oder alternativ mit dem Spruch: Wenn wir uns abrackern wie die Männer hier, wollen wir den gleichen Lohn von dir!

Alternativ gab es Stifte oder Blöcke. Ich entschied mich für einen Stift. In meiner Praxis fehlen ständig Stifte. Ich weiß nicht, wie die dauernd verschwinden, und Susi freut sich bestimmt über einen pinken Stift, dachte ich.

»Danke!«, sagte ich, während ich den Stift nahm.

»So jetzt, du!«, forderte ich Valentina auf.

Valentina drehte fest am Rad.

Das Rad blieb stehen auf Hauptgewinn.

Valentina riss die Arme in die Luft und tanzte anschließend im Kreis.

»Also, was habt ihr im Angebot?«, fragte sie mit strahlendem Gesicht.

»Sie bekommen eine Eintrittskarte für einen Vortrag von Alice Schwarzer und ein Pfefferspray. Wir lehnen zwar Gewalt grundsätzlich ab, aber in einer gefährlichen Welt müssen Sie sich verteidigen können.«

»Was Sie nicht sagen«, erwiderte Valentina.

Sie nahm ihren Gewinn entgegen und schaute mich lächelnd an.

»Hier für dich«, sagte sie und drückte mir das Pfefferspray in die Hand.

»Jetzt kannst du dich auch im Ernstfall verteidigen«, führte sie fort.

»Danke! Na ja, ich frage mich, ob ich das Teil im Ernstfall rechtzeitig aus der Tasche kramen könnte und dann noch den Typen so im Auge erwische, dass er außer Gefecht ist. Bei den beiden Typen, die dich vermöbelt haben, hat es dir ja auch nichts geholfen oder?«

»Ja, das stimmt. Die haben mich ganz schön überrascht. Ich frage mich immer noch, wer diese Typen waren oder wer sie geschickt hat. Ich meine dieser Kirchentyp Nowak war zwar extrem komisch, aber ich traue dem nicht zu, dass er einen Schlägertrupp nach Regensburg schickt. Diese Tanja wirkt auch nicht so, als ob sie dazu in der Lage wäre. Richard Wohlfahrt ist tot und na ja, von Jonnys Zwillingsbruder gehen wir momentan davon aus, dass er unschuldig ist. Denkst du wirklich, dass er unschuldig ist? Ich meine, irgendwie ist seine DNA an den Tatort gekommen. Wir wissen zwar, dass Richard den Bierkrug von Jonny mitgenommen hat, aber mehr auch nicht«, stellte Valentina fest.

»Ich kenne natürlich seinen Zwillingsbruder nicht gut, aber ich hoffe es einfach, dass er unschuldig ist. Ausschließen können wir es nicht zu einhundert Prozent, da hast du recht.«

»Du hoffst es, weil du auf Jonny-Boy stehst und du möchtest nicht, dass seine Familie kriminell ist, oder?«

»Ja, nein, vielleicht. Ich weiß selbst noch nicht, wo das mit Jonny hinführt. An dem Punkt, wo ich jetzt mit ihm bin, war ich schon ein paar Mal im Leben und habe danach immer die Reißleine gezogen. Wenn ich merkte, dass ich mich einem Mann öffnen muss, bedeutet das, verletzlich zu sein, Schwäche zu zeigen und womöglich auch Herzschmerz, wenn es schief geht. Daher ist gerade mein innerer

Schutzmechanismus auf Alarmstufe rot.«

»Ich verstehe dich gut. Es ist nicht einfach, jemanden zu vertrauen, aber wenn du jetzt eine gute Zeit mit ihm hast, dann genieße es einfach. Wenn es ein Jahr hält, so what? Wenn es zehn Jahre sind, auch ok. Ich glaube, wir müssen aufhören immer in diesen Wir-werden-gemeinsam-alt-Vorstellungen zu leben. Wir müssen manchmal eben mehr, wie Kinder leben, nämlich in der Gegenwart.«

Ich dachte kurz über Valentinas Ausführungen nach und musste ihr recht geben. Auch bei dem Part mit den Kindern. Wahrscheinlich hatte ich deshalb immer keinen Zugang zu Kindern, da ich sie mehr wie Erwachsene behandelte. Ich fragte manche Kinder zum Beispiel, wie es im Kindergarten war, und erhielt eine kurzes „gut" oder gar keine Antwort. Kinder interessiert es nicht, was gestern oder vor einer Stunde war, sondern vielmehr was im Hier und Jetzt passiert. Vielleicht sollten wir Beziehungen ähnlich sehen. Genießen wir die Zeit, solange es sich gut anfühlt. Da ist nur das Problem, dass es sich verdammt scheiße anfühlt, wenn es schief geht, dachte ich und sagte:

»Ja, ich gebe dir recht, aber das heißt auch, dass irgendjemand am Ende meist mit einem gebrochenen Herzen aus der Geschichte heraus geht.«

»Ja, that is life. Ich bevorzuge es, auf einer emotionalen Sinus-Kurve durch das Leben zu gehen. Du weißt ja, was eine gerade Linie bedeutet, oder?« Mit einem darauffolgenden »Piiiep« deutete sie den

Tod an.

»Nur, weil ich ein geregeltes Leben habe, heißt das nicht gleich, dass mein Leben am Ende ist, aber vielleicht kann ein bisschen mehr Risiko meinem Leben nicht schaden, da bin ich bei dir!«

»Ja, that's the spirit Liz! Apropos Jonny, wo ist der eigentlich, wollte der sich nicht nur kurz hinlegen?«

»Ja, vielleicht hat er sich keinen Wecker gestellt und schläft bis morgen durch.«

In dem Moment klingelt mein Telefon. »Oh, das ist Herr Möller!«, sagte ich.

Was will der denn jetzt, dachte ich.

»Herr Möller, was gibt es?«

»Kurt Nowak ist tot. Er hat sich in seiner Wohnung an einem Balken erhängt.«

»Wie bitte? Jetzt gerade? Wie haben Sie ihn so schnell gefunden?«

»Er erschien vor der Messe nicht zu seinem Dienst. Der Pfarrer machte sich Sorgen, da er immer pünktlich ist. Da die Klosterkirche nur ein paar Meter von Nowaks Wohnung entfernt ist, wollte der Pfarrer schauen, ob alles in Ordnung ist.«

»Und offensichtlich war nicht alles in Ordnung?«

»Richtig, die Wohnungstür stand offen. Also warf der Pfarrer einen Blick in die Wohnung. Er fand ihn in seinem Wohnzimmer mit einem Seil am Balken hängen. Er hat sofort die Polizei gerufen.«

»Hat er einen Abschiedsbrief oder ein Memo oder so verfasst?«, fragte ich.

»Ja, jetzt kommt der eigentliche Kracher. Die

Kollegen fanden auf dem Handy ein Video von ihm, in dem er den Mord und die Vergewaltigung an Amalia gesteht. Er konnte wohl mit der Schuld, oder wie er es ausdrückt, mit der „Sünde" nicht mehr leben.«

»Wow, ich weiß nicht, was ich sagen soll«, stammelte ich in das Telefon. Irgendwie war ich schockiert darüber, dass er sich erhängt hat, aber auch froh, dass wir das Kapitel abschließen können und wir endlich den Täter gefunden hatten.

»Jedenfalls Glückwunsch! Durch Ihre kommissarischen Tätigkeiten hat er sich wohl unter Druck gesetzt gefühlt. Der wahre Täter hat somit Selbstjustiz ergriffen.«

»Ja, das ist echt unfassbar. Danke für die Infos. Hören Sie: Das Video, können wir es sehen?«

»Also, schicken kann ich es euch nicht, da es Beweismittel sind, aber ihr könnt gern morgen früh vorbeikommen und ihr könnt einen Blick darauf werfen.«

»Ok, wir kommen dann morgen früh vorbei«, sagte ich.«

»Sehr gut, dann bis morgen«, sagte ich abschließend.

Ich erklärte Valentina alles, was mir Herr Möller soeben berichtet hatte.

Sie sagte nichts. Sie lächelte und gleichzeitig lief ihr eine Träne herunter. Im Anschluss umarmte sie mich fest. Mehr Tränen flossen, nun auch bei mir.

»Das müssen wir feiern, Liz!«

»Ich glaube, ich bin heute zu kaputt um zu feiern«, antwortete ich.

»Ach komm, ein Aperol und dann gehen wir ins Bettchen, ok?«

»Also gut, ein Aperol.«

Kurze Zeit später fanden wir uns an der Schnapsbar wieder und bestellten einen Aperol.

»Cheers! Auf uns und auf dich«, sagte Valentina, während sie mir und dem Himmel zuprostete.

»Prost!«

»Unglaublich, dass wir das Rätsel gelöst haben, oder?«, stellte sie fragend fest.

»Ja schon, ich bin froh, dass es vorbei ist.«

»Hey, ihr zwei«, sagte eine bekannte Stimme im Hintergrund. Es war Valentinas Mutter. Ihre Mutter trug weite Hosen, ein buntes Top, ein Haarband und eine Sonnenbrille. Seit Amalias Tod ist sie zunehmend esoterisch geworden. Sie qualmt sich mit ätherischen Ölen ein, macht Klangschalentherapie und raucht ab und an Cannabis. Wer mag es ihr verübeln, dachte ich, nach all dem, was sie erlebt hat.

»Was macht ihr denn hier?«

»Na was wohl Mama, wir feiern«, erklärte Valentina.

Anschließend flüsterte Valentina mir ins Ohr: »Ich sage es ihr, ok? Es wird sich hier eh verbreiten wie ein Lauffeuer. Spätestens morgen wird es in der Zeitung stehen.«

»Klar, mach das!«, sagte ich.

Valentina flüsterte ihrer Mutter die Nachricht über

Kurt Nowaks Tod zu. An der Schockstarre ihrer Mutter konnte ich sehen, dass Valentina ihr auch mitgeteilt hat, dass Nowak ein Geständnis abgelegt hat.

Die zwei umarmten sich. »Ich lasse euch Zwei mal allein«, sagte ich.

Valentina blickte noch in meine Richtung und flüsterte: »Viel Spaß bei Jonny-Boy.«

Ohne dass ich ihr irgendetwas sagte, wusste sie mal wieder, was ich vorhatte.

Es war bereits dunkel und als ich den Platz verließ, wurde die Stadt sehr schnell ruhiger.

Ich genoss den Spaziergang unter der orangefarbenen Straßenbeleuchtung. Der Weg führte durch das Bamberger Stadttor hinauf Richtung Altstadt. Ich blickte auf die dicken Mauern und Fachwerkhäuser. In dem Moment dachte ich mir, wie das wohl früher im siebzehnten Jahrhundert gewesen sein musste, als die Schweden die Stadt belagerten. Die Bewohner mussten eine Todesangst um sich und ihre Kinder gehabt haben. Die ständigen Kanonenschüsse auf die Mauern, die Feinde, die versuchten, über die Mauern zu kommen und dann noch die Essensvorräte, die zunehmend weniger wurden. In solchen Zeiten war es wohl gut für die Menschen, sich an etwas Übernatürlichem, wie Gott, festzuhalten und zu hoffen, dass er einem hilft. Wie ich noch ein Kind war, schleppten mich meine Eltern immer mit auf die Schwedenprozession, bei der gläubige Christen Gott für die erfolgreiche Verteidigung gegen die Schweden danken. Ich selbst bin nicht gläubig und dachte, dass die Kronacher auch ohne Gebete ihre Stadt verteidigt hätten. Aber wenn einmal etwas gut für die Menschen ausging, war das natürlich gefundenes Fressen für die Kirche. Dann konnten sie wieder herumrennen und prahlen, dass Gott die Stadt verteidigt hat und konnten den Klingelbeutel aufhalten. Bei der Pest und Ernteausfall waren Gottes Mittel erschöpft, dachte ich blasphemisch. Na ja, leben und leben lassen oder anders gesagt: Jeder kann glauben was er möchte, war mein Fazit.

Als ich bei Jonny im Hotel ankam, sagte ich an der Rezeption, dass ich mit John Fiedler hier bin und meine Zimmernummer vergessen hätte. Ohne großen Zweifel gab der nette Herr mir die Zimmernummer. Nummer 4. Welches Hotel hatte denn bitte einstellige Nummern, dachte ich mir.

Das Hotel wirkte innen sehr neu. Es hatte was von einem modernen Hüttenflair mit viel hellem Holz, großen Glasfenstern und schnörkellos weißen Wänden.

Ich klopfte an der Tür und rief »Zimmerservice.«

Jonny öffnete die Tür und stand vor mir in karierten Boxershorts und weißem T-Shirt.

»Hey, das ist ja mal eine Überraschung. Ich bin gerade eben aufgewacht«, sagt er.

»Es gibt News! Kurt Nowak hat vor circa einer Stunde Selbstmord begangen und in einem Abschiedsvideo gestand er die Tat an Amalia.«

»Krass. Das schockiert mich jetzt richtig«, sagte er, während er sich mit den Fingern über seine Augen wischte. »Meinst du, ihm war der Druck zu groß und er hatte ein zu schlechtes Gewissen?«

»Ja wahrscheinlich. Oder er dachte, er würde demnächst auffliegen und er konnte sich ein Leben im Gefängnis nicht vorstellen.«

»Also noch mal im Schnelldurchlauf: Valentina schickt dieses Video herum. Kurt Nowak bekommt darauf hin Angst, findet irgendwie heraus, dass Valentina dahintersteckt und droht ihr zunächst, in dem er irgendwelche Typen anheuert, die Valentina verprügeln. Nachdem das nichts gebracht hat und er gemerkt hat, dass bereits wir auch involviert sind, sieht er keinen Ausweg mehr und wählt den Freitod. Ja, würde Sinn machen, oder?«

»Ja, denke ich auch. Herr Möller hat uns versprochen, dass wir morgen bei ihm vorbeikommen und uns das Abschiedsvideo anschauen können.«

»Klingt gut. Wir sollten eine neue Karriere als Kommissare in Erwägung ziehen«, antwortete er.

»Ja, du glaubst nicht, wie erleichtert Valentina war.«

»Doch, das kann ich mir vorstellen.«

Ich lief zum Fenster und wechselte das Thema. »Siehst du das Dorf dort oben? Jonny folgte mir zum Fenster, stand dicht hinter mir und blickte in die gleiche Richtung.«

»Als ich ein Kind war, bin ich mit meinen Eltern häufig dort hoch gewandert. Von dort aus kannst du die ganze Stadt inklusive Festung überblicken. Ich sagte immer zu meinen Eltern, dass ich dort mal mein Schloss errichten werde und Prinzessin werde, aber daraus ist wohl nichts geworden.«

»Du kannst immer noch ein Schloss bauen«, erwiderte er.

»Ach ne, ich bin mit meiner Rumpelkammer in Regensburg ganz zufrieden. Außerdem müsste ich dann immer zu irgendwelchen spießigen Veranstaltungen und dürfte nicht einfach mal Tacos essen und ein Bier dazu trinken. Außerdem sind Prinzessinnenkleidchen auch nicht mehr so mein Stil.«

Jonny antwortete: »Ja, in meinen Adern fließt auch kein blaues Blut. Daher wäre es sehr schade, wenn ich dann das hier nicht machen dürfte.«

In dem Moment schmiegte er seinen Körper von hinten an mich heran und küsste meinen Hals. Dies löste einen Impuls aus, als ob jemand einen Knopf gedrückt hätte. Mein Körper kribbelte vom Hals hinab bis zum Intim-Bereich.

Ich spürte seinen Penis bereits hart an meinem Hintern.

Ich drehte mich herum, wir küssten uns wild und wir rissen uns die Kleider vom Hals, als hätten wir nur noch wenige Minuten auf dieser Welt.

Ich lief rückwärts zum Bett, er folgte mir und schupste mich leicht auf das Bett. Statt gleich in mich einzudringen, verwöhnte er mich mit seiner Zunge. Ich kam zwei Mal und war dabei so feucht, dass es mir fast peinlich war. Beim anschließenden

Sex fühlte sich alles so intensiv an. Das Ganze dauerte weniger als 5 Minuten, doch Jonny war in der Lage, mich mit wenigen Berührungen ans Maximum zu bringen. Es fühlte sich beängstigend gut an.

Nach dem Sex, lagen wir beide auf dem Rücken und starrten ausgepowert an die Decke. Mit Jonny wirkte das befriedigende Gefühl immer noch Minuten lang nach.

»Prinzessin Lisa, ich dachte gar nicht, dass Sie so laut sein können«, sagte Jonny, während er schnaufte und nach einer Wasserflasche griff.

»Und ich dachte nicht, dass Sie ihre Zunge noch für etwas anderes verwenden können, als dumme Reden zu halten, Herr Fiedler.«

»Wir drehten uns zueinander, küssten uns und ich schmiegte mich anschließend unter einen Arm an seine Brust.

»Es ist so schön still hier. Keine Autos, die vorbeifahren, nicht so viel Sirenen, wie in der Stadt«, sagte er.

»Ja, das stimmt, aber ich mag den Lärm der Stadt«, sagte ich. »Die ständige Bewegung. Meine Eltern erzählen immer, dass ihnen das Angst macht, so viele Leute und dann alles Multikulti, du weißt ja, wie die Generation so tickt. Weißt du, bei mir ist das genau das Gegenteil. Vor zwei Jahren war ich mal auf einem Geburtstag einer ehemaligen Schulkollegin in einem Dorf hier in der Gegend. Nachts musste ich durch das Dorf zurücklaufen und es war einfach kein Auto und kein Mensch auf der Straße, Totenstille. Ich hatte solch eine Angst.«

Jonny lachte und sagte »Du hast also Angst vor dem Nichts.«

»Ja, ich meine für mich ist es einfach nicht normal, dass alles still ist.«

»Ich glaube, ich weiß, was du meinst. Menschen fürchten sich immer vor dem Unbekannten, oder? Und für dich ist das Ländliche eben inzwischen das Unbekannte.«

»Ja, wahrscheinlich ist es das.«

Während wir nackt aufeinanderlagen und ich meine Brüste sah, musste ich an die Silikonbrüste von Raluca denken.

»Sag mal, was hältst du eigentlich von Silikontitten?«, fragte ich Jonny.

Jonny war etwas überrascht über meine Frage.

»Na ja, optisch ist das sicher ein Hingucker, aber wenn es um Liebe geht, dann finde ich eine Frau mit natürlichen Brüsten authentischer. Außerdem lassen sich natürliche Brüste auch gut in Szene setzen. Viele Frauen lassen sich ja inzwischen präventiv die Brüste abnehmen und ersetzen diese mit Implantaten, um Brustkrebs zu vermeiden. Aus medizinischer Sicht kann ich das natürlich absolut nachvollziehen. Ich habe auch schon eine OP an meinem besten Stück durchführen lassen.«

Ich überlegte kurz und realisierte, dass Jonny beschnitten war. Mir ist das zwar schon aufgefallen, ich habe aber nie so richtig darüber nachgedacht.

»Ja, stimmt. Hast du das als Kind machen lassen oder im Erwachsenenalter und hatte das optische Gründe oder hattest du Probleme?«, fragte ich interessiert.

»Ich hatte eine Vorhautverengung.«

»Phimose«, sagte ich und mir fiel meine Klugscheißerei selbst auf.

»Richtig, Frau Doktor Engel. Ich hatte schon immer beim Sex ohne Kondom Schmerzen, machte mir aber nie groß Gedanken darüber, da es mit Kondom und gegebenenfalls Gleitmittel problemlos ging. Aber im Laufe der Jahre wurde die Vorhaut immer enger und dann hatte ich sogar zwei Mal Blutungen beim Sex mit Kondom. Ich erzählte es meinen besten zwei Kumpels an der Uni. Die machten Scherze und sagten, ob ich mein Ding aus Versehen im Vollsuff in die Federn vom Bett gesteckt habe.«

Ich musste leicht lachen. »Die hatten auf jeden Fall Humor«, stellte ich fest.

»Ja, das stimmt, ich habe es den beiden auch nicht übel genommen. Na ja, getreu dem Motto, wenn du nicht zufrieden bist, dann musst du etwas ändern. Ich habe mich dann informiert, was ich machen kann. Der Arzt meinte sofort, dass es eine ausgeprägte Phimose ist und dass er mir eine Beschneidung empfiehlt.«

»Was du dann letztlich auch gemacht hast?«, fragte ich.

»Ja, und es war eine der besten Entscheidungen in meinem Leben. Seitdem habe ich den glücklichsten

Penis der Welt.«

»Und wenn er nicht gestorben ist, dann macht er heute noch irgendwo Frauen glücklich«, sagte ich.

Jonny schmunzelte und wurde noch mal ernst:

»Krass ist, dass in Deutschland nur circa 10 % der Männer beschnitten sind. In den USA sind es über die Hälfte. Entweder haben die Deutschen weniger Probleme oder ignorieren sie.«

»Ich vermute eher zweiteres«, sagte ich.

»Ja, das vermute ich auch, weil im Anschluss an den Eingriff ging ich im Freundeskreis sehr offen mit dem Thema um. Nach und nach berichteten Freunde von ähnlichen Problemen, bis sich ein guter Kumpel auch zu einer Beschneidung entschloss.«

»Du hast quasi die männliche Revolution des Schwäche-Zeigens gestartet.«

»So weit würde ich nicht gehen, aber ich fand es gut, dass darüber offener geredet wurde.«

»Ja, da kannst du auf jeden Fall stolz sein.« Da Jonny die USA erwähnt hatte, musste ich plötzlich an Urlaub denken und wechselte das Thema.

»Sag mal, was ist auf deiner Bucketlist ganz oben?«

»Holbox in Mexiko. Ich habe Bilder von den Stränden gesehen, traumhaft und man kann dort mit Walhaien schwimmen.«

»Und es gibt dort Tacos«, sagte er.

»Ja, und es ist warm und es gibt Bier, ein Traum.«

»Und was ist bei dir oben in der Bucketlist? Weißt du eigentlich, warum das Bucketlist heißt?«, fragte ich ihn und hoffte auf ein „Nein", dass ich den Schlaumeier spielen kann.

»Ne erzähl!«

»Weil im Englischen gibt es ein Sprichwort „Gegen den Eimer treten", was so viel bedeutet wie bei uns „ins Gras beißen".«

»Ah daher quasi Bucket ist gleich der Eimer, also was ich noch erledigen sollte, bevor ich gegen den Eimer trete.«

»Genau!«

»Again what learned, wie der gute alte Lothar sagen würde.«

»Also, was steht bei dir ganz oben?«

»Patagonien.«

»Feuerland? Ist es da nicht arschkalt, selbst im Sommer der südlichen Halbkugel?«

»Ja, aber die Landschaften sind dort ein Traum und es gibt Pinguine.«

Ich lachte. »Pinguine also? Die möchtest du gerne sehen.«

»Jep, faszinierende Tiere.«

Jonny erzählte noch von Gletschern und Nationalparks und im Laufe des Gesprächs schlief ich ein.

Nächster Morgen, Sonntag, 24.09.2023

Wie so oft weckte mich mein Telefon. Warum war ich einfach nie in der Lage, den Flugmodus einzuschalten.

»Ja«, sagte ich mit müder Stimme.

»Liebes geht es dir gut?«, fragte meine Mutter.

»Ja alles gut, ich habe bei einem Freund übernachtet.«

»Ach so, na dann will ich nicht weiter stören. Ich wollte nur kurz fragen, ob du vielleicht einen italienischen Nudelsalat oder einen Kartoffelsalat für heute Nachmittag machen kannst. Den mag Papa doch immer so gerne.«

Ich überlegte. Ah, die Grillfeier, habe ich schon wieder vergessen. Das Vertrauen meiner Eltern in meine Kochkünste war berechtigterweise sehr begrenzt, aber bei Salaten wissen sie, dass ich durchaus abliefern kann.

»Kann ich gerne machen. Hast du alle Zutaten für einen Kartoffelsalat oder muss ich noch etwas besorgen?«

»Ja, sollte alles da sein. Danke dir! Wann kommst du denn?«

»Ich weiß noch nicht. Mum, ich muss jetzt auflegen, bis später.«

»Bis dann Lischen«, sagte meine Mutter.

»Hey Lischen«, sagte Jonny und legte seinen Arm über meinen Bauch.

»Jetzt fängst du auch noch an mit Lischen. Bitte nenn mich zumindest Liz!«, flehte ich.

»Ok«, sagte er.

Mein Handy vibrierte erneut. Ich blickte auf den Bildschirm. Valentina: Hey, treffen wir uns in einer halben Stunde bei der Nordbrücke?

Ich schrieb: Ja, das schaffen wir. Bis dann.

»Wer war das?«, fragte Jonny.

»Valentina. Wir müssen los, zum Möller. Oder willst du noch liegen bleiben?«

»Ne, ich gehe schon mit, gib mir ein paar Minuten, um wach zu werden.«

Kurze Zeit später liefen wir los. Wir schnappten uns beim Bäcker noch ein belegtes Sandwich, ein Butterhörnchen und einen Kaffee und liefen Richtung Treffpunkt.

Valentina begrüßte uns mit »Hey, Leute. Das ist aber lieb, dass ihr mir einen Kaffee mitgebracht habt, und riss mir meinen Kaffee aus der Hand.«

»Bitte gerne«, sagte ich. Der halbe Kaffee reichte bereits locker aus, um meine Lebensgeister zu wecken.

»Na, hast du es nicht mehr heimgeschafft was«, fragte Valentina grinsend.

»Ja, ich habe mir das Hotel von Jonny von innen angeschaut, wirklich schön dort.«

»Das Hotel von innen, so, so. Ihr habt wohl eher den Härtegrad der Matratze studiert, das ist, was ich denke.«

Jonny und ich schauten beide unschuldig und

zuckten mit den Schultern.

»Wie war deine Nacht?«, lenkte ich ab.

»Ganz gut. Ich habe mit meiner Mum noch lang über die Sache gequatscht. Sie war so stolz auf mich, dass ich nicht aufgegeben habe. Später traf ich noch ein paar Freundinnen aus Schulzeiten, ein paar Drinks, das Übliche.«

»Dein „das Übliche" habe ich am Freitag kennengelernt, ich fand das nicht so üblich«, sagte Jonny.

»Ach Jonny-Boy, mach dich nicht älter, als du bist. Du musst das Leben mal ein bisschen genießen.«

Wir lachten alle drei und machten uns auf dem Weg zum Polizeibeamten Möller.

Auf halben Weg sahen wir Hubert Bender, wie er sich mit einer anderen weiblichen Person auf der anderen Straßenseite unterhielt.

Valentina flüsterte: »Hey Liz, ist das nicht der Typ, dem du damals eine Schelle verpasst hast, nachdem er Scheiße über Amalia erzählt hat?«

»Keine Schelle! Ich habe ihm einen Kuchen ins Gesicht geworfen, aber ja!«

»Ekelhaft, der Typ«, sagte sie.

Hubert musste inzwischen um die sechzig sein und die andere Person war vielleicht ein paar Jahre jünger.

Wir hörten, wie Hubert lautstark erzählte, als ob er wolle, dass die ganze Stadt mithört.

»Ich hous ja scho immer gsocht, des der nier ganz dicht wo. Wast, abissl an Glaum an unsern Herrgott des is ja nomol, ouer wie der des ausgelebbt hot, des wo ja scho wie in aner Sektn.

»Es hat sich also bereits herumgesprochen, dass der Nowak sich erhängt, hat«, sprach ich leise zu den anderen.

»Ja, was hast du denn gedacht? Und der Hubert hat es natürlich schon immer gewusst, dass es der Hardcore-Christ war«, sagte Valentina sarkastisch.

Ich musste leise in mich hineinlachen.

Hubert drehte seinen Kopf kurz zu uns, konnte uns aber, glaube ich, nicht erkennen.

Kurze Zeit später erreichten wir das Haus von Herrn Möller. Bevor wir klopften, öffnete er uns bereits die Tür.

»Kommt bitte herein!«

Wir folgten ihm in den Wohnbereich, in dem er uns fast schon wie gewohnt einen Platz angeboten hat.

»Ich habe schon einen Kaffee für Sie gemacht.«

»Herrlich, danke Ihnen!«, sagte Valentina.

»Du bist echt ein Junkie, flüsterte ich ihr zu.«

Sie grinste nur aufgesetzt zurück.

Herr Möller setzte sich anschließend zu uns.

»Also, da habt ihr ja mal einen Riecher gehabt und vor allem, dass diese künstliche Intelligenz in der Lage ist, solch komplexe Kausalitäten zu erkennen, beeindruckend. Die Sache mit dem blauen Knopf, meinte ich«, ergänzte Herr Möller.

»Ja, na ja, letztlich haben wir nur den Bot im Internet befragt.«

»Informationen zu haben ist das eine, aber sie zu nutzen, ist eine andere Geschichte und ihr habt bewiesen, dass ihr das könnt«, sagte Herr Möller.

Bei diesen Worten erinnerte ich mich an meine Uni-Zeit. Professor Bider erklärte uns nach einer Prüfung, dass der Test so konzipiert sei, dass keiner alle Fragen richtig haben kann. Es gab aber ein paar Studenten, die einhundert Prozent richtige Antworten vorweisen konnten. Professor Bider wusste, dass diese Studenten, die Prüfung vorab irgendwo herbekommen haben. Ich vermutete, dass der Professor der Sache auf den Grund gehen und sie bestrafen würde, aber stattdessen sagte er, dass Informationsbeschaffung und -verarbeitung die wichtigsten Dinge im Leben seien, und dass er Respekt vor dieser Leistung hat. Ich wunderte mich damals noch über die Tatsache, dass er das gesagt hat, aber spätestens seit Facebook, Google und Co. wissen wir, dass die Aussage inhaltlich korrekt ist.

Herr Möller holte mich wieder in die Gegenwart und sagte:

»Wenn ihr nicht alle schon fest im Berufsleben stehen würdet, würde ich euch einen Job bei uns anbieten.«

»Ich bin noch nicht im Berufsleben, aber lehne trotzdem ab. Ich würde gerne Staatsanwältin werden«, erklärte Valentina.

»Oh Staatsanwälte, das sind die schlimmsten. Wie oft haben die mich mitten in der Nacht wegen irgendwas genervt.«

»Sie meinen, um einen Fall zu lösen? Um Gerechtigkeit zu schaffen?«, konterte Valentina.

»So war das nicht gemeint. Sie werden sicher eine gute Staatsanwältin«, versuchte sich Herr Möller zu retten.

»Also, was ist gestern genau geschehen? Haben Sie noch weitere Erkenntnisse, die den Suizid bestätigen?«, hakte ich ein.

»Die Kollegen von der Spurensicherung waren dort. Da haben wir noch nicht alle Ergebnisse, aber der Gerichtsmediziner hat bereits bestätigt, dass er keinen Hinweis auf Fremdeinwirkung feststellen konnte. In der Wohnung wurde weiter nichts Auffälliges gefunden. Anscheinend hat ihn sein schlechtes Gewissen geplagt und nachdem ihr ihm auf die Schliche gekommen seid, hat er keinen Ausweg mehr gesehen.

Na ja, und auf dem Wohnzimmertisch lag sein Handy. Es war bereits so eingestellt, dass es sich nicht mehr sperrte, und auf dem Bildschirm war ein Video. Hier, ich zeige es euch.«

Herr Möller öffnete seinen Laptop, drehte ihn zu uns und spielte das Video ab.

Kurt saß auf einem Stuhl in seiner Küche. Er filmte sich von der Seite. Wahrscheinlich hat er sein Handy auf eine Kommode gestellt. Zu feige, um in die Kamera zu schauen, dachte ich.

Dann sagte er Folgendes:

Bitte mein Herr Gott, vergib mir meine Sünden! Vor mehr als zwanzig Jahren habe ich dieses junge Mädchen Amalia geschändet und aus dem Affekt getötet. Ich weiß, dass ich das nicht mehr rückgängig machen kann. Ich habe ein Leben lang gebeichtet und gebetet, um von dieser Last befreit zu werden. Doch noch immer trage ich sie mit mir herum und werde sie nicht los. Ich habe nun beschlossen in dein Reich zu kommen, insofern du mich aufnimmst. Ihr Kronacher, bitte vergebt mir. Ihr schuldet mir nichts, ich schulde euch alles. Vergebung ist jedoch das Einzige um was ich bitte.

Daraufhin folgte ein Vater Unser. Danach endete das Video.

Im ganzen Video verhielt er sich sehr kalt. Keine Tränen, keine emotionalen Ausbrüche.

»Ich werde dir nie vergeben!«, sagte Valentina.

Ich umarmte sie. »Es ist vorbei! Er ist da, wo er keinem Mädchen mehr irgendetwas antun kann«, sagte ich.

»Ja, so ein Dreckskerl!«, sagte Valentina.

Jonny schwieg und wusste nicht so richtig, was er sagen sollte.

»Tja, wie schon gesagt, das Kapitel scheint endgültig geschlossen zu sein«, kommentierte Herr Möller.

Ich hielt Valentina im Arm und starrte in den Garten. Herr Möller hatte einen schön angelegten Garten mit mehreren Ebenen und vielen verschiedenen Pflanzen. Das musste eine Menge Arbeit sein, dachte ich. Wie konnte ich nur jetzt an den Garten denken. Vermutlich ein Schutzmechanismus meines Körpers.

»Ich denke, wir haben alles gesehen, oder?«, fragte

ich in die Runde.

Jonny nickte und Valentina sagte auch: »Ja, lasst uns gehen.«

»Danke Herr Möller!«, sagte ich.

»Ich habe euch zu danken! Wir haben damals nicht genau hingeschaut und das tut mir unglaublich leid.«

Nachdem wir das Haus verließen, schlug ich vor: »Was haltet ihr von einem Spaziergang?«

»Gute Idee«, sagte Jonny.

»Ich will in den Wald zu Amalia«, war Valentinas Wunsch.

»Du meinst zum Tatort?«, fragte ich.

»Ja, es war ein schöner Ort, bis das passierte.«

»Ja, das stimmt. Na, dann los!«

Es waren nur fünf Minuten zu Fuß, ehe wir das Ende des leeren Volksfestplatzes sahen. Nur wenige Meter dahinter führte der Weg in den Wald.

Wir bogen in den Feldweg ein. Der Rastplatz hatte sich verändert. Die alten Bänke und der Tisch wurden durch neue ersetzt.

Dahinter befand sich ein Schild mit der Aufschrift: »Mischwaldprojekt, zum Erhalt des Frankenwaldes.«

Wir liefen weiter in den Wald hinein.

»Hat sich krass verändert, oder?«, fragte Valentina.

»Früher war der Wald deutlich dichter besiedelt, oder?«

»Ja, früher hat hier in der Gegend wohin wir auch schauten der Wald den Horizont gebildet. Heute ist das leider nicht mehr überall so. Das vermisse ich auch in Regensburg.

»Wieso? Was hat sich verändert?«, fragte Jonny.

»In Franken wurden die letzten 300 Jahre überwiegend Fichtenbäume angebaut, weil diese schnell gewachsen sind und viel Holzertrag brachten. Die Fichte hat allerdings flache Wurzeln und benötigt viel Wasser. Durch die steigenden Temperaturen in den vergangenen Jahren waren die Bäume sehr trocken, was zu einem enormen Borkenkäferbefall führte. Es wird geschätzt, dass schon mehr als tausend Hektar in Franken dem Käfer zum Opfer fielen. Der Bayerische Wald hingegen ist Naturschutzgebiet. Hier greift kein Mensch in die Abläufe der Natur ein und der Wald regeneriert sich seit Tausenden von Jahren von selbst.«

»Also ist der Mensch wieder einmal das Problem«, stellte Jonny fest.

»Ja, leider. Aber die Menschen wussten es damals nicht besser und brauchten schnell Holz. Immerhin wurde früher auch noch viel mehr Holz für den Bau von Häusern, zum Heizen und Kochen benötigt. Außerdem wird jetzt hier Mischwald angepflanzt, daher haben wir zumindest daraus gelernt.«

»Find ich gut, dass sie das erkannt haben und jetzt eine andere Strategie fahren! Mischwald ist eh schöner«, erwiderte Jonny.

Wir liefen weiter bis an die Stelle, an der sie uns Amalia genommen haben.

»Sieht auch irgendwie anders aus«, sagte Valentina.

»Ja, früher waren hier überall Bäume außen herum und in der Mitte war im Durchmesser von circa fünf Metern nur Moosfläche.«

Valentina legte sich in die Mitte des Platzes. Wir legten uns neben ihr hin und starrten gemeinsam in den blauen Himmel.

»Habt ihr euch jemals gefragt, was diese Würmchen im Auge sind, die auftauchen, wenn ihr hinauf in den Himmel schaut? Ich liebte es, als Kind minutenlang in den Himmel zu starren und die Würmchen zu beobachten.«

Ich lachte und sagte: »Das sind Mouches Volantes, auch bekannt als Glaskörpertrübung.«

»Glaskörper was?«, fragte Valentina.

»Zwischen Linse und Netzhaut im Auge befindet sich der Glaskörper. Neben Wasser befinden sich in dem Glaskörper auch Proteine in Form von Kollagenfasern. Bei kurzsichtigen Menschen ist die Wahrscheinlichkeit hoch, dass diese Teilchen verklumpt sind. Wenn du jetzt auf den Himmel schaust und dir das Licht entgegenkommt, werfen diese kleinen Teilchen einen Schatten und da sie sich im Wasser frei bewegen können, kommen sie dir wie bewegliche Würmer vor.«

»Interessant. Woher weißt du all das Zeugs?«

»Na ja, ich habe mal Medizin studiert, da habe ich das ein oder andere gelernt.«

»Ich sehe nichts«, sagte Jonny.

»Du kannst dich glücklich schätzen, dann ist dein Auge tipptopp im Schuss. Aber keine Sorge

Valentina, die Mehrzahl der Menschen hat diese Trübung«, erklärte ich.

»Siehst du Jonny-Boy, du bist hier der Zombie, nicht wir!«

»Ja, Ja«, erwiderte er.

»Erzähle mir was von Amalia«, forderte Valentina.

»Puh, was soll ich erzählen.«

»Irgendeinen Mist, den ihr gebaut habt.«

Ich überlegte.

Kurze Zeit später fiel mir ein: »Wir sind einmal ins Schwimmbad eingebrochen.«

»Wirklich? Hätte ich dir gar nicht zugetraut. Erzähl.«

»Hallo, wir waren auch einmal Young & Fun.«

Valentina lachte und grunzte gleichzeitig.

»Also wir waren in der Stadt etwas trinken. Zu unserer Zeit hat ja nie jemand irgendwo kontrolliert, wie alt wir waren. Es war ein heißer Sommertag und in den Bars war es selbst Mitternachts noch viel zu heiß. Nach ein paar Drinks kam uns die Idee, dass wir gerne Schwimmen gehen wollten. Also nahmen wir einen Bolzenschneider aus der Werkstatt meines Papas und machten uns auf den Weg Richtung Schwimmbad. Dort angekommen, zwickten wir ein Loch in den Maschendrahtzaun und stiegen durch. Der Mond am Himmel hat als Lichtquelle gereicht, um zu den Becken zu gelangen. Wir gingen zu den Sprungtürmen und sprangen mehrmals. Danach lagen wir im Wasser, blickten in die Sterne und lachten. Wir haben so viel gelacht, ich

weiß gar nicht mehr, was wir für Unsinn geredet
haben. Wir fühlten uns wie Königinnen so allein in
so einem großen Schwimmbad. Nachdem wir gehen wollten, habe ich festgestellt, dass ich meinen
Schlüssel verloren habe. Du weißt ja, wie groß die
Schwimmbadwiese ist. Ich wollte aufgeben und
hatte schon Tränen im Gesicht, doch Amalia sagte,
dass sie ihn finden würde. Und tatsächlich: Zehn
Minuten später fasste sie ins Gras und zerrte meinen Schlüsselbund heraus. Ich umarmte sie und
küsste sie auf die Backen. Amalia erzählte noch Monate später, dass das einer der schönsten Abende ihres Lebens war.«

Ich drehte mich zu Valentina. Sie hatte die Augen
geschlossen und hatte ein ehrliches Grinsen im Gesicht.

»Glaubst du, dass sie lesbisch war?«, fragte Valentina kurz darauf.

»Ich weiß es nicht. Sie interessierte sich nie wirklich
für Männer. Ich meine, klar haben wir häufig darüber geredet, dass gewisse Schauspielerinnen oder
Sängerinnen hübsch sind, aber das hat nichts zu bedeuten. Jedenfalls hat sie sich nie offen dazu geoutet.«

»Ich glaube schon, dass sie lesbisch war. Sie malte
manchmal Bilder von nackten Frauenkörpern und
wenn ich dann in ihr Zimmer bin, hat sie mich
schnell herausgescheucht und machte mir klar, dass
ich sie nicht nerven soll.«

»Ehrlich? Siehst du, das war mir nicht bekannt.«

Wir zuckten alle drei zusammen, als plötzlich aus dem nichts ein Hund bellte.

Ich zog die Beine zu meinem Körper und setzte mich.

In drei Metern Abstand fokussierte uns eine französische Bulldogge und bellte viel lauter, als man es von solch einem kleinen Tier erwarten würde.

»Hey, du kleiner, was treibt dich denn hier her?«, sagte ich mit beruhigender Stimme.

»Rufus, aus!«, hörten wir aus circa 30 Metern von einer männlichen Stimme.

Als das offensichtliche Herrchen Rufus erreichte, hörte er abrupt das Bellen auf.

Ich wollte erst sagen, dass der Hund an die Leine gehört, aber dann doch nicht einen auf Herman the German machen. Stattdessen sagte ich: »Hey!«

»Servus! Sorry, dafür. Der macht nichts. Der muss sich nur manchmal zehn Minuten ausbellen, wie eine Frau, die ihre zwanzigtausend Wörter am Tag sagen muss«, sagte der Hundebesitzer.

»Ohha, noch so ein Antifeminist«, erwiderte Valentina.

»Ach, war doch nur ein Spaß«, erklärte er.

In dem Moment erkannte ich ihn. »Tobi, oder?«

»Ja genau. Aaaah und du bist Liz, oder? Du warst die beste Freundin von ...«

»Meiner Schwester Amalia, genau. Und du hast Amalia damals mit deinen Jungs zum Break-Dance geschleppt und danach wurde sie nie wieder gesehen«, ergänzte Valentina.

»Mann ey, das war so abgefuckt, was da damals passiert ist. Ich hätte ihr einfach hinterherlaufen sollen, nachdem wir auf dem Fahrgeschäft waren. Ich habe mir echt noch lang Vorwürfe gemacht. Das müsst ihr mir glauben.«

»Ja, wir haben euch Jungs auch lange Vorwürfe gemacht! Warum wollte sie damals den Volksfestplatz verlassen?«, fragte Valentina.

»Keine Ahnung, die war irgendwie nicht in der Stimmung. Sie war während der Fahrt schon so leise. Nach der Fahrt habe ich sie gefragt, ob sie wieder mit vorne an die Bar gehen will. Sie lehnte ab. Ich fragte sie noch ein zweites Mal, da ich sie damals echt heiß fand, aber dann wurde sie deutlicher und sagte, dass wir uns verpissen sollten. Das haben wir dann auch gemacht.

Aber hey, ihr habt ja sicher schon die News gehört. Zwanzig Jahre später wissen wir endlich, wer Amalia auf dem Gewissen hatte. Krass, dass sie den Kurt nicht schon damals näher unter die Lupe genommen haben. Der war ja schon immer ein Weirdo.«

»Was meinst du mit Weirdo?«, fragte ich.

»Na ja, so ein Hardcore-Katholik. Der ist nie mit feiern gegangen. Hat immer nur von Jesus gelabert und so.«

Bist du hier auf dem Land kein Christ oder aus der Kirche ausgetreten, bist du komisch. Bist du strenggläubig, bist du auch komisch. Hauptsache, du schwimmst hier in der Mitte der Gesellschaft, dachte ich. Der Typ erinnerte mich wieder daran, warum ich einst weg bin. Wahrscheinlich ist das mit der anstehenden Cannabis-Legalisierung genauso. Momentan sind die meisten hier dagegen, während sich die Leute aber jeden Tag mehrere Bier reinzwitschern. Sollte die Cannabis-Legalisierung kommen, wird es mehr und mehr geben, die das einmal ausprobieren und wenn es dann einmal mehr als die Hälfte sind die ab und an kiffen, dann werden die Leute einem erzählen, dass sie hier schon immer gekifft haben und dass das Tradition ist. Kurz hatte ich den Gedanken von einem kompletten Volksfest mit bekifften Franken in Lederhosen. Wäre sicher auch einmal sehr amüsant.

»Verstehe!«, sagte ich nach meiner kurzen Denkpause.

»Aber ihr wohnt nicht mehr hier, oder?«, fragte Tobi.

»Nein, wir sind alles Wahl-Regensburger. Was machst du?«, fragte ich.

»Ach mein Alter hat eine Autowerkstatt hier gleich um die Ecke. Dem helfe ich beim Schrauben.«

»Eine ehrliche Arbeit!«, sagte ich und meinte das völlig ernst.

»Ja, muss ja jemand machen«, sagte er wenig stolz.

»Na ja, ich hoffe, ihr könnt mit der Vergangenheit jetzt besser abschließen, nachdem der Kurt sich zur Tat bekannt hat. Ich muss jetzt mal weiter! Machts gut!«

Tobi lief weiter Richtung Hauptstraße und Rufus folgte ihm mit kurzen, aber schnellen Schritten.

»Vergangenheit!«, sagte Valentina plötzlich.

»Wie bitte?«, fragte ich.

»Präteritum, erste Vergangenheit. Als wir mit Kurt redeten, hat er immer die erste Vergangenheit benutzt. Das ist bei uns unüblich. Wir Franken nutzen normal nur das Perfekt, also die zweite Vergangenheit.«

»Äh ja, das stimmt. Ich glaube, meine Mutter erwähnte einmal, dass Nowaks Familie aus Niedersachsen hier hergezogen ist. Was dich zu welchem Fazit führte?«, sagte ich ironisch in der ersten Vergangenheit.

»Soweit ich mich an das Video erinnern konnte, verwendete der Typ nur die zweite Vergangenheit. Ich habe mich den ganzen Weg hierher gefragt, welche Details ich an dem Video komisch fand, aber das war es.«

»Na ja, vielleicht wollte er sich den Kronachern hier am Ende mal näher fühlen und hat deswegen etwas anders geredet«, mutmaßte Jonny.

»Möglich!«, sagte Valentina und überlegte.

»Du meinst also, das Video könnte ein Deepfake sein? Also von einer künstlichen Intelligenz erstellt?«, fragte ich.

»Ja, könnte sein. Ich meine, wie einfach konnte ich ein Video faken, welches megarealistisch aussah. Jetzt stell dir einmal vor, du hast einen Computer-Nerd, der sich damit auskennt, oder ein professionelleres Bearbeitungsprogamm. Die können dich heute in einem Video nackt über den Stachus rennen lassen, wenn sie wollen.«

»Vielleicht bin ich ja schon einmal nackt über den Stachus gerannt?!«, sagte ich, womit ich für einen kurzen Lacher sorgte.

»Aber Valentina, du hast recht! Ich befürchte, wir müssen uns das Video noch mal anschauen«, stellte ich fest.

»Also dann lasst uns noch mal zum Möller gehen«, forderte sie.

Jonny stimmte nickend zu. Nach wenigen Gehminuten saßen wir wieder am Esstisch des Polizisten. Herr Möller war erstaunt, dass wir das Video noch einmal sehen wollten, aber willigte ein.

Valentina hatte recht, es war nicht seine Art, so zu reden. Wir waren zwar nur ein paar Minuten bei Kurt Nowak, aber im Video war die Grammatik eine andere.

»Aber das ist eindeutig die Stimme vom Nowak«, sagte Herr Möller. »Und auch das Gelaber, passt schon irgendwie zu ihm.«

»Spult noch mal zurück!«, sagte ich.

»Und jetzt zoomt mal an den Mund heran.«

Im Video war Kurt Nowak von der Seite zu sehen. Daher konnte ich nur schwierig erkennen, ob die Bewegungen des Mundes zur Stimme passten, aber in dem Moment, als er »Vater unser!« sagte, verzerrte er sein Gesicht.

Wir schauten uns die Szene noch dreimal an.

»Ja, sieht tatsächlich ein bisschen komisch aus, aber ich könnte nicht sagen, ob das gefakt wurde«, sagte

Valentina.

Herr Möller war ebenso skeptisch, aber nach einem weiteren Durchlauf bestätigte er: »Ja die Mimik ist komisch, aber das könnte auch einfach ein Aufnahmefehler sein. Also, ich gehe mal kurz auf Toilette. Schaut euch das Video so oft an, wie ihr wollt!«

Als Herr Möller aus dem Sichtfeld war, zog Valentina einen Schlüsselanhänger mit einem USB-Stick aus ihrer Tasche und steckte ihn in den Laptop.

»Bist du bescheuert? Was machst du da?«, flüsterte ich Valentina zu.

»Nur für alle Fälle!«, sagte sie und kopierte das Video auf den Stick.

»Wir können der Polizei nicht trauen«, ergänzte sie. Wenige Minuten später kam Herr Möller wieder herein.

»Was ich mich gerade gefragt habe, wie erstellt man eigentlich so ein Fakevideo?«, fragte Herr Möller.

Herr Möller war schon 55 Jahre alt und sicher hatte die Polizei ihre eigene Abteilung für IT-Angelegenheiten. Trotzdem war ich durchaus erstaunt, dass er sich noch nicht mit KI beschäftigt hat.

»Sie brauchen Bild- oder Videomaterial, und wenn sie nur Bilder haben, dann natürlich auch Audiospuren von der jeweiligen Person. Heutzutage finden sie von jeder Person Bilder im Internet«, erklärte Jonny.

»Da sagen Sie was. Ich war letztens auf einer Polizeischulung und eine Woche später schickte mir ein Kollege einen Link. Da war ich dann in LinkedIn abgebildet. Ich meine, mich hat nie jemand gefragt, ob ich das möchte. Sie sehen, dass wir selbst bei der Polizei vor so was nicht sicher sind.«

»Wie gehen wir vor? Geben Sie das an ihre IT-Abteilung weiter?«, fragte ich Herrn Möller.

»Ja, ich hoffe mal, die erklären mich nicht für verrückt, aber lasst es uns probieren. Der Fall ist sowieso schon eine Schmach für uns.«

»Ok, melden Sie sich bitte bei uns, sobald sie etwas wissen!«, forderte ich von Herrn Möller.

»Ja, aber das muss unter uns bleiben, ok? Ich tue euch hier einen Gefallen, aber das sind Infos, die ihr eigentlich nie gesehen habt, verstanden?«

»Wir tun Ihnen hier einen Gefallen«, erwiderte Valentina. »Und ja, wir sind still«, ergänzte sie.

Wir verließen das Haus und standen zu dritt auf dem davorliegenden Gehsteig.

»Oh Mann, wenn das wahr ist, müssen wir wieder von vorne anfangen«, sagte Valentina verzweifelt.

»Ja, wenn das stimmt, bedeutet es aber auch, dass Kurt Nowak höchstwahrscheinlich vom eigentlichen Mörder Amalias getötet wurde. Daher wären wir dem Täter ziemlich dicht auf den Fersen«, antwortete ich.

»Das stimmt. Wir können jetzt nur warten, bis die Ergebnisse vom Möller kommen«, sagte Jonny.

»Ja, hoffen wir, dass die Polizei uns schnell Rückmeldung gibt. Ich bin jetzt schon wieder so was von nervös«, erwiderte Valentina.

»Das glaube ich dir, aber wir müssen jetzt einen

kühlen Kopf bewahren. Vielleicht tut uns eine kleine Pause gut. Heute findet die Grillfeier meiner Eltern statt. Ihr seid beide eingeladen. Ich würde vorschlagen, wir treffen uns dort um 16 Uhr. Ich schicke dir die Adresse«, sagte ich zu Jonny.

»Soll ich da wirklich mit?«, fragte er verlegen.

»Klar, meine Mutter freut sich immer über Besuch!« Wir liefen noch gemeinsam in die Innenstadt und gingen dann getrennte Wege.

Zu Hause angekommen, lagen die gekochten Kartoffeln schon auf dem Tisch und die meisten Zutaten, die ich benötigte.

Meine Mum fragte: »Brauchst du noch irgendetwas?«

»Ne, alles gut Mama, danke.«

»Sehr gut. Ich geh einmal raus zu deinem Vater. Der findet die Grillkohle schon wieder nicht.«

Ich kochte noch ein paar Eier, denn ich liebte Eier im Kartoffelsalat.

Danach schnippelte ich Zwiebeln, Gurken und bereitete das Dressing zu.

Ich hörte von draußen meine Mutter rufen: »Da ist doch die Kohle. Ich habe dir doch gesagt, dort wo sie immer ist.«

»Nein, du hast gesagt hinten im Schuppen und nicht vorne.«

Meine Mutter gab nach und sagte: »Ja, dann war das wohl wieder mal meine Schuld.«

Mein Vater lief mit dem Kohlesack Richtung Haus und sah mich durch die Glastür.

Er lächelte, kam herein und begrüßte mich. »Hey Liz, schön, dass du da bist!«

Kurz darauf nahm er sich einen Löffel und probierte vom Salat. »Mmmh lecker, wie bekommst du die Konsistenz nur immer so gut hin?«

»Tja mein Geheimnis.«

»Verrätst du es mir?«

»Also gut, aber nur wenn du mir versprichst, nicht den ganzen Salat zu essen, bevor die Gäste kommen, ok?«

»Abgemacht.«

»Ich püriere zwei Kartoffeln mit in die Brühe.«

»Wow und das wars?«

»Das ist mein meist gehütetes Geheimnis.«

»Sehr gut, muss ich mir merken.«

»Ich schüre jetzt den Grill an. Das dauert ein wenig bis die Kohlen schön glühen.«

»Mach das, viel Spaß«, sagte ich.

Mein Vater liebte es zu grillen.

Kurz darauf kam meine Mutter herein.

»Also glaubst du das: Ich habe ihm genau gesagt, wo die Kohlen sind, aber er ist einfach blind dein Vater.«

Ich musste nur schmunzeln, da dies ungefähr fünf Mal am Tag passiert, dass einer von beiden etwas verlegt und die Schuld beim jeweilig anderen sucht. Aber das waren die üblichen Dinge nach dreißig Jahren Ehe, dachte ich mir. Insgesamt wirkten die beiden sehr glücklich und ich meine, wer hält es schon heute noch dreißig Jahre miteinander aus in einer Welt mit Tinder. Früher wurde lokal im kleinen Teich geangelt und der Fisch wurde behalten. Heute wird im großen Ozean geangelt und kein Fisch ist gut genug. Ich war etwas verwirrt über meinen Fischvergleich.

»Wow, lecker.« Das bekommst du echt immer gut hin!« Mit diesen Worten segnete nun auch meine Mutter den Salat ab.

»Danke dir! Du, ich lege mich noch mal kurz auf die Couch, bevor die anderen kommen, ok?«

»Klar Liebes, ruhe dich noch etwas aus.«

»Ach so, Valentina und Jonny kommen übrigens.«

»Jonny, welcher Jonny denn?«

»Ein Freund.« Während ich das sagte, lief ich bereits Richtung Couch, da ich den tausend Fragen entgehen wollte.

»Welcher Freund? Woher kennst du den?«

»Aus Regensburg. Alles Weitere später Mama.«

»Oh, na da bin ich gespannt«, sagte sie und grinste wie ein Faultier.

»Ich legte mich auf die Couch, las zunächst die Schlagzeilen der Zeitungsapps und anschließend wechselte ich schnell in Social-Media und gönnte mir ein paar Reels.«

Eine Stunde später klingelt es. Ich schaute auf die Uhr. Wow, war ich jetzt wirklich eine Stunde hier herum gelegen und habe nur Reels angeschaut. Obwohl ein einzelnes Reel so kurz ist, bin ich immer wieder erstaunt, wie schnell die Zeit in der digitalen Welt verfliegt.

Jonny und Valentina standen vor der Tür.

Valentina hatte eine Flasche Wein und Jonny ein paar Knabbersachen in der Hand.

»Kommt herein«, sagte ich.

Ich führte sie zur Terrasse, wo der Tisch bereits gedeckt war.

Nachdem meine Eltern die beiden begrüßt hatten, fragte mein Vater:

»Wollt ihr ein Bier?«

»Sehr gerne«, sagte Jonny.

»Ich würde auch eines nehmen«, sagte Valentina.

»Was trinkst du Liz?«

»Ja, was solls, ich nehme auch ein Bier.«

»Tu nicht so. Als ob du jemals ein anderes Getränk in Erwägung gezogen hättest«, sagte Valentina.

»Ich mache mir ein Radler«, ergänze meine Mutter. Mein Vater hatte ein Lächeln im Gesicht. Er liebte es, wenn jemand mit ihm Bier trinkt.

Wenige Augenblicke später hatten wir alle einen Tonkrug in der Hand. Ich fand, dass Bier grundsätzlich aus dem Tonkrug besser schmeckt, auch wenn ich in Regensburg nie auf die Idee kommen würde, einen zu verwenden. Auf dem Tisch standen Bratwürste, Steaks und mehrere Salate.

»Wow, ist das lecker«, sagte Jonny.

»Kaiserhofbier. Ist gleich hier um die Ecke. Wusstest du, dass Franken die größte Brauereidichte der Welt hat? Hier gibt es über 300 Brauereien, das entspricht der Hälfte aller Brauereien in Bayern«, erzählte mein Vater voller Stolz.

»Nein, das war mir nicht bekannt. Ich finde das super, dass es hier noch so viel kleine Brauereien und kleine Läden gibt.«

»Und die Würste erst.« Jonny sang Loblieder auf das Essen und ich glaube, er machte das nicht, um gut dazustehen. Wenn mich jemand fragen würde, was ich in der Oberpfalz vermisse, dann würde ich antworten: Fränkisches Pils, Bratwürste und Bauernbrot.

Während ich das Essen ebenso genoss, kam zugleich mein schlechtes Gewissen auf, welches in meinem Kopf sagte: Liz, nächste Woche gibt es ein paar Tage kein Fleisch und keinen Alkohol! Ich nickte meinem schlechten Gewissen innerlich zu.

Nach dem Essen sagte mein Vater grinsend: »Das Essen war ganz schön fett, oder?«, und schaute Jonny an, der nicht recht wusste, was er darauf antworten soll.

Ich half ihm aus der Schlinge und sagte: »Mein Vater will wissen, ob du einen Schnaps willst.«

»Ja, sowas von Fett«, kommentierte Valentina und grinste meinen Vater an.

Ich schloss mich meiner Mutter an und passte in der Schnapsrunde, denn Kurze fand ich wirklich widerlich. Die anderen drei versuchten, kein Gesicht zu verziehen und mein Vater betonte, dass da nur die guten reifen Birnen reingekommen sind.

Grinsend nickte ich in die Runde.

Da es langsam dunkel wurde, holte meine Mutter ein paar Kerzen. Es hatte immerhin noch 23° C und das mitten im September.

»Hey, lasst uns doch ein Spiel spielen. Wie wäre es mit „Wer bin ich"?«, schlug ich vor.

»Ja geil!«, sagte Valentina.

»Oh nee, wirklich jetzt?«, sagte mein Vater mit leidender Stimme. Ich wusste, dass er nicht begeistert ist.

»Na klar«, sagte Jonny.

Meine Mutter legte die Hand auf die Schulter meines Vaters und sagte »Georg, stell dich nicht so an. Wir spielen auch mit.«

Er ließ sich letztlich überreden.

»Also gut.« Mein Vater machte einen Rundumblick in die Tonkrüge und holte noch einmal frisches Bier. In der Zwischenzeit holte ich einen Notizzettel und einen Stift.

»Jonny, du fängst an!«, sagte ich.

Ich schrieb auf einen Zettel den Namen den Jonny erraten sollte und klebte ihn auf seine Stirn.

Valentina machte einen Schluck des Bieres, riss die Augen auf und sagte: »Trump!«

Wir schauten sie verwirrt an. In dem Moment hatte sie ihren Fehler erkannt und wusste, dass Jonny den Namen erraten sollte.

Wir alle mussten lachen. Valentina konnte kaum aufhören und hatte schon Freudentränen im Gesicht. Ich konnte sehen, dass sie schon gut angetrunken war.

»Sehr gut erraten. Jetzt bist du dran Valentina! Los Jonny, denk du dir einen Namen aus.«

Jonny überlegte kurz, schrieb und befestigte den Zettel mit einem sanften Klaps auf die Stirn.

Valentina fragte:

»Bin ich ein Mann?«

»Ja.«

»Bin ich Politiker?«

»Nein.«

»Bin ich Sportler? «

»Ja.«

»Bitte lass mich kein Fußballer sein. Bin ich Fußballer?«

»Ja.«

»Oh Mann Jonny-Boy. Ok, bin ich Deutscher?«

»Ja.

»Spiel ich noch?

»Nein.«

»Komme ich aus Bayern?«

»Ja.«

»War ich Weltfußballer?«

»Ja.«

»Lothar Matthäus!«, sagte Valentina stolz.

»Respekt!«, sagte Jonny.

Wir applaudierten.

»Also du bist dran Rita«, sagte Valentina und platzierte den Zettel auf Mamas Stirn.

Mein Vater kicherte, als er den Namen sah.

»Bin ich eine Frau?«

»Nein.«

»Bin ich Politiker?«

»Ja, das auf jeden Fall.«

»Lebe ich noch?«

»Nein.«

In dem Moment klingelte mein Handy.

Ich lief ein paar Meter auf die Wiese und nahm den Anruf an.

»Möller hier. Wir haben ein Problem. Ihr hattet recht. Das Video ist nicht echt. Die Kollegen haben mir das so erklärt, dass einzelne Pixel im Kieferbereich vom Nowak im Video falsch umgesetzt wurden. Trotzdem handelt es sich um eine sehr professionelle Fälschung. Da braucht man ordentlich Rechenleistung laut meiner Kollegen.«

»Scheiße. Und was jetzt?«, sagte ich.

»Und da ist noch etwas. In der Wohnung vom Nowak wurden mehrere bislang unbekannte DNA-Spuren gefunden. Zudem hat ein Fingerabdruck an einem Glas einen Treffer in der Datenbank ergeben. Halt dich gut fest. Der Fingerabdruck stimmt mit dem des biometrischen Ausweises von Robert Fiedler überein.«

»Oh mein Gott«, erwiderte ich.

»Ja, wir müssen den Kerl auf jeden Fall festnehmen und verhören. Wenn das stimmt, was euer Online-Tool behauptet, dass er damals bei Amalias Tod schon Spuren hinterlassen hat, dann wird es eng für ihn. Na ja, ich wollte euch nur informieren. Bitte hängen Sie es nicht an die große Glocke, aber ich denke spätestens morgen weiß es eh die Presse.«

»Ok, verstehe! Haben Sie schon einen Plan, wie sie den Ersteller des Videos ermitteln? Ich meine, der

Ersteller ist ja höchstwahrscheinlich der Mörder
von Kurt Nowak oder ein Komplize.«

»Die Kollegen meinten, durch das Video selbst sehen sie keine große Chance, den Ersteller herauszufinden. Es gibt mehrere KI-Tools, die wohl alle ähn-
liche Algorithmen verwenden. Am Ende geht es
meist nur um die Rechenleistung. Falls der Nowak
ermordet wurde, dann müssen wir den Täter mit
Beweismitteln am Tatort und möglichen Zeugen-
aussagen aufspüren.«

»Gibt es denn bereits Zeugen?«

»Leider noch nicht. Wir sind dabei, alle Nachbarn
zu befragen.«

»Ok, danke für die Info Herr Möller! Bitte melden
Sie sich, sobald Sie Neuigkeiten haben.«

»Nichts zu danken! Ich habe euch zu danken! Schönen Abend noch!«

»Schönen Abend«, sagte ich mit nachdenklicher
Stimme.

Ich lief zurück zu den anderen. Meine Mutter sagte:
»Also Valentina, du kannst mir doch nicht Hitler
auf die Stirn kleben.« Mein Vater lachte tief aus dem
Bauch heraus und Jonny schmunzelte.

Ich flüsterte die Info, die ich soeben erhalten hatte,
Jonny ins Ohr. Er riss die Augen auf und ich konnte
spüren, wie ihn die Nachricht schockierte.

»Wir müssen mal kurz rein!«, sagte ich in die Runde
und nahm Jonny an der Hand.

»Oh, müsst ihr wohl zufällig beide zur gleichen Zeit
auf die Toilette?«, scherzte Valentina noch,

während ich bereits die Tür öffnete.

Wir lehnten uns an die Kücheninsel und Jonny sagte:

»Ich kann das nicht glauben! Mein Bruder?!«

»Bisher wissen wir noch nicht viel. Vielleicht ist da auch ein Fehler mit den Fingerabdrücken passiert«, sagte ich und versuchte Jonny damit etwas zu beruhigen.

»Fehler? Na ja, damals wurde auch schon DNA von ihm gefunden, welche wir jetzt zuweisen konnten. Ich meine ja, wir haben dieses Video, bei dem Richy den Maßkrug mit dem von Robert verwechselt, aber wir wissen ja noch nicht einmal, ob das tatsächlich die Tatwaffe war.«

»Ich weiß nicht Jonny, du kennst ihn besser.« Währenddessen dachte ich auch, dass sein Bruder inzwischen sehr verdächtig war, lies es mir aber nicht anmerken. Zugleich war ich erleichtert, dass Jonny somit endgültig nichts damit zu tun hatte. Ich verliebe mich also nicht gerade fast in einen Psycho. Nur mit einer gewissen Wahrscheinlichkeit in den Zwillingsbruder eines Psychos, dachte ich.

Valentina kam herein und sagte »Was macht ihr zwei Turteltäubchen hier?«

»Es ist ein Deep Fake. Das Video!«, ergänzte ich.

»Scheiße! Das heißt, der Kirchentyp kann es nicht gewesen sein?!«

»Scheint so. Da ist allerdings noch etwas.« Ich schaute zu Jonny.

»Die Polizei hat Fingerabdrücke von Robert in

Nowaks Wohnung gefunden.«

»Oh Shit!«, sagte sie.

»Ich muss ihn warnen«, sagte Jonny und zog sein Handy aus der Tasche.

»Nein, das machst du nicht!«, rief Valentina und riss ihm das Handy aus der Hand.

»Valentina, gib mir das Handy!«, sagte er fordernd.

»Nein! Der Mörder soll hinter Gittern«, schrie sie.

»Gib her!«, sagte er und lief auf sie zu.

Ich versuchte zu deeskalieren. Zunächst fiel mir nichts ein. Dann sagte ich Folgendes:

»Valentina, gib ihm das Handy und Jonny, ich bitte dich, ruf ihn nicht an. Du hast vorhin selbst gesagt, dass du dir nicht mehr sicher bist, dass Robert unschuldig ist. Vielleicht ist es sogar gut, wenn er mit der Polizei spricht. Eventuell kann er dadurch seine Unschuld beweisen.«

»Gut, ich lass es und jetzt gib mir das Ding«, forderte Jonny.

Valentina händigte ihm sein Handy aus.

Sichtlich angefressen sagte Jonny: »Also ich geh jetzt mal!«

Jonny lief noch kurz auf die Terrasse und bedankte sich bei meinen Eltern für den schönen Abend.

Zurück in der Küche, sagte er zu uns:

»Ich wollte heute eigentlich zurück nach Regensburg fahren, aber ich werde die nächsten Tage Urlaub nehmen. Ich möchte erst wissen, ob mein Bruder damit etwas zu tun hat. Vorher kann ich mich sowieso auf nichts anderes mehr konzentrieren. Ich gehe jetzt mal ins Hotel und muss nachdenken. Liz, ich rufe dich morgen an.«

Er winkte nur kurz, drehte sich herum und ging durch die Haustür.

»Ach so ein Mist! Jetzt sind wir wieder am Anfang«, sagte Valentina.

Wenige Sekunden später zitterte Valentina auf einmal am ganzen Körper und weinte. Ich ging sofort zu ihr und umarmte sie. Ich spürte regelrecht, dass sie keine Kraft mehr in den Beinen hatte und half ihr, sich langsam auf den Küchenboden zu setzen. Ich umarmte sie ganz fest und versuchte Worte zu finden, um sie zu beruhigen.

»Hey Valentina, ich weiß, dass dir die ganze Sache sehr nahegeht. Ich war auch erleichtert, nachdem wir dachten, dass es der Nowak war. Aber hey, wir dürfen jetzt nicht aufgeben. Ich verspreche dir, wir werden so lange nachforschen, bis wir denjenigen gefunden haben.«

Valentina schluchzte und sagte: »Ja, ich dachte nur, ich kann endlich damit abschließen und jetzt fangen wir wieder von vorne an.«

»Hätten wir nicht erkannt, dass es ein Deep-Fake-Video wäre, würde der Mörder von Amalia vermutlich ungestraft davonkommen. Das möchtest du doch nicht, oder?! Daher war das ein weiterer Schritt in die richtige Richtung!«

»Ja, vermutlich hast du recht!«, erwiderte sie mit einer etwas ruhigeren Stimme.

Ich reichte ihr ein Wasserglas und setzte mich zu

ihr. Sie trank hastig. Anschließend legte ich meinen Arm um ihre Schultern.

Wenige Minuten später hatte sie sich weitestgehend beruhigt. Wir standen beide auf. Valentina ging noch einmal zum Wasserhahn.

In dem Moment vibrierte mein Handy. Nadia Wohlfahrt hatte mir eine Nachricht geschrieben:

Hi Lisa, bitte ruf mich an, wenn es bei dir passt. Es geht um den Tod von Richy.

Ich habe etwas herausgefunden.

Ich zeigte Valentina die Nachricht, worauf sie mich aufforderte, sofort anzurufen.

Ich suchte nach Nadias Kontakt, rief an und stellte mein Handy auf laut. »Nadia, hey wie geht es dir?«

»Hi Lisa, ich wusste nicht, ob es bei dir passt, also habe ich dir eine Nachricht geschickt. Na ja, mir geht es den Umständen entsprechend gut. Ich habe das zweite Handy von Richy gefunden. Neben den vielen Nachrichten mit Raluca ist da noch eine Sache, die mir auffällig erschien. Richy hat vor Kurzem mit einem Sebastian getextet. Kurz vor seinem Tod hat mir Richy erzählt, er müsse auf eine Dienstreise nach Leipzig. Ich habe mir nichts dabei gedacht, da Richy ständig irgendwo geschäftlich unterwegs war. Seltsam ist allerdings, dass dieses Treffen irgendwo in einer Holzhütte im Wald in Kronach stattfinden sollte. Richy hat danach noch mal ausdrücklich erwähnt, dass das Treffen in Leipzig gut gelaufen ist. Findest du das nicht auch irgendwie komisch?«

»Ja, das ist tatsächlich seltsam! Kann es sein, dass es sich bei dem Sebastian um Sebastian Vogel handelte? Das ist sein Cousin hier aus Kronach«, erklärte ich.

»Nein, das weiß ich leider nicht. Davon steht auch nichts in dem Text. Er hatte seinen Cousin nur einmal beiläufig erwähnt. Er meinte, dass der Teil der Familie zerstritten wäre.«

»Ich habe gestern mit Sebastian Vogel geredet. Er meinte, dass Richy und er gemeinsam die Firma gegründet hatten und Richy ihn abzockte«, erklärte ich ihr.

»Richy hat nie hinsichtlich dessen etwas erwähnt. Und du kennst also diesen Sebastian Vogel?«

»Ja, der ist im Nachbarhaus aufgewachsen. Ich kenne natürlich nur die Version von Sebastian, aber der war nicht gut auf Richy zu sprechen, kann ich dir sagen. Er sagte zudem aus, dass er Richy schon seit Jahren nicht gesehen hat, was nicht zu den Textnachrichten passt.«

»Das kommt mir tatsächlich sehr komisch vor«, bestätigte Nadia Wohlfahrt.

»Wir reden noch mal mit Sebastian. Vielleicht finde ich ja auch diese Holzhütte, über die sie geschrieben haben.«

»Danke Lisa! Bitte melde dich, sobald du etwas weißt. Freu mich, dich bald wieder zu sehen. Und sei bitte vorsichtig!«, sagte sie.

»Ich melde mich, versprochen«, antwortete ich.

»Interessant. Wenn Richy und Sebastian sich

tatsächlich getroffen haben, dann lügt Sebastian. Weißt du, um welche Holzhütte es sich handeln könnte?«, fragte Valentina.

»Nein, ich habe keine Ahnung, aber warte, vielleicht können uns meine Eltern da weiterhelfen.« Ich öffnete die Terrassentür.

»Papa, weißt du, ob unsere Nachbarn, die Vogels, eine Holzhütte besitzen? Irgendwo in einem Wald.«

»Ja, die haben doch ein paar Hektar Wald bei Gifting. Und mitten im Wald haben sie eine Hütte. In der Nähe von den vielen Flussüberquerungen geht es mal rechts hoch. Die lagern da ihre Motorsägen, haben aber auch einen kleinen Partyraum mit Kachelofen. Wir waren da einmal eingeladen, als die Hütte noch neu war. Die Hütte ist echt super geworden. Für mich wäre das allerdings nichts, ständig in den Wald zu fahren, um ...«

»Danke, Papa! Da hast du uns sehr geholfen.« Mit diesen Worten unterbrach ich ihn und ging wieder zu Valentina, um weiteren Nachfragen meines Vaters aus dem Weg zu gehen.

»Also gehen wir zur Holzhütte?«, fragte Valentina, die unsere Kommunikation von der Küche aus hörte.

»Ich denke, du solltest dich heute besser ausruhen, oder? Lass uns morgen dort hinfahren.«

»Nein, Liz, ich würde gerne sofort fahren! Ich kann jetzt eh nicht schlafen. Dieser Richy war auch vom Bot als potenzieller Mörder gelistet. Vielleicht finden wir in dieser Hütte irgendetwas, das uns weiterhilft.

»Ok, abgemacht! Aber keinen Alkohol heute mehr, hörst du?«

»Oki-doki, ich reiße mich zusammen!«

Wir liefen zu meinem Auto und fuhren los. Gifting war circa zehn Kilometer entfernt und umgeben von Wald.

Ich kannte den Wald. Wir waren dort häufiger als Kinder spazieren.

Während der Fahrt war Valentina bereits besser gelaunt. Sie war ein sehr impulsiver Mensch mit emotionalen Ausschlägen in beide Richtungen. Sie saß auf dem Beifahrersitz und schaute sich Instagramreels an. Ich fand den ständigen Musik- beziehungsweise Stimmwechsel supernervig. Wenn ich dabei nicht selbst auf ein Handy starrte, merkte ich erst mal wie reizüberflutend dieses Social-Media ist.

Kurze Zeit später war kein Ton mehr zu hören.

»Na, hast du dein Hirn genug mit Reizen überflutet?«

Sie ignorierte meine Frage und sagte:

»Ich habe gerade diese neue App ausprobiert, in der du sehen kannst, wie du im Alter ausschaust. Schau mal, ich habe da ein Bild von dir verwendet. Du schaust aus wie eine Mischung aus einer älteren Version von Karoline Herfurth und Andrea Sawatzki.«

»Zeig her!«, sagte ich.

Sie platzierte das Handy in ihrer Hand zwischen Lenkrad und meinem Gesicht.

»So werde ich im Alter ganz bestimmt nicht aussehen und jetzt mach das weg!«, forderte ich.
»Ich speichere das Bild mal vorsichtshalber und wir
machen in dreißig Jahren einen Vergleich.«
»Mach das!«, sagte ich und wollte das Kapitel „Die
alte Lisa Engel" damit schließen.
In Gifting angekommen, sagte Valentina: »Oh
Mann, hier gibt es nicht mal Handynetz.«
»Ja, dafür ist es hier sehr ruhig. Back to the Roots«,
sagte ich zu Valentina.
»Na ja, hier wäre es mir etwas zu ruhig, gibt ja nicht
mal eine Kneipe.«
Da vorne gibt es ein Vereinsheim von den Fußballern, da gibt es bestimmt ein paar Jungs die schon
Jahre auf dich gewartet haben.«
Valentina machte ein Kotzgeräusch und sagte:
»Nein danke, fahr bitte weiter!«
Wir fuhren in den Wald hinein und folgten einem
Feldweg. Der Wald war hier noch sehr dicht. Außerhalb des Lichtkegels der Frontscheinwerfer war
es stockdunkel.
Als ein Reh und ihr Kitz am Rande im Licht erschienen, erschrak Valentina.
»Jesus! Das war knapp. Boah, haben die mich erschrocken.«
»Ja, hier erlebst du noch etwas ohne Handyempfang. Das ist eh gesünder, als dauernd auf das
Handy zu starren«, antwortete ich.
An einer breiteren Stelle parkte ich das Fahrzeug.
»Hier in der Nähe muss es irgendwo sein.«

Ich hatte noch eine neue LED-Taschenlampe in meinem Auto.

Wir stiegen aus und liefen in den Wald.

»Hier hinten muss sie irgendwo sein«, sagte ich zu Valentina.

»Da! Siehst du das Licht?«, fragte sie.

Die Hütte lag circa einhundert Meter vor uns und es brannte Licht. Als wir uns der Hütte näherten, hörten wir Männerstimmen und Musik. Ich machte meine Taschenlampe aus.

Kurz vor der Hütte erkannte ich Tobi und Sebastian, wie sie in Campingstühlen saßen und Bier tranken.

»Hey!«, sagte ich zu den beiden.

»Scheiße Mann, habt ihr mich erschreckt«, sagte Tobi.

»Was macht ihr so spät hier draußen?«, fragte Sebastian.

»Na ja, wir haben die Info bekommen, dass du Richard, deinen Cousin, den du angeblich Jahre lang nicht gesehen hast, vor ein paar Wochen hier getroffen hast. Wir wollten einfach mal nachfragen, warum du dich nicht mehr daran erinnern konntest.«

»Tobi, kannst du uns kurz mal allein lassen?«, fragte Sebastian ihn.

»Klar, muss eh mal pissen gehen«, antwortete er.

»Woher kennt ihr euch eigentlich?«, fragte Valentina.

»Tobi? Tobi trainiert meine Jungs beim

Fußballverein.«

»Verstehe. Also zu Richard. Warum habt ihr euch hier getroffen?«, fragte ich.

»Wer sagt denn, dass wir uns hier getroffen haben?«, antwortete er.

»Richards Frau hat ein Handy gefunden, mit dem Richard mit dir kommuniziert hat«, antwortete ich.

»Wenn es dir lieber ist, können wir auch mit der Info zur Polizei gehen.«

»Ok, ok, ist ja gut. Ich wollte mir von Richy holen, was er mir damals genommen hat. Einer meiner Kurierfahrer hat in Tschechien beobachtet, wie ein Fahrer von Richys Firma von ein paar bewaffneten Männern überfallen wurde. Aus dem Truck wurden mehrere Pakete entnommen. Ein Paket fiel herunter und er sah eine weiße Staubwolke.«

»Also Drogen?«, fragte ich.

»Ich vermutete es. Ich habe mich immer gefragt, wie Richy so schnell mit seiner Firma wachsen konnte. Na ja, jedenfalls habe ich euch ja erzählt, dass Richy mich vor ein paar Jahren abgezockt hat und nun dachte ich, es ist die Zeit für Rache gekommen.

»Also hast du ihn erpresst?«, fragte ich.

»Na ja, ich wollte lediglich für Gerechtigkeit sorgen. Ich drohte ihm, wenn er nicht zahlt, würde ich zur Polizei gehen.

Wir einigten uns auf eine gewisse Summe. Er drohte mir allerdings, wenn ich das Thema noch einmal erwähne, bringt er mich um. Allerdings habe ich das Geld nie gesehen, weil er vorher vor die Hunde gegangen ist. Ich habe inzwischen das Video von seinem Tod gesehen, ganz schön krasser Scheiß.«

»Ein Video? Von der Party?«, fragte ich.

»Ja, kursiert im Internet«, sagte er.

»Vielleicht hat Richy dir kein Geld gegeben und dann hast du deinen ehemaligen Geschäftspartner vor Freunden und Verwandten mit dieser Kanone abgeknallt?«, fragte Valentina provokativ.

»Absoluter Unsinn. Ich habe ihn zwar gehasst, aber nicht so sehr! Ich habe eine Familie und wegen so einem arroganten Schnösel gehe ich bestimmt nicht ins Gefängnis«, sagte Sebastian.

»Was interessiert euch eigentlich an Richy?«

»Ich kenne seine Frau. Die ist bei mir Patientin in der Praxis und bat mich um einen Gefallen. Das habe ich nun getan«, sagte ich.

Wir gingen nicht näher darauf ein, dass wir Amalias Mörder suchen.

»Hm, ok. Wie gesagt, ich kann euch da nicht helfen. Ich bin froh, wenn ich mit der Familie Wohlfahrt nichts zu tun habe.«

»Wenn ihr schon hier seid, wollt ihr etwas trinken?«, fragte Sebastian.

Ich packte Valentina am Arm und sagte zu Sebastian »Ne, danke! Wir gehen mal besser wieder. Danke dir! Wünschen euch noch einen schönen Abend.«

»Ebenso, ciao!«

Als wir ungefähr 30 Meter von der Hütte entfernt

waren, hörten wir Tobi sagen: »Hier dein Bier. Die kleine Freundin von der Engel ist echt geil! Wie hieß die noch mal?«
Wir hörten die Antwort nicht mehr.

Nächster Morgen, Montag, 25.09.2023

Da Jonny, Valentina und ich nicht wirklich weiterkamen, schlug ich eine Wanderung auf den Staffelberg vor. Ich dachte, wo können wir neue geistige Energie besser schöpfen als beim Wandern.

Jonny mochte generell Wanderungen und willigte ein. Valentina konnte ich überzeugen, indem ich ihr sagte, dass die Gastwirtschaft auf dem Berg auch geöffnet sei.

Eine wirkliche Wanderung war es nicht. Der 539 Meter hohe Berg ist in weniger als 45 Minuten erklommen. Dennoch tat die körperliche Ertüchtigung nach all dem Fleisch- und Alkoholkonsum sehr gut.

Wir saßen am steilsten Stück des Berges und blickten weit in die Ferne.

»Echt ein schöner Ort!«, sagte Jonny.

»Ja, das haben sich die Kelten auch gedacht«, sagte ich.

»Was, die Kelten waren hier? Gibt es dafür Beweise?«, fragte Jonny.

»Ja, Ausgrabungen«, erklärte Valentina kurz und knapp.

Jonny machte ein begeistertes Gesicht und sagte: »Interessant! Macht natürlich Sinn. Hier auf der Hochebene. Der Berg bietet einen natürlichen Schutz vor Feinden. Zudem ist die Ebene groß genug für Ackerflächen und Viehhaltung«, analysierte Jonny.

Jonny schaute im Anschluss in den Himmel und zeigte mit seinen Fingern in verschiedene Richtungen: »Also, wenn da drüben die Sonne ist, dann ist da Süden und da Norden. Folglich ist dort Bamberg und da ist Kronach.«

»Ein echter Sherlock«, sagte Valentina.

»Das ist es!«, rief ich und riss meine Augen weit auf. Die anderen schauten mich erstaunt an und warteten auf mehr Worte von mir.

»Robert ist am Freitag von Bamberg nach Kronach gefahren. Wenn er tatsächlich unschuldig ist, dann gibt es nur eine Möglichkeit, wie seine DNA in die Wohnung von Kurt Nowak gelangt ist: das Café Kitsch. Er trank dort eine Cola. Vielleicht hat der Täter von Anfang an geplant, Robert die Schuld zuzuweisen, indem er zum Beispiel das Glas mitgenommen hat und in Nowaks Wohnung gestellt hat.«

»Klingt absurd, aber ist eine Möglichkeit«, sagte Valentina.

»Ja, das könnte tatsächlich sein. Gibt es Überwachungskameras im Café?«, fragte Jonny.

»Ich denke schon. Das Problem ist, wenn die Theorie stimmt, vielleicht hat der ein oder andere Angestellte aus dem Café Kitsch auch etwas damit zu tun. Wenn wir da hinein marschieren und fordern ein Video, vielleicht verweigern sie uns dann das Video zu zeigen oder löschen es, und warnen die beteiligten Personen«, sagte ich.

»Du hast recht. Ich habe eine Idee«, sagte Jonny und

zückte sein Handy.

Ich sah, wie er nach dem Kontakt von Martin suchte und fragte: »Ah, du meinst dein IT-Kumpel kann uns dabei behilflich sein?«

»Ja, ich denke schon.« Er wählte die Nummer und stellte die Lautsprecherfunktion an.

»Jo, was gibt's?«

»Hi Martin, ich bräuchte mal wieder deine Hilfe.«

»Wieder mal eine Adresse heraussuchen?«

»Ne, diesmal geht es um etwas anderes. Wir benötigen die Überwachungsvideos eines Cafés.«

»Oh, klingt spannend. Hat das immer noch etwas mit diesem Video zu tun?«

»Ja, in gewisser Weise schon. Also nehmen wir mal an, ein Café hätte Überwachungsvideos und wir wollen an diese herankommen, ohne den Besitzer zu fragen. Wie würden wir vorgehen?«

»Puh, also von außen sind solche Systeme meist gut geschützt. Die einfachste Möglichkeit wäre, wenn ihr einen USB-Stick an einem Laptop vom Café anbringt. Dann wäre es tatsächlich ein Kinderspiel.«

»Klingt für mich nicht nach einem Kinderspiel«, sagte ich.

»Klar, das schaffen wir. Tagsüber ist da meist nur einer vom Personal da. Ich lenke den Typen einfach ab und ihr steckt schnell den Stick rein«, äußerste Valentina mutig.

Jonny unterstützte den Plan mit den Worten: »Wir haben keine andere Wahl.«

»Sehr gut. Also ich lasse euch eine Datei

zukommen, die kopiert ihr bitte auf einen USB-Stick. Wenn sie auf dem Stick ist, öffnet ihr die Datei und klickt auf Aktivieren. Danach ist das Ding scharf. Dann müsst ihr nur noch einen Laptop finden, welcher mit deren WLAN verbunden ist. Ich brauche ziemlich genau zwei Minuten.«

»Zwei Minuten?!«, sagte ich mit skeptischer Stimme.

»Das schaffen wir!«, sagte Valentina.

»Gut! Jonny, du hast gerade die Datei erhalten. Sagt mir bitte fünf Minuten vorher Bescheid, dass ich mich darauf vorbereiten kann«, waren Martins letzte Anweisungen.

Nach dem Gespräch einigten wir uns auf einen Plan wie wir den USB-Stick platzieren könnten und machten uns auf den Weg Richtung Café.

»Martin, wir sind Ready«, sagte Jonny.

»Alright, dann legt mal los. Ich sitze am PC und starte, sobald ich ein Signal habe.«

Wir gingen ins Café und schauten uns um.

»Wie vermutet, nur ein Typ«, flüsterte Valentina.

»Hier vorne ist ein Laptop, auf dem Spotify läuft. Der ist sicher mit dem WLAN verbunden.«

»Also ich lenke den Typen ab, du kümmerst dich um die Gäste am vorderen Tisch und du steckst den USB-Stick rein«, wies Valentina an.

»Ok, los geht's«, sagte ich.

»Hey, du!«, sagte Valentina zu dem Typen hinter der Bar.

Der Typ hatte kurze rote Haare, war spargeldünn,

hatte ein weißes Tanktop und Skinny-Jeans in Rosa.

»Hallooo, was kann ich für dich tun? Wir haben heute Long Island Ice Tea in der Happy Hour.«

»Klingt verführerisch, aber ich bin heute nur gekommen, weil ich Freitag meine Jacke vergessen habe.«

»Verstehe, na dann komm doch bitte mit nach hinten. Dann schauen wir mal. Hier vergessen ständig die Leute ihre Jacken.«

Im vorderen Bereich saßen vier junge Männer, die Karten spielten. Daher konnten wir nicht einfach hinter die Bar gehen. Ich musste sie irgendwie ablenken.

Ich schnallte alles, was ich an Brust hatte, hoch und machte den Ausschnitt so tief wie nur möglich.

»Hey Jungs, was spielt ihr hier?«

»Bierkopf!«, antwortete einer in typisch fränkischer Manier. Small-Talk war definitiv nicht die Stärke von uns Franken.

Hier konnte eine Konversation aus folgenden Wörtern bestehen:

Person A: »Servus!«

Person B: »Grüß dich!«

Person A: »Und wie?«

Person B: »Passd scho! Und bei diiich?«

Person A: »No wie immer!«

Person B: »Na dann, machs gud«

Person A: »Machs besser! «

Ich lehnte mich mit den Ellenbogen über den Tisch und sagte: »Bierkopf also. Das ist so ähnlich wie

Schafkopf, oder?«

»Richtig!«, sagte einer der Jungs.

Dann war eine Spielrunde vorbei und die Jungs zählten.

Hinter meinem Rücken gab ich Jonny ein Zeichen, dass er den Moment nutzen sollte. Ich drehte meinen Kopf leicht und sah, wie er hinter die Bar ging und sich dann duckte.

Einer der Kartenspieler sagte: »Schneiderfrei!«

»Hast du auch richtig gezählt?«, fragte ich.

Alle Jungs schauten noch einmal in die Karten.

Nach einem kurzen Moment waren sich alle einig, dass richtig gezählt wurde.

Währenddessen passierte folgendes im hinteren Bar-Bereich.

»Hier schau mal. Da hängen so viele Jacken. Alle nur von diesem Wochenende. Wie sah sie denn aus?«, fragte der Kellner.

»Schwarz. Nicht so markant«, erklärte Valentina.

»Boah, die sind fast alle schwarz. Trägt ja keiner mehr bunt. Heutzutage ist der Main-Stream gefangen in Schwarz, Weiß, Grau oder Beige. Die nächste Generation wird den Style von heute hassen. Am besten du schaust selbst mal nach und ich komme dann gleich wieder.«

Der Kellner wollte sich gerade umdrehen. Plötzlich sagte Valentina. »Ich kann nicht, ich habe mir meine Hand verstaucht. Die tut so weh.«

Der Kellner war plötzlich wieder auf Valentina fokussiert. »Deine Hand, ok. Und da hast du keine

Bandage oder so dran?«

»Ne, wird irgendwie immer schlimmer. Wir waren gestern beim Klettern.«

»Ok also von den vorderen ist es keine, oder? Dann hänge ich mal die ab und lege die über den Tresen.«

»Danke dir, du hast was gut bei mir!«

»Nicht dafür!«, sagte der Kellner in einer freundlichen Art und Weise.

Valentina war noch mit der Suche einer nicht-vorhanden Jacke beschäftigt, während ich versuchte die Jungs weiter abzulenken, sodass Jonny nach hoffentlich zwei Minuten mit dem Stick wieder unauffällig zurückkommen konnte.

»Also Jungs. Wenn ihr zwanzig Sekunden die Augen schließt, habe ich eine Überraschung für euch.«

Die Jungs schauten mich etwas verwirrt an. Einer der Jungs, der mir schon länger in den Ausschnitt starrte, sagte »Ok, warum nicht.«

»Los Jungs«, befahl er!

Sie schlossen die Augen. Ich schnappe mir einen Stift und Zettel, auf denen sie die Punktestände festhielten, und schrieb eine Telefonnummer auf.

Jonny blickte vorsichtig über den Tresen. Er zeigte mir mit den Fingern an, dass er noch zehn Sekunden brauchte.

»Noch 12 Sekunden Jungs, ich zähle herunter.«

Ich zählte den Countdown laut herab.

»Jetzt dürft ihr die Augen wieder öffnen.«

Die Jungs starrten auf einen Zettel, der in der Mitte des Tisches platziert war. Neben den Spielständen stand nun auch „Single Party" und eine Telefonnummer geschrieben.

»Ist das eine Einladung?«, fragte der junge Mann peinlich berührt, bei dem mein Charme offensichtlich funktionierte.

»Das ist es! Ihr müsst nur eine SMS mit eurem Namen an die Nummer schicken und schon seid ihr auf der Gästeliste für die nächste private Single-Party in Kronach.«

Die Reaktionen waren positiv. »Geil!« »Scheiße Mann, mega!« »Warum gerade wir?«

Im Hintergrund tauchte Jonny auf und sagte: »Weil ihr gut zu unseren Mädels passt, die wir ausgewählt haben. Wir versuchen immer gute Matches zu finden, dass auch keiner zu kurz kommt.«

Die Jungs trommelten auf dem Tisch herum und klatschten ein.

»Darauf trinken wir noch eines. Juri, holst du uns bitte noch vier Gampert?«

Der rothaarige Kellner kam mit Valentina zurück.

»Klar, bringe ich euch gleich«, antwortete er.

»Und?«, fragte ich Valentina.

»Und was?«

»Hast du deine Jacke?«, fragte ich mit leicht schrägem Kopf.

»Ne, leider nichts. Wir waren ja danach noch bei dem Typen auf der Aftershow. Wahrscheinlich habe ich sie da liegen gelassen.«

»Suffkopf!«, sagte ich zu Valentina.

Valentina warf mir einen bösen Blick zu und drehte

sich zum Kellner um.

»Trotzdem danke dir für die Suche!«

»Kein Stress«, sagte er, während er die Flaschenbiere, untermalt von einem Zischen, öffnete.

»Ciao Jungs«, sagte ich.

Die Jungs winkten mir zu und verabschiedeten sich. Wir verließen die Bar und liefen ein paar Meter weiter.

»Hey, welche Nummer hast du den Jungs eigentlich gegeben?«, fragte Jonny interessiert.

»Na deine! Da kannst du dann so eine Anime-Single-Party organisieren«, antwortete ich.

»Haha! Nicht dein Ernst, oder?«

»Ne, ich habe irgendeine Nummer auf den Zettel geschrieben. Ich hoffe, dass die niemanden zugeordnet ist.«

»Na, da bin ich ja mal beruhigt«, antwortete Jonny.

»Ich finde auch, dass du mal eine Singleparty organisieren solltest Jonny-Boy. Ich würde auf jeden Fall kommen«, sagte Valentina.

»Das ist gut zu wissen. Vielleicht mache ich das dann«, sagte Jonny in ironischem Unterton.

»Hier ist eine Pommesbude. Lasst uns kurz etwas essen und mit Martin reden, ob alles funktioniert hat«, sagte ich.

»Ja, ich habe Megahunger. Für mich bitte die Curly-Fries, die sind echt geil hier!«, sagte Valentina.

Wir hörten auf Valentinas Rat und bestellen drei Mal Curly-Fries mit Mayo.

Wir setzten uns etwas abseits von anderen Leuten,

dass keiner unsere Gespräche lauschen konnte.

Jonnys Telefon klingelte.

Da Jonny nicht reagierte, sagte ich, »Dein Handy klingelt!«

»Ah, das ist meins«, sagte er fast schon überrascht.

Ich fragte mich, warum heutzutage fast jeder den Standardklingelton der führenden Smartphonehersteller nutzt. Theoretisch bestand die Möglichkeit jeden Song und jedes Geräusch als Klingelton zu nutzen. Bei den ersten Handys hatte sich unsere Generation noch teure Jamba-Sparabos gekauft, um voller Stolz Axel F oder Final Countdown als nerviges Gepiepse abzuspielen. Jetzt, wo wir alle Möglichkeiten haben, nutzen wir sie nicht. Der Mensch ist komisch, war mein Fazit, dieses Gedankengangs.

Auf dem Bildschirm erschien Martins Name.

»Hey, und wie schauts aus?«, fragte Jonny neugierig.

»Ich habe die Videos der letzten 72 Stunden.«

»Yes, Martin du bist der Hammer!«, sagte Jonny.

»Inklusive eurer Show, die ihr gerade abgezogen habt. Die habe ich natürlich gleich gelöscht.«

»Oh, ja das ist gut. Da hätte ich gar nicht daran gedacht. Hast du bei den Aufnahmen am Freitagabend etwas gefunden?«, fragte Jonny.

»Ja, ich habe gesehen, dass du dich geklont hast in diesem Café. Spaß bei Seite, ich weiß ja, dass du einen Zwillingsbruder hast. Für mich ist da nichts Auffälliges zu erkennen. Ich schicke euch die Videos in eine Cloud.«

»Sehr geil, danke dir Martin! Und Humor ist wirklich nicht deine Stärke, bleib lieber beim Hacken«, sagte Jonny freundlich.

»Ja, du mich auch! Keine Ursache! Kann ich sonst noch irgendwie dienen?«

Jonny wollte sich gerade verabschieden, als mir eine Idee in den Sinn kam.

»Martin, wie gut kennst du dich mit Deep Fakes aus? Ich meine, ist es möglich, irgendwie den Ersteller eines Deep Fake Videos herauszufinden?«

»Boah, schwierig. Was wir allerdings herausfinden könnten, wäre die Softwarefirma, die verwendet wurde. Die meisten kennzeichnen ihre Videos mit einem Wasserzeichen, dass der Softwarebude zugewiesen werden kann.«

»Wasserzeichen? Wir haben keine Wasserzeichen gesehen.«

»Das liegt daran, dass die winzig klein sind, wenn jemand die kostenpflichtige Software nutzt. Meist sind das nur wenige Pixel. Die findest du nur, indem du KI einsetzt. Im Prinzip bekämpfst du Feuer mit Feuer.«

»Interessant. Nehmen wir mal an, wir hätten so ein Video. Könntest du schauen, ob du dieses Wasserzeichen findest?«

»Schickt es mir! Ich schaue mal, was ich tun kann.«

»Sehr geil danke dir!«, sagte ich.

»Ja, kein Stress. Also wenn es sonst nichts gibt, würde ich jetzt ein bisschen WoW spielen.«

Ich überlegte kurz, worum es sich bei WoW

handelt.

In der Zwischenzeit sagte Jonny zu Martin: »Klar, hau rein. Bis bald.«

»Jo, ciao!«, erwiderte Martin.

Jonny blickte in mein nachdenkliches Gesicht und sagte:

»World of Warcraft.«

»Ah, das wars. Davon habe ich schon einmal gehört.«

»So, ich habe ihm das Video weitergeleitet!«, bemerkte Jonny.

»Dieser Martin ist echt ein Genie. Mit seinen Fähigkeiten könnte der doch Millionen machen. Dann könnte er aus seiner kleinen Kellerwohnung ausziehen und sich irgendwo ein Haus auf den Winzerer Höhen kaufen, wie die Wohlfahrts«, sagte ich, während ich mir die ersten Pommes in den Mund schob.

»Ja, Martin ist ein echtes Genie, aber in unserer Gesellschaft verdienen die Leute das meiste Geld, die geschickt andere Leute für sich arbeiten lassen. Die sozusagen, die Genies anleiten«, erklärte Jonny.

»Du meinst BWLer«, sagte Valentina.

»Ja BWLer, Kaufleute, Marketingagenturen und so weiter. Sie verstehen den Markt und wissen wie sie die Ressourcen, und dazu gehören auch Human Resources, richtig einsetzen und bringen meist eine Überdosis Selbstvertrauen und Überzeugungskraft mit. Außerdem heißt es doch immer, im Handel ist das Geld verdient.«

»Wenn du das so erzählst, klingt das sehr positiv. In

Wahrheit meinst du, dass die Leute wie Martin ausgenutzt werden«, antwortete Valentina.

»Ja, Ausnutzung ist leider auch eine Art von Talent, traurig, aber wahr«, sagte Jonny.

Ich fand die Diskussion etwas irrsinnig, da ich auch einen Hands-On-Job hatte und mit meinem Job und Gehalt sehr glücklich war. Ich versuchte abzulenken, indem ich sagte: »Wow, diese Kringelpommes hier sind wirklich gut. Wusste ich gar nicht«, sagte ich.

Valentina lachte.

»Warum lachst du?«

»Weil du Kringelpommes sagst!«

»Das heißt so. Schau da vorne auf die Tafel!«

»Leute, die Videos sind hier!« Jonny unterbrach damit unsere Pommes-Diskussion.

»Also gut, dann nehmen wir das Video von Freitagabend. Die Kamera mit dem Namen „Bar vorne Eck" sollte unter anderem unseren Tisch zeigen. So, ich spule etwas vor. Hier kommen Robert und ich rein. Ein paar Minuten später kommt ihr. Wir schauen uns die Videos vom Volksfest an. Jetzt verlassen wir den Tisch. Wir sehen, wie Robert das Café verlässt und wir gehen in den hinteren Barbereich. In diesem Augenblick sind wir auf dieser Kamera nicht mehr zu sehen. So, ich spule noch etwas vor. Hier kommt der Barkeeper und räumt unsere Gläser ab!«

»Glaubst du der Barkeeper hat etwas damit zu tun?«, fragte ich Jonny.

»Ich weiß es nicht«, entgegnete er mir.

»Nimm mal eine andere Kamera, die in den Innenraum der Bar beziehungsweise Richtung Küche zeigt.«

Jonny klickte sich durch die Kameras. »Die müsste gut sein«, sagte er.

»Ja, er bringt die Gläser zusammen mit den anderen in den Küchenbereich. Für mich nichts Auffälliges. Aber irgendwie ist unsere Spur, der wir hier nachgehen, doch auch etwas absurd, oder? Warum sollte der Täter ein professionelles Deep-Fake-Video erstellen, um einen Suizid zu inszenieren, und dann zusätzlich noch Spuren hinterlassen? Das würde ja erst recht das Video auffliegen lassen. So gern wie ich Robert frei sehen möchte, aber unsere Annahmen ergeben wenig Sinn«, sagte ich in die Runde.

»Na ja, doppelt hält besser! Das ist doch die perfekte Verwirrung. Sollte das mit dem Video klappen, wäre der Täter fein raus. Wenn das mit dem Video auffliegt, kann der Täter das Ganze immer noch Robert in die Schuhe schieben«, erwiderte Jonny.

»Klingt echt ein wenig schräg!«, stellte Valentina fest. »So, wie gehen wir jetzt weiter vor?«

»Na ja, wir haben immer noch das Deep-Fake-Video. Wenn wir den Ersteller kennen, dann haben wir höchstwahrscheinlich unseren Täter! Hierzu benötigen wir Martin«, sagte ich.

»Wenn man vom Teufel spricht!«, sagte Jonny und zeigte auf sein Handy.

»Hey, na hast du was herausfinden können?«,

fragte Jonny.

»Ja, meine KI hat tatsächlich ein Wasserzeichen gefunden. Das Video wurde mit der Software KI-Punks erstellt. Das ist ein recht großer Laden mit Sitz in Dublin. Die schlechte Nachricht ist, dass die nicht so einfach Daten herausgeben werden. Datenschutz und so weiter.«

»Na dann fliegen wir nach Dublin und ziehen wieder diese USB-Geschichte durch. Das hat doch schon einmal überragend funktioniert«, sagte Valentina.

»Keine Chance. In den Laden kommt ihr nicht so einfach hinein! Die haben vermutlich überall Drehkreuze, Kameras und ich wäre mir auch nicht so sicher, ob mein USB-Stick dort überhaupt durch die Firewall kommt. Ich hätte eine Idee, die allerdings ein paar Risiken mit sich bringt.«

»Schieß los!«, sagte ich.

»Eine Phishing-E-Mail, also ein Trojaner, der über eine E-Mail verschickt wird. Wir brauchen lediglich eine E-Mail-Adresse von einer Person mit relativ viel Zugangsrechten.«

»Die haben doch bestimmt eine Info@-E-Mail-Adresse«, schlug ich vor.

»Ja, info@KI-Punks.com um genau zu sein, aber da ist eine riesige Firewall dahinter und die nützt uns auch nichts, da die Empfänger lediglich die Postboten in der Firma darstellen, die die Nachrichten den Fachabteilungen zuordnen.«

»Ich habe da eine Idee«, sagte ich.

»Wir schauen in ein berufliches Netzwerk. Da finden wir sicher jemanden, der dort arbeitet und daraus bilden wir dann eine E-Mail-Adresse. Mit etwas Glück passt die dann.«

»Hervorragend! Dann schaut bitte gleich nach, ob ihr jemanden ausfindig machen könnt«, sagte Martin.

»Jonny, kannst du mal bitte ...«

»Bin schon auf linkedin.de«, brachte er mir entgegen. »Also, wen suchen wir?«

»Irgendeinen Marketingmanager oder jemanden aus dem Controlling würde ich vorschlagen.«

»Ok, ich suche nach „Controlling KI-Punks“.«

»Here we go. Jack Murphy, Head of Marketing Europe at KI-Punks.«

»Schön, dann gehe ich davon aus, dass die E-Mail-Adresse jack.murphy@ki-punks.com lautet«, behauptete Jonny.

»Ja, wenn ich andere Unternehmensstrukturen so anschaue, dann landen wir damit zu 90 Prozent einen Treffer.«

»Jetzt benötigen wir nur noch eine E-Mail, die sein Interesse weckt.«

»Ok, jetzt lasst uns in sein Social-Media schauen. Der Typ ist bestimmt auf Facebook.«

»Hier ist unser Jacky. Ok, was machst du denn gerne Jacky?«, fragte Jonny seinen Bildschirm, als ob er mit Jack Murphy reden würde.

Jonny klickte sich durch die Bilder.

»Hier ist er beim Shepherds Pie Festival.

Kommentar von ihm: „Amazing Food, lovely Whiskey and a great Band!«

»Was ist denn bitte Shepherds Pie?«, fragte Jonny.

»Das ist so ein Auflauf aus Fleisch, Gemüse, Kartoffelbrei und Käse! Das habe ich in Irland schon mal gegessen, feine Hausmannskost und gute Grundlage, bevor man sich ein paar Pints reinstellt«, erklärte Valentina.

»Das ist doch genial! Wir können irgendwas mit Sheperds Pie in eine E-Mail packen und dann ab damit, oder?«, fragte ich in der Hoffnung, Martin würde meine Idee gefallen.

»Ja, so ähnlich funktioniert es. Wir schicken ihm einen Link, der so ausschaut, als wäre es die offizielle Seite dieses Festivals. Dahinter verbirgt sich allerdings unser Trojaner mit dem wir ins System gelangen. Nur zwei Sekunden später leiten wir unseren guten Jack dann zur echten Website weiter, sodass er keinen Verdacht schöpft.«

»Genial!«, sagte Valentina.

»Na ja, es ist immer noch ziemlich gefährlich. Diese Firmen haben gute Virenscanner und dieser Jack ist, denke ich, auch kein Amateur, wenn er solch eine Funktion innehat. Aber nehmen wir einmal an, es funktioniert, nach was suchen wir eigentlich?«

»Na ja, wir wollen wissen, wer dieses Video erstellt hat. Also am besten suchen wir nach Nutzer im Umkreis von Kronach. Wenn wir zu deren Account Zugang hätten, wüssten wir, wer das Video erstellt hat.«

»Ok, ich schaue, was ich machen kann. Jetzt schicke ich erst mal die Mail raus.«

Ungefähr eineinhalb Stunden später meldete sich Martin wieder telefonisch.

»Der Fisch hat angebissen. Ich bin im System«, sagte Martin.

Ich konnte seinen Stolz durch das Telefon spüren. Martin war genial. So wie ich Frauen durchleuchtete und ihr System verstand, machte er es mit Computern. Ok, den Vergleich, den mein Gehirn da machte, war irgendwie seltsam, stellte ich fest.

»In Kronach allein sind über einhundert Menschen bei denen angemeldet. Da wird es schwierig, alle abzuklappern.«

»Ok, kannst du bitte nach Richard Wohlfahrt, Tanja Richter, Kurt Nowak und Robert Fiedler suchen?«

»Keine Treffer!«

»Na ja, der Täter wird sich ja wohl kaum mit seinem richtigen Namen angemeldet haben, oder?«, stellte Valentina fragend fest.

»Fairer Punkt!«, antwortete ich.

»Ok, kannst du auch nach Videonamen suchen. Also Videos, die erstellt wurden?«

»Klar, was habt ihr für Schlagwörter?«

»Kurt, Nowak, Selbstmord, Suizid.«

»Nein, auch das ergibt nichts!«

»Hmmm«, grübelte ich.

»Gibt es eine Möglichkeit, nach der Video-Länge zu suchen?«, fragte Jonny.

Super Idee, dachte ich.

»Ja, wie lang ist es denn?«

Valentina schaute nach. »Drei Minuten und elf Sekunden.

»Ja, ich habe hier ein paar Videos, aber nichts im Kronacher Raum.«

»Was ist denn mit den gelöschten Videos?«, fragte ich.

»Kleinen Moment. Kürzlich gelöschte Videos sind hier noch zu finden. Ich sortiere nach Videolänge. Da ist es! Video-Name K vom Account Superman.«

»Oh, Superman kann allerdings jeder sein«, sagte ich.

»Nicht, wenn Superman eine ihm zugeordnete IP-Adresse hat«, sagte Martin erneut mit stolzer Stimme.

»Geil! Du kannst also herausfinden, wer diese Person ist und wo sie sich aufhält?«, fragte Valentina.

»Ja, wahrscheinlich, zumindest wo sie wohnt, aber dazu brauche ich etwas länger. Gebt mir so eine halbe Stunde«, antwortete Martin.

»Alles klar, bis dann Martin!«

»Jo, ciao Kakao!«, sagte er und legte auf.

»Oh mein Gott! Ich kann es nicht fassen, dass wir gleich den Namen des Täters erfahren werden«, sagte Valentina mit Vorfreude.

»Noch haben wir ihn nicht«, sagte Jonny und versuchte, die Erwartungen etwas zu bremsen.

Wir warteten gespannt auf die Antwort von Martin.

Ein paar Minuten später vibrierte mein Handy. Eine neue Nachricht von Sebastian Vogel.

»Ich habe ein paar Infos bezüglich Amalia, die euch interessieren könnten. Bitte kommt so schnell wie möglich in die Steinleite nach Wilhelmsthal. Das einzige rote Haus. Wenn die das herausfinden, dass ich mit euch reden will, dann killen die mich.«

»Hey Leute, schaut euch die Nachricht an!«

»Na dann, sprechen wir doch mit Sebastian.«

Wir liefen noch zu meinem Elternhaus, um uns ein Auto zu nehmen. Wilhelmsthal lag circa zehn Kilometer nördlich von Kronach.

Valentina schlief noch ein, bevor wir Kronach verlassen hatten. Ich wünschte, ich könnte auch einfach überall und immer schlafen. Es gibt die Leute, die im Flugzeug schon vor dem Start schlafen und nach der Landung entspannt aufwachen, und dann gibt es Menschen wie mich, die einfach nirgendwo in der Öffentlichkeit schlafen können. Ich bin superneidisch auf dich Valentina, dachte ich mir.

Kurz vor Wilhelmsthal sahen wir die Häuser am Hang.

»Wow, das sieht ja gigantisch aus!«, sagte Jonny.

»Ja, das ist es. Wenn Heimatfest ist, beleuchten die meisten Bewohner ihre Häuser hier mit Lichterketten. Dann leuchtet der ganze Hang. Das sieht dann wirklich spektakulär aus.«

Wir fuhren entlang der serpentinenartigen Straßen den Berg hinauf.

»Die Straßen sind allerdings nicht so breit. Fast schon furchterregend, wenn ich so den Berg hinunterschaue.«

»Ja, sie sind nicht nur furchterregend, sie sind auch gefährlich. Ein guter Freund hatte einen tödlichen Motorradunfall im Alter von zweiundzwanzig Jahren.«

»Oh, das tut mir leid«, sagte Jonny.

»Ja, wusstest du ja nicht. Rest in Peace, Harry!«, sagte ich und war in Gedanken bei all den wundervollen Momenten die ich mit ihm hatte.

»Das heißt, du hast neben Amalia noch einen guten Freund verloren? Mann, du hast echt schon einiges mitgemacht.«

»Ja, na ja!«, sagte ich kurz und knapp. Ich dachte kurz über die Worte von Jonny nach.

Ich versuchte, mich selbst abzulenken, indem ich das Thema wechselte.

»Hier ist die Steinleite. Da hinten muss es sein.«

Wir parkten das Auto. Das Haus hatte außen rote Holzlatten als Fassade und dunkle Ziegeln. Dahinter war dichter Wald zu sehen.

Wir gingen durch das schmale Tor des Vorgartens. Bevor wir an der Haustür ankamen, öffnete uns Sebastian Vogel bereits die Tür.

Es wirkte nervös, schaute sich mehrmals um und winkte hastig mit seinen Armen.

»Kommt schnell herein!«, flüsterte er, so laut wie es im Flüsterton möglich war.

Er leitete uns durch den schmalen Flur in den hinteren Bereich des Hauses.

Vom Wohnzimmer aus war ein kleiner ungepflegter Garten zu sehen.

»Setzt euch!«

»Wir setzten uns auf die alte bunte Couch, die so weich war, dass wir fast auf dem Boden saßen.«

»Wart ihr heute bereits bei der Polizei und habt denen irgendetwas im Fall vom Nowak mitgeteilt?«

»Nein, wieso?«, fragte ich etwas verwirrt.

Plötzlich zog Sebastian eine Waffe und richtete sie auf Jonny.

»Weil wir es bevorzugen würden, wenn unser kleines Video vom Nowak nicht bei der Polizei landet!«

Ich hörte die quietschende Haustür und Schritte die sich näherten.

»Ah Tanja, da bist du ja! Hast du das Zeug dabei?!«

»Jep, alles da.«

»Ihr wart das also? Sitzen wir deshalb hier?«, fragte ich.

»Du Schwein!«, schrie Valentina. Sie stand auf und bewegte sich auf Sebastian zu.

Kurz vor der Waffe hielt sie an. Der Kopf war wenige Zentimeter von der Waffe entfernt.

»Dann schieß doch, wenn du die Eier hast!«

»Geh da weg!«, rief Jonny.

»Halt die Fresse!«, schrie Sebastian sie an und verpasste ihr mit der rechten Außenhand einen Schlag ins Gesicht, so fest, dass Valentina rückwärts auf die Couch zurückfiel.

»Du Schlampe!«, rief Valentina, während sie ihre Hand vor Schmerz auf die rechte Gesichtshälfte drückte.

»Halt deine Klappe! Du wirst deiner Schwester bald

sehr nahe sein.«

»Wieso? Wieso?«, schrie Valentina.

Sebastian und Tanja schwiegen.

»Die Beweise liegen schon längst bei der Polizei! Ihr habt eh keine Chance mehr da herauszukommen«, behauptete ich.

»Das glaube ich dir leider nicht, Süße!«, sagte Sebastian.

»Wie habt ihr überhaupt herausgefunden, dass wir wissen, dass ihr das Video erstellt habt?«, fragte ich.

»Tja, euer Hacker ist aufgeflogen. Ich habe eine E-Mail von KI-Punks bekommen, dass mein Account soeben gehackt wurde und der Hacker in der Lage war, alle meine Daten inklusive kürzlich gelöschter Dateien zu stehlen. Die KI-Punks haben anschließend zurückgeschlagen und konnten sowohl die IP als auch den Namen des Hackers herausfinden. Sie gaben mir die Infos, um Anzeige zu erstatten. Ein gewisser Martin Decker aus Regensburg. Bei Regensburg wurde ich bereits skeptisch. Nachdem ich diesen Typen gegoogelt habe, konnte ich ein kürzlich gepostetes Foto entdecken, auf dem eure beiden Fressen abgebildet waren.«

Verdammt, dachte ich! Martin hatte es bereits im Gefühl, dass die KI-Punks eine Nummer zu groß für uns sind.

»Tja, da fehlen euch die Worte was?«, kommentierte Tanja.

Ich ging nicht auf ihre rhetorische Frage ein.

»Und, wie wollt ihr jetzt uns drei verschwinden

lassen? Habt ihr da auch schon einen Masterplan?«, fragte ich.

»Hier oben gibt es teilweise keine Geschwindigkeitsbegrenzungen und sehr enge Kurven. Wenn hier jemand ein Auto fährt, der nicht ortskundig ist, kann derjenige sehr schnell aus der Kurve fliegen. So ein Unfall kann tödlich enden«, sagte sie sarkastisch. Dann setzen wir doch dich mal ans Steuer«, erklärte Tanja und zeigte auf Jonny.

»Damit kommt ihr nicht durch!«, rief ich.

»Ach wisst ihr, das glaube ich schon!«, sagte Tanja. Tanja griff nach einem kleinen Kanister und einem Lappen. An der Beschriftung erkannte ich, dass es sich bei der Flüssigkeit um Chloroform handelte. Anschließend tränkte sie den Lappen mit dem Kanister-Inhalt.

Sie lief hinter die Couch und stopfte den Lappen Jonny von hinten in den Mund. Sein Oberkörper fiel wenige Sekunden später auf die danebensitzende Valentina.

Ich wollte nicht so sterben und schon gar nicht wollte ich, dass diese ekelhaften Menschen damit durchkommen. Deshalb entschied ich mich für die Flucht. Entweder ich schaffe es bis zur Tür oder sie müssen mich erschießen.

Tanja nahm einen weiteren Lappen und lief in Richtung Valentina. Ich nutzte den Augenblick, stand auf und rannte so schnell wie ich konnte Richtung Ausgang.

Ich hörte einen Schuss und fiel. Ich dachte, das wars

jetzt. Allerdings fühlte ich keinen Schmerz. Ich schrie »Hilfe!«
Das waren die letzten Worte, bevor ich einen süßlichen Geschmack wahrnahm und einschlief.

Eine Stunde später

Ich erwachte. Alles war verschwommen. Um mich herum grelle blaue und gelbe Lichter.

Ist das der Himmel, von dem immer alle reden?

»Lisa, kannst du mich hören?«, fragte eine bekannte Stimme.

Ich spürte, wie mir jemand eine Wasserflasche gegen den Mund presste. Ich schluckte und schluckte. Plötzlich verschluckte ich mich, hustete und spuckte etwas Wasser heraus. Ich kam zu mir. Alles wurde klarer. Ich erkannte Herrn Möller.

»Hey, was machen sie denn hier?«

»Lisa, du hast ein wenig Chloroform abbekommen. Trink noch mal, dann geht es dir schnell wieder besser.«

Während ich trank, kamen die Erinnerungen wieder. Ich spürte eine Angst, die durch meinen Körper ging.

»Was ist mit den anderen?«

»Denen geht es gut! Die sitzen da drüben bei den Sanis.«

»Wie haben sie uns überhaupt gefunden?«

»Na ja, sagen wir es mal so, wir haben nun auch mal polizeiseitig unseren Job gemacht. Nachdem das mit dem Fake-Video klar war, haben wir Robert Fiedler festgenommen. Zu der Tatzeit hatte er allerdings eine Messe in Bamberg abgehalten. Das wurde uns von mehreren Kirchengängern bestätigt. Ich habe mir eure Liste noch mal angeschaut. Da war nur noch Tanja Richter übrig. Es gab keine stichhaltigen Beweise gegen sie, aber ich erinnerte mich, dass sie als junges Mädchen sehr aggressiv war. Sie hat sogar einmal eine Anzeige wegen Körperverletzung bekommen. Da ich sie mangels Beweise nicht offiziell beschatten durfte, machte ich das in meiner Freizeit. Bei jedem Spaziergang um die Festung, bin ich an ihrem Haus vorbeigelaufen und habe geschaut, ob irgendetwas auffällig ist. Vorhin sah ich ihr Auto mit laufendem Motor. Sie saß aber nicht im Auto. Ich spähte durch den Kofferraum und sah einen Kanister mit der Bezeichnung CHCl3. Ich wusste, was das ist: Chloroform, der Betäubungsklassiker. Ich schaute weiter um ihr Auto herum und warf einen Blick in die Garage. Plötzlich kam sie aus dem Haus und fragte mich verwundert, was ich hier machen würde. Ich sagte, dass ich gerade umgeknickt bin und ob sie mich schnell nach Hause fahren kann. Sie war nicht begeistert, aber willigte letztlich ein. Im Auto schickte ich meiner Schwester einen Live-Standort meines Handys. Mein Neffe hat mir kürzlich gezeigt, wie das funktioniert. Ich platzierte mein Handy unauffällig rechts neben dem Beifahrersitz. Zu Hause angekommen, habe ich meine Schwester mit dem Festnetz angerufen und erklärte ihr alles. Sie navigierte mich und die Kollegen zu euch!

»Wow, Herr Möller, ich weiß nicht, was ich sagen soll! Ich bin begeistert! Die Idee mit dem Live-Standort, Wahnsinn! Und zu was so ein

Festnetztelefon noch alles gut sein kann! Warum haben sie ihr Handy nicht orten lassen?«

»Bürokratie! Die Kollegen hätten erst mal tausend Fragen gestellt!«

»Verstehe! Und haben sie Sebastian und Tanja jetzt festgenommen?«

»Die beiden sind geflohen, aber die Fahndung läuft.«

Ich überlegte kurz und sagte:

»Ich habe eine Idee. Können Sie mich bitte zu Valentina und Jonny bringen?«

»Na klar, gerne.«

Herr Möller half mir auf, stützte mich und lief langsam mit mir hinüber zum Krankenwagen. Valentina und Jonny saßen auf zwei Klappstühlen. Sie leuchteten in Gold, da sie eine dieser Wärmedecken hatten. Nachdem ich knisterte, stellte ich fest, dass auch ich eine Wärmedecke bekommen hatte.

Valentina rief: »Na, endlich ausgeschlafen?«

»Witzig!«, antworte ich.

»Hey, wie heißt noch mal gleich dieses Tool, mit dem man Leute finden kann? Da gab es doch auch so ein KI-Tool, oder?«, fragte ich.

»Ja, FindYa. Aber das ist illegal.« Valentina schielte in Richtung Herrn Möller.

»Ich höre nichts!«, sagte Herr Möller und blinzelte.

»Und wenn ein Tipp von irgendwo herkommt, wie wir die beiden finden können, dann sind wir natürlich mehr als dankbar und gehen der Sache nach«, ergänzte er.

»Hast du noch dein iPad im Auto?«, fragte ich Jonny.

»Ja, müsste ich dabeihaben. Warte, ich hole es!«

Jonny kam wenige Zeit später mit seinem Tablet und drückte es mir in die Hand.

Ich öffnete die Seite von FindYa. Die Website war so simple wie Google. Ein weißer Screen und eine Eingabezeile über der „Find" stand. Der Algorithmus versprach, dass er 83 % aller Menschen finden würde. Dazu griff die Website auf eine Vielzahl von Daten zu. Zum Beispiel durch Apps von Supermärkten konnte die App sehen, wann und wo die Person zuletzt eingekauft hat. Dies geschah sogar legal, da die Nutzer die AGBs häufig blind akzeptierten, um ihre Milch an der Kasse 10 % billiger zu bekommen. Allerdings griff die Website auch auf öffentliche und private Kameras zu, insofern diese nicht verschlüsselt waren. Zudem wurden GPS-Signale von Smartphones, Navigationsdiensten und Autos abgefangen. Zu guter Letzt wurden Bilder von Social-Media nach Zeit und Ort analysiert.

Ich musste lediglich den Namen der Person eingeben. Ich tippte „Tanja Richter" ins Feld.

Es erschienen zunächst 32 verschiedene Namen zur Auswahl. Es gab nur eine aus Kronach, also wählte ich die Person aus.

Es erschienen mehrere Informationen mit Zeitangaben.

Ich las laut vor:

»19:09 Uhr: Avia Tankstelle in Selb, bezahlt mit

PaynSave-Karte.

Das war vor zehn Minuten!«, sagte ich zu den anderen.

»19:14 Uhr: Laut Social-Media fährt Zielperson einen grauen Audi A3. In der Nähe von Selb wurde gegenwärtig nur ein Fahrzeug gefunden, welches dieser Beschreibung entspricht. Das Bild ist auf der Staatstraße 2179 von einer öffentlichen Kamera erfasst worden.«

Darunter erscheint ein Bild, das recht verpixelt war, aber eindeutig einen grauen Audi A3 mit zwei Personen zeigte.

Ich drehte das iPad, sodass Herr Möller es sah.

»Das ist beängstigend! Die gute alte Polizeiarbeit gerät wohl mehr und mehr in den Hintergrund. Wird Zeit, dass ich in Rente komme.

»Die gute alte Polizeiarbeit hat uns heute den Arsch gerettet«, rief ich ihm noch hinterher, als er bereits Richtung Polizeiauto unterwegs war.

Er schnappte sich ein Funkgerät und gab den Standort der Verdächtigen an seine Kollegen weiter.

Wir bekamen die Info, dass wir nicht ins Krankenhaus müssen und uns die Polizei heimfahren würde.

Ich kann mich noch erinnern, dass meine Mutter mir zu Hause tausende Fragen stellte, aber um ehrlich zu sein, weiß ich keine einzige mehr im Detail.

Der Morgen danach, Dienstag, 26.09.2023

Jonny, Valentina und ich saßen auf einer Bank im Stadtpark. Vom nahe gelegenen Spielplatz hörten wir fröhlich schreiende Kinder untermalt von Vogelgezwitscher. Während wir auf Herrn Möller warteten, unterhielten wir uns über die Ereignisse der letzten Tage.

»Krass, die wollten uns einfach killen!«, sagte Valentina.

»Ja, da heißt es immer, auf dem Land ist man sicher«, sagte ich.

»Kaputte Menschen gibt es überall!«, kommentierte Jonny.

»Wohl wahr!«

»Ich verstehe noch nicht deren Motiv«, sagte Valentina.

»Na ja Tanja hasste Amalia aus irgendwelchen Gründen und Vergewaltiger gibt es leider viele auf der Welt. Ich dachte ehrlich gesagt nicht, dass Sebastian dieser Gattung Mensch angehört.«

»Aber warum haben sie Kurt Nowak umgelegt?«, fragte sie weiter.

»Vielleicht war er damals auch dabei und sie hatten Angst, dass er reden würde. Mit deinen Videos und unseren Recherchen haben wir in ein Wespennest gestochen.«

»Oder sie wollten es einfach einem in die Schuhe schieben, der nicht in der Main-Stream-Suppe schwimmt«, sagte Jonny.

»Ja, der verrückte Christ! Bei den ganzen Missbrauchsvorwürfen momentan hätte daran keiner Zweifel gehabt«, sagte Valentina.

»Es hatte keiner Zweifel! Bis sich das Video als Fake herausstellte«, kommentierte ich.

Bereits aus circa zwanzig Metern Entfernung sah ich Herrn Möller, aber er war nicht allein. Bei ihm war eine zweite Person. Kurze Zeit später erkannte ich die Person und klopfte Jonny auf die Schulter.

»Schau mal!«, sagte ich zu ihm.

»Robert!« Jonny sprang auf und fiel seinem Zwillingsbruder um den Hals.

»Hallo zusammen!«, begrüßte uns Herr Möller freundlich. Er wirkte glücklich und irgendwie erleichtert.

»Ja, ihr Bruder hat in der Tatnacht ein stichhaltiges Alibi und daher gab es keinen weiteren Grund, ihn noch länger festzuhalten.«

»Herr Möller, haben sie die beiden gefasst?«, fragte ich.

»Ach so ja, das hätte ich ja beinahe vergessen. Die bayerische Grenzpolizei hat die beiden an der tschechischen Grenze geschnappt. Euer Suchsystem hatte also recht.«

»Wie geht es jetzt weiter?«, fragte Valentina.

»Wir haben die beiden letzte Nacht noch im Präsidium befragt. Sie schweigen bislang beide und wollten einen Anwalt. Die unbekannten DNA-Spuren an Kurt Nowaks Körper konnten den beiden zugeordnet werden. Wir forderten auf offiziellem Weg von dieser Softwarefirma KI-Punks den Account für das Video an. Der Account lief auf Tanja Richter. Wieso habt ihr mich nicht darüber informiert? Und wie seid ihr da eigentlich herangekommen? Na ja egal, ich will es, glaube ich, gar nicht wissen. Zudem konnten wir auf ihrem Account die Tonaufnahmen und die Entwürfe für den Deep Fake finden. Außerdem sagte Frau Pickel, eine Nachbarin vom Nowak, aus, dass sie die beiden zur Tatzeit gesehen hätte, wie sie das Haus betraten. Das sind auf jeden Fall genug Beweise, um die beiden hinter Gittern zu bekommen. Noch dazu werden sie für die Betäubung und den Mordversuch an euch verurteilt werden.«

»Und was ist mit Amalias Tod? Werden sie dafür auch bestraft?«, fragte Valentina.

»Na ja, es weist natürlich einiges darauf hin, dass sie in irgendeiner Weise beteiligt waren. Allerdings gibt es bislang keine Beweise.«

»Keine Beweise?«, fragte Valentina schockiert.

»Die haben ein Video gefakt, in dem Kurt Nowak angeblich den Mord an Amalia gesteht. Also, wenn das kein Beweis ist, dann weiß ich auch nicht mehr weiter.«

»Der Fall wird auf jeden Fall noch mal neu aufgerollt. Bislang kann ich euch nur sagen, dass das Video allein nicht ausreichen wird, um sie für den Mord an Amalia für schuldig zu erklären.«

»Das ist doch ein schlechter Witz!«, beschwerte sich

Valentina.

»Nach all den Vorfällen ist der Druck hoch. Gestern kamen zwei Kommissare aus Coburg, die uns in dem kompletten Fall unterstützen werden«, sagte Herr Möller.

»Oh Mann, ich möchte sie so gerne schütteln und aus ihnen herausprügeln, warum sie das meiner Schwester angetan haben.«

»Ja, das glaube ich dir! Aber seht das Ganze einmal so: Die beiden wandern auf jeden Fall schon mal ins Gefängnis.«

»Na ja, diese Tanja wohnt ja direkt gegenüber vom Gefängnis. Das ist jetzt nicht wirklich eine große Umgewöhnung!«, sagte Valentina.

Wir mussten alle lachen.

»Da ist noch was. Unter der hängenden Leiche haben wir einen zerknitterten Zettel gefunden auf dem „Unter Gent" stand. Sagt euch das was? Ich muss noch dazu erwähnen, dass sehr viele Notizzettel mit irgendwelchem Kirchenzeugs in der Wohnung verteilt waren.«

»Nein, das sagt mir nichts«, antwortete ich.

Die anderen beiden schüttelten ebenso die Köpfe.

»Jedenfalls habt ihr hervorragende Arbeit geleistet! Das wäre eigentlich unsere Aufgabe gewesen, den Fall zu lösen«, sagte Herr Möller.

»Es war Teamwork! Und hey, sie haben uns immerhin das Leben gerettet«, ergänzte ich lobend.

»Das war das Mindeste, was ich hätte tun können. Ich muss dann mal wieder ins Präsidium. Falls es

Neuigkeiten gibt, informiere ich euch.«

»Oder wir informieren Sie!«, sagte Valentina in einem fast schon überheblichen Ton.

Herr Möller lächelte und sagte: »Bitte gerne, bis bald!«

»Hey Robert, jetzt musst du uns schon noch einiges erklären«, sagte Jonny.

»Genau, wie war es eigentlich im Knast?«, fragte Valentina.

»Ich meinte eigentlich vielmehr, warum die Polizei deine DNA-Spuren bei Kurt Nowak gefunden hat?«, fragte Jonny und versuchte von Valentinas Frage abzulenken.

Robert starrte auf die grüne Wiese im Park, nickte langsam und wandte sich anschließend seinem Bruder zu.

»Wie soll ich das jetzt sagen. Kurt und ich haben uns auf einem katholisch-evangelischen Austauschseminar in Würzburg kennengelernt. Wir haben zwei, drei Gläser Wein zusammen getrunken und na ja, dann kam eines zum anderen.«

Ich konnte in Jonnys Augen sehen, dass er bereits ahnte was jetzt kommt.

»Ich bin bisexuell und hatte seit langer Zeit eine Affäre mit Kurt Nowak.«

Jonny umarmte seinen Zwillingsbruder und war stolz auf sein Coming-Out.

Robert schluchzte und weinte. Zum einen hatte er soeben sein Coming-Out, zum anderen hatte er den Mann, den er geliebt hat, vor Kurzem verloren.

Valentina und ich umarmten nun auch Robert und sprachen ihm unser Beileid aus.

Nach ein paar Minuten hatte er sich etwas beruhigt.

Jonny fragte vorsichtig: »Warum hast du nicht eher etwas gesagt?«

»Na ja, ihr wisst schon, die Kirche. Ich bin ein sehr gläubiger Christ, aber in unserer Organisation hat man es nicht so leicht, wenn man queer ist«, erklärte Robert.

»Ja, leider!«, sagte ich.

»Weiß deine Familie schon davon?«, fragte Jonny.

»Ich habe es meiner Frau gestern gesagt. Sie hatte bereits etwas geahnt. Wir hatten ein gutes Gespräch und einigten uns vorerst darauf, die Kinder gemeinsam groß zu ziehen. Solange das funktioniert, bleiben wir zusammen in unserem Haus.«

»Das war sehr mutig von dir!«, sagte ich und legte meine Hand auf seine Schulter.

»Ach ja Valentina: Im Knast beziehungsweise in der Polizei-Zelle ist es ganz ok. Ich habe mir das tatsächlich schlimmer vorgestellt. In den amerikanischen Serien sind ja da immer so Gruppen von gruseligen Leuten in einem Raum, aber ich genoss das Privileg eines Einzelzimmers«, sagte er mit ruhiger Stimme.

Wir mussten schmunzeln.

»Jetzt müssen wir nur noch herausfinden, ob und inwiefern diese beiden auch für den Tod von deiner Schwester verantwortlich sind«, sagte Robert und wechselte damit das Thema.

Jonny grübelte und sagte: »Der Möller erwähnte vorhin, dass so ein Zettel beim Kurt gefunden wurde, auf dem „Unter Gent" stand. Ob das wohl etwas zu bedeuten hat?«

»Googlen wir das doch mal!«, schlug Valentina vor.

»Gute Idee«, sagte ich und zückte mein Handy.

»Also, wir haben folgende Ergebnisse: Die Stadt Gent in Belgien. Dann haben wir einen Rapper Namens Gent.«

»Ich glaube kaum, dass der Typ etwas mit einem Rapper am Hut hatte«, erwiderte Valentina.

»Ne, das glaube ich auch nicht. Hm, viel mehr gibt es da nicht. Vielleicht ist das tatsächlich nur irgendeine Kirchennotiz. Ich glaube nicht, dass er uns noch irgendetwas sagen wollte, beziehungsweise, dass das irgendetwas mit Amalia zu tun hat.

Robert starrte erneut auf das Gras und sagte: »Kurt erzählte immer irgendetwas davon, dass er vor ein paar Jahren bei einer Statue mitgewirkt hat. Also die haben so eine Statue gebaut und haben die dann heimlich irgendwo platziert. Die hieß irgendwas mit Gent.«

»Genau das ist es, Amalia Gent!«, sagte Jonny in einem Ton, als hätte er das Rätsel gelöst.

Jonny ruderte mit seinen Händen in der Luft, als ob er nach etwas suchen würde.

»Kurt Nowak hatte doch, als er sich verabschiedete, irgendetwas von einer Schutzheiligen geredet und dass wir dort für Amalia beten sollen. Wie hieß die gleich noch mal? Google bitte mal Amalia, Heilige!«

Ich tippte die Worte in die Suchmaschine.

»Amalberga von Gent!«, sagte ich und wusste nun, was Jonny meinte.

»Genau, das ist sie!«, sagte Robert.

»Wo steht die Statue?«, fragte ich.

»In Hammelburg«, sagte Jonny. Robert bestätigte, dass er sich nun an Hammelburg erinnern könne.

»Also meint ihr „Unter Gent" hat irgendetwas mit der Statue von Amalberga von Gent zu tun?«

»Es könnte zumindest sein.«

 »Vielleicht befindet sich unter der Statue etwas. Unter Gent, sozusagen«, ergänzte Valentina.

»Na ja, das ist schon etwas sehr weit hergeholt, oder?«, behauptete ich.

»Ich hätte Zeit und Lust auf einen Ausflug«, sagte Robert.

»Na dann lasst uns der Amalberga doch mal einen Besuch abstatten«, schlug Valentina vor.

»Ok, warum nicht«, sagte ich.

Wenige Minuten später saßen wir im Auto und fuhren los in Richtung Hammelburg. Das Navi zeigte eineinhalb Stunden an.

»Valentina saß auf der Rücksitzbank und starrte auf ihr Handy. »Hey, habt ihr schon einmal euren Namen bei einem Chatbot gesucht?«, fragte sie.

»Nein, und ich weiß auch nicht, ob ich das will«, antwortete Jonny.

»Na los, wir versuchen das mal. Fangen wir mit dir Jonny an.

Valentina las laut vor, während sie tippte: »Hey

ChatGPT, was weißt du über John Fiedler aus Regensburg?«

»Seid ihr bereit?«, fragte sie gespannt.

»Schieß los!«, sagte Jonny.

»Also, da steht: Im Forum von Co-Parenting ist ein John Fiedler aus Regensburg verlinkt. Hier der Link: Na, da bin ich jetzt mal gespannt.«

Tracy66 schreibt: *John Fiedler ist ein Feigling! Hat leider meine Zeit vergeudet!*

»Was war da los Jonny-Boy? Und warum bist du auf Co-Parenting?«

Jonny war sichtlich genervt davon, dass Valentina in seinem Privatleben herumschnüffelte. Ich meine, streng genommen waren die Informationen öffentlich, aber in unserer digitalen Welt gab es zwischen privat und öffentlich schon eine große Grauzone. Auf jeder Website muss man irgendwelche Cookies akzeptieren. Wer hat denn bitte Zeit, sich die Datenschutzerklärung auf jeder Website durchzulesen? Jonny überlegte kurz und sagte:

»Na ja, ich dachte irgendwie lange Zeit, dass ich beziehungsunfähig bin und ein Teil von mir glaubt das heute noch. Irgendwie habe ich allerdings schon den Drang mich fortzupflanzen. Die Art zu erhalten. Klingt vielleicht blöd, aber irgendwie ist es so. Na ja, und dann hat mir ein Freund von diesem Co-Parenting-Konzept erzählt. Da gibt es verschiedene Modelle. Es gibt die Möglichkeit, mit einer anderen zunächst fremden Person ein Kind großzuziehen. Männer können aber auch nur als Spender auftreten und danach gar keinen Kontakt mehr zur Mutter pflegen. Viele lesbische Paare oder Frauen, bei denen die biologische Uhr tickt, suchen auf der Plattform einen passenden Spender.«

»Wow, das heißt, man macht mit irgendeinem Stranger ein Kind ganz ohne Liebe und so? Und wie wird sich dann fortgepflanzt, auf dem klassischen Weg oder mit so einer Spritze?«, fragte Valentina.

»Genau so ist es. Du triffst dich mit der Person, besprichst die Rahmenbedingungen und wenn du dir ein Kind mit dem- oder derjenigen vorstellen kannst, dann hast du die Möglichkeit für Nachwuchs zu sorgen. Bezüglich der Befruchtung kannst du dich auch mit der Person gegenüber abstimmen. In meinem Fall war es so, dass sich die beiden Frauen eine Befruchtung durch Sex hätten vorstellen können.«

»Na, das hätte mich auch gewundert, wenn dies nicht der Fall gewesen wäre«, sagte Valentina und grinste.

Jetzt haben die beiden meine Aufmerksamkeit geweckt. »Und welches Modell hat dir vorgeschwebt? Und hast du es durchgezogen?«, fragte ich.

»Ich wollte Spender sein und im Nachgang wenig Kontakt zur Mutter. Mir hätte alle paar Monate ein Bild gereicht, um zu sehen, dass es dem Kind gut geht. Zudem wollte ich, dass die Frau passt. Damit meine ich, dass sie smart ist, kein Drogenproblem hat und in der Lage ist das Kind großzuziehen. Ich habe drei Frauen getroffen und mit zwei hätte ich mir das vorstellen können.«

»Wow, das klingt hart, keinen Kontakt zu haben«, entgegnete ich.

»Ich habe einfach so viele Freunde, bei denen die Beziehung mit Kind zerbrochen ist. Danach folgten häufig Rosenkriege mit Gerichtsverfahren, bei denen teilweise selbst die Kinder vor Gericht gezogen wurden. Ich meine, die Scheidungsrate in Deutschland liegt bei 40 % und bei den restlichen 60 % wäre es auch interessant, wie viele davon wirklich glücklich sind. Ich wollte mir das ersparen, aber wie schon eingangs erwähnt, ist da ein Teil von mir, der durchaus gewillt ist sich fortzupflanzen.«

»Was passierte dann?«

»Dann habe ich im letzten Moment gekniffen und habe mich wieder von diversen Co-Parenting-Seiten abgemeldet.«

»Was war der Auslöser?«

»Ich weiß nicht, eine der Frauen hat mich dann angeschrieben, wann wir die Sache durchziehen, aber die Pistole auf meiner Brust hat mich irgendwie in den Fluchtmodus getrieben. Die Vorstellung ist immer einfacher als die Umsetzung. Viele Männer masturbieren, während sie sich Pornos mit anderen Frauen anschauen, aber würden nie ihre Frau betrügen. Versteht ihr, was ich meine?«

Valentina sagte: »Ja, ich denke schon. Vielleicht hat es sich insgeheim aber auch einfach nicht richtig für dich angefühlt. Vielleicht will Jonny doch irgendwann mal selbst einen Jonny-Junior großziehen.«

Ich habe mir genau das gleiche gedacht. Ich traute mir, aber nichts zu sagen, da ich vermeiden wollte, dass Jonny denkt, dass ich Kinder möchte.

»Vielleicht Valentina, vielleicht auch nicht. Wird schon irgendeinen Sinn haben, was sich meine Schaltzentrale dabei gedacht hatte«, sagte Jonny und deutete mit seinem Zeigefinger auf seinen Kopf.

»Und stehen da noch weitere Dinge über mich?«, fragte Jonny.

»Ne das wars.«

»Na Gott sei Dank!«

»Apropos Gott, mal schauen, was wir über dich finden«, sagte Valentina und schaute in Roberts Richtung.

»Ich bin nicht sehr aktiv im Internet, daher glaube ich nicht, dass…«

»Here you go. Pfarrer Fiedler trägt bunte Socken bei Fronleichnamsprozession. Hier schau, was ich auf Youtube gefunden habe.«

Robert warf Valentina einen skeptischen Blick zu und blickte anschließend auf ihr Smartphone.

»Moment mal, das bin ja tatsächlich ich. Das gibt es ja nicht. Die Leute filmen echt alles.«

»Die Kommentare fallen aber durchaus positiv aus. Pfarrer Fiedler ist ein sehr warmherziger Mensch der unserer Gemeinde sehr gut tut. Er kann von mir aus jede Art von Socken tragen. Endlich ein Pfarrer der neuen Schule, nicht so konservativ wie sein Vorgänger.«

»Siehst du Robert, manchmal tut einem so ein Video auch gut, in dem der Ersteller einem eigentlich ans Bein pinkeln möchte. Es gibt tatsächlich keine weiteren Einträge über dich. Ein weitestgehend unbeschriebenes Blatt«, sagte Valentina.

»Dem Herr sei Dank!«

»Dann schauen wir doch einmal, was der Chatbot über Frau Engel weiß.«

»Nein, nein, bitte nicht!«, flehte ich.

»Doch, doch! Oh hört, hört: Frau Dr. med. Engel wurde für ihre volontären Einsätze in Flüchtlingscamps und ihrem politischen Kampf für das Selbstbestimmungsrecht der Frauen die Paracelsus-Medaille verliehen. Sie gilt als der angesehenste Preis der deutschen Ärzteschaft.«

»Na, solange es nur das ist, was man über mich findet, dann ist es ja halb so wild.«

»Ja, es gibt noch ein paar Google-Bewertungen, in denen du erwähnt wirst, aber die meisten fallen positiv aus. Also entweder Frau Engel ist eine Heilige oder sie versteckt ihre dunkle Seite nur vor der digitalen Welt«, sagte Valentina.

In der Zwischenzeit suchte ich Valentina über Chat-GPT.

»Ja, im Gegensatz zu Valentina Geiger. Hier gibt es ein Video mit dem Namen „Studentin, sternhagelvoll, kotzt im Strahl.“« Ich hob mein Smartphone in die Luft und zeigte es den beiden.

Das Video zeigte Valentina, wie sie einen Shot trinkt, sich danach wegdreht und sich vor den

Bartresen übergibt.

»Habt ihr schon einmal mehrere Licor 43 mit Milch getrunken und danach Wodka Ahjo-Brause hinterher geschüttet?! Kann ich nicht empfehlen, sag ich euch!«

Wir amüsierten uns ausgiebig. Nachdem wir das Video mehrmals wiederholt haben, forderte Valentina:

»Oh Mann, mach das bitte weg! Ich habe das schon auf so vielen Plattformen löschen lassen!«, erklärte Valentina.

»Tja, das Internet vergisst nichts«, sagte Jonny hämisch.

Valentina versuchte abzulenken und sagte: »Hey Robert, willst du einen Witz hören?«

»Ich befürchte zwar schwarzen Humor, aber hau ihn raus!«

»Was versteht man unter umgekehrten Exorzismus?«

Robert überlegte: »Hm, ich weiß nicht. Vielleicht wenn der Dämon aus der Person hinauswill?«

Ohne auf die Vermutung von Robert einzugehen, sagte Valentina: »Wenn der Dämon dem Pfarrer befielt aus dem Kind zu gehen!«

Ein Raunen ging durchs Auto. »Unangebracht! Absolut unangebracht«, sagte ich.

Doch Robert lachte zu meiner Überraschung und sagte: »Der war gut, den muss ich mir merken.«

»Oh, geiler Song!« Ich drehte die Lautstärke des Radios auf und sang.

»Meine Sache, mein Problem, statt der weißen Fahne werdet ihr meinen Mittelfinger sehen!« Valentina kannte den Text und stieg mit ein.

»Was ist das?«, fragte Jonny skeptisch.

»Broilers! Die beste deutsche Band!«, erklärte ich.

»Aha, nie davon gehört. Klingt aber echt gut«, antwortete Jonny.

Wir sangen weiter: »Ich brauche niemanden, in solchen Zeiten liebt man mich, hab meine Freunde verlassen oder verließen sie mich…«,

Durch weitere Lieder, die wir mit grölten, verflog die Zeit und wir kamen wie geplant in Hammelburg an.

Wir parkten das Auto kurz vor einem Feldweg. Von dort aus folgten wir dem Navi in den Wald.

Der Wanderweg bot eine wunderschöne Aussicht auf das Tal. Bevor wir unser Ziel erreichten, sahen wir viele andere Skulpturen, darunter eine Tänzerin und eine Art Philosophen.

»Hier drüben, das müsste sie sein!«, sagte ich.

Nach zwanzig Metern standen wir vor der Statue.

Amalberga war circa 1,60 Meter groß, sah jung und schlank aus. Sie trug eine Dutt-Frisur und wirkte mehr wie ein bürgerliches Mädchen als eine Heilige. In ihrer linken Hand trug sie ein Buch.

Sie stand auf einer ein mal ein Meter quadratischen Betonfläche, auf der ein paar Kerzen brannten.

»So Amalberga, sag uns, versteckst du etwas, das uns helfen könnte?«, sagte ich in Richtung der Statue.

»Unter Gent. Also wer hilft mir?«, fragte Valentina, während sie bereits ihre Hände an den Schultern der Statue hatte.

»Ihr kippt sie nach hinten und wir nehmen ihre Füße«, schlug Jonny vor.

»Alles klar, sagte ich!«

Unsere feine Dame Amalberga erwies sich als extrem schwer. Valentina und ich hatten sie an Kopf und Schultern, während Jonny und Robert ihre Füße hochhoben.

Wir legten die Figur auf den moosigen Boden neben der betonierten Fläche.

»So, wo ist der Pickel?«, fragte Valentina.

»Wollt ihr das wirklich tun?«, fragte ich.

»Jaaa!«, raunte es fast schon genervt durch die Runde.

Valentina schnappte sich den Pickel und schlug auf die Platte ein. Nach drei Schlägen zerbrach die Platte und darunter öffnete sich ein luftleerer Raum.

Valentina stützte sich auf die Betonfläche, um einen Blick hineinzuwerfen.

»Eine Plastikkiste!«, sagte sie.

Sie zog die Kiste heraus. Die Kiste war milchig durchsichtig und leicht braun, als ob sie schon länger einbetoniert war. Sie war mit einem Deckel verschlossen.

Valentina schaute Jonny und mich an, als ob sie nach unserer Bestätigung fragen würde, dass sie die Kiste öffnen dürfte.

Ich nickte. Wir verstanden uns blind.

Sie öffnete die Kiste. In der Kiste lag eine Plastiktüte. Ein unangenehmer Geruch kam uns entgegen. Valentina öffnete langsam die Plastiktüte. Sie zog eine weiße Trachtenbluse heraus, auf der Blut war. Ein weiterer Blick in die Tüte zeigte den Henkel eines Bierkruges, ein benutztes Kondom und ein Comic-Heft.

»Das sind die Beweise!«, sagte Valentina. Sie lachte, warf sich mit ihrem Rücken auf den Boden und begann zu weinen. Ich konnte sehen, wie sich Valentina in einem Wechselbad der Gefühle befand. Sie war glücklich Beweise gefunden zu haben, die mit Amalias Tod zu tun haben aber auch traurig, weil sie in Erinnerungen an ihre Schwester schwelgte.«

»Ich warf nun auch einen Blick in die Plastiktüte und mir fiel ein handgeschriebener Brief in einer Glassichtfolie auf.«

»Hey, hast du den Brief gesehen?«, fragte ich Valentina.

Sie schluchzte, hielte kurz inne und sagte: »Nein! Lese bitte vor!«

»Liebe Leserin, lieber Leser,
im Folgenden berichte ich über die schrecklichen Ereignisse vom 15.08.2003:
Ich war draußen im Wald und machte einen meiner nächtlichen Spaziergänge. Ich liebte die Ruhe und die frische Luft.
Nachts waren auch keine Menschen an meinem Lieblingsort. Eine freie Fläche umgeben von Bäumen. Ich freute mich in dieser Nacht besonders darauf, da der

Mond perfekt stand, um das reflektierte Sonnenlicht genau an diesen Ort zu bringen.

Kurz bevor ich dort ankam, hörte ich ein Schreien. Ich erschrak und wusste nicht, was ich tun sollte. Ich hatte furchtbare Angst. Im nächsten Moment dachte ich, dass jemand in Gefahr sein könnte, der meine Hilfe braucht. Ich schaute in den Himmel und sah eine Sternschnuppe. Gott schickte mir ein Zeichen, dass ich der Person helfen soll. Vorsichtig näherte ich mich an den Ort und versteckte mich hinter einem der breitesten Bäume die ich finden konnte. Ich spähte um die Ecke und sah, wie zwei Personen aufeinanderliegen. Das Mädchen schrie nun nicht mehr, aber sagte „Hilfe!" Sie wiederholte die Worte und es klang so, als ob ihr dabei die Kraft ausgehen würde. Erst in diesem Moment realisierte ich, dass die beiden Personen Sexualverkehr hatten. Ich hatte so etwas noch nie in echt gesehen. Ich war mir allerdings auch sicher, dass das Mädchen keinen Spaß dabei hatte und womöglich von dem Mann dazu gezwungen wurde.

Wenige Sekunden später stöhnte der Mann, der auf ihr lag. Danach erhob er sich und zog sich die Unterhose sowie die Jeans hoch. Ich hörte, wie er seinen Gürtel zuschnallte.

Plötzlich kam eine dritte Person hinter dem Mann. Die Person war weiblich und beschimpfte ihn. Ich kann mich noch an die Worte „Du Schwein" erinnern.

Ich erkannte ihre Stimme. Es war Tanja. Die einzige Person aus der Schule, die sich mit mir abgab.

Das Mädchen, das um Hilfe bettelte, stand nun auf. Sie zitterte so sehr am ganzen Körper, dass ich es selbst in ihrem Schattenbild wahrnehmen konnte.

Sie schrie Tanja und den Mann an, dass sie die beiden fertigmachen würde und wankte an ihnen vorbei.

Plötzlich sah ich, wie Tanja sich umdrehte und dem anderen Mädchen einen Krug über den Kopf schlug. Das Mädchen ging sofort zu Boden.

Während das Mädchen fiel, beleidigte Tanja sie noch auf übelste Art und Weise. Ich kann mich nicht mehr an den genauen Wortlaut erinnern.

Tanja und der Mann schauten das Mädchen von oben an.

Der Mann fragte, ob das Mädchen etwa tot sei.

In diesem Moment hatte ich das Gefühl, dass ich etwas tun muss. Ich verließ mein Versteck und lief auf die drei zu.

Ich grüßte die beiden verhalten und fragte vorsichtig, was sie hier gerade machen?

Die beiden erschraken und der Mann fragte mich, „was zur Hölle ich hier mache". Ich kann mich noch genau an diese Worte erinnern. Nun erkannte ich auch den Mann. Es war Sebastian Vogel. Ich kannte ihn vom Sehen aus der Schule. Ich schaute das Mädchen an, das reglos am Boden lag. Ich kannte ihren Namen nicht, wusste aber, dass sie sehr beliebt war.

Tanja starrte mit einem Tunnelblick in Richtung des Mädchens.

Ich fragte Tanja, warum sie dem Mädchen den Maßkrug über den Kopf geschlagen hat.

Plötzlich drehte sie sich zu mir um und packte mich am Kragen. Ihr Gesicht war so nah an meinem, dass ich ihren

Atem spüren konnte und während sie hastig schrie, landeten einige kleine Speichelpartikel auf meinen Backen. Sie redete mir ein, dass ich den ganzen Vorfall vergessen soll und wenn mich jemand fragt, sollte ich behaupten, dass ich an dem Tag nicht im Wald war.

Ich überlegte kurz und wusste nicht wirklich, was ich sagen sollte. Schließlich lag da ein lebloses Mädchen und ich habe gesehen, was die beiden gemacht haben. Sie spürte meine Unsicherheit und erinnerte mich daran, dass sie mich dabei erwischte, dass ich zu einem Schwulenporno masturbiert hatte.

Es ist wahr. Wenige Tage vor der Nacht kam Tanja wie immer zum Lernen zu mir. Sie war eine halbe Stunde zu früh und meine Mutter schickte sie hoch in mein Zimmer. Ich hörte sie nicht hereinkommen…

Sie drohte damit zum Pfarrer zu gehen. Damit haben sie einen wunden Punkt getroffen. Die Kirche war meine Familie. Es war eine Gemeinde, die den Außenseiter Kurt offen aufnahm und ihn so liebte, wie er ist. Ohne die Kirche bin ich verloren, dachte ich damals. Daher akzeptierte ich Tanjas Forderung, wenn sie im Gegenzug niemanden etwas von meiner sexuellen Neigung erzählen würden.

Ich sah Blut auf Tanjas Bluse und forderte sie auf sie mir zu geben. Sie schaute mich kurz verwirrt an und realisierte, dass sie so nicht durch die Stadt laufen konnte. Sie zog sie aus und gab sie mir. Danach forderte Sebastian, dass ich auch alle anderen Beweismaterialien sammeln soll und erklärte, dass er jetzt gehen müsse. Tanja lief neben ihm her und warf ihm noch einige Beleidigungen an den Kopf.

Ich fand eine Plastiktüte mit einem Comic darin. Die muss wohl ein Junge vergessen haben, dachte ich.

Ich sammelte alle Beweismaterialien, die ich auf die Schnelle finden konnte, und packte sie in die Tüte. Ich wollte am liebsten nach Hause rennen. Allerdings fürchtete ich, dass ich so auffallen würde, falls mich jemand sieht. Daher lief ich ganz langsam und wählte eine Route, auf der mich wenige Menschen sehen würden.

Daheim angekommen, packte ich die Tüte unter mein Bett. Ich hatte Tanja versprochen, das Geheimnis für mich zu behalten und die Beweise zu vernichten.

Am nächsten Morgen erfuhr ich, dass es sich bei dem Mädchen um Amalia Geiger handelte.

Ich musste an die Schutzheilige Amalberga denken und in dem Moment wusste ich, dass ich das perfekte Versteck gefunden habe.

Seit der Nacht, in der sie starb, betete ich täglich für das arme Mädchen.

Amalia, bitte verzeihe mir, dass ich die beiden nicht verraten habe. Ruhe in Frieden!

Kurt«

Ich ging zu Valentina und umarmte sie. Ich war selbst zutiefst erschüttert und traurig über die Worte, die ich soeben lesen musste.

Zugleich versuchte ich Valentina zu trösten und sagte:

»Das ist sehr schlimm, was sie mit Amalia gemacht haben! Das hat sie nicht verdient!«

Nach einer kurzen Pause schaute ich ihr in die Augen und führte fort: »Aber wir haben sie! »Endlich haben wir die Täter und Amalia widerfährt Gerechtigkeit!«

Sie nickte, schniefte und sagte: »Ja, solche Schweine! Wie kann jemand nur so etwas machen und einfach ohne schlechtes Gewissen weiterleben?!«

»Ja, ich kann das auch nicht nachvollziehen! Aber es ist vorbei!«

Nach weiteren Minuten voller Tränen und Emotionen beruhigten wir uns etwas.

»Gehen wir!«, schlug ich vor.

Die anderen stimmten meinem Vorschlag zu.

Vorsichtig platzierten wir die Statue wieder auf ihrem Platz.

Erschöpft fuhren wir Richtung Kronach.

In Kronach angekommen, übergaben wir die Beweismittel an Herrn Möller. Er bestand darauf, dass wir im Präsidium unsere Aussagen machten.

Nachdem wir den Polizisten alles erklärt hatten, fuhren wir endlich nach Hause.

Es fühlte sich an wie ein Sieg.

Tanja - Drei Tage vorher, Samstag, 26.09.2023

Ich weiß mir nicht mehr anders zu helfen, als Sepp um Hilfe zu bitten. Also wählte ich seine Nummer.

»Hi Sepp!«

»Tanja, was willst du denn?«

»Wir haben ein Problem. Der Kurt will auspacken.«

»Was meinst du damit?«, fragte Sepp.

»Mit allem, was damals geschah. Er hat mich vorhin angerufen und hat gesagt, er könne mit der Schuld nicht mehr leben und dass die Schwester von Amalia und ihre Freunde so viel Fragen gestellt haben. Zudem hat er das gleiche Drohvideo erhalten, dass ich auch per Mail bekommen habe. Na ja, und dass er gebetet hat und dass er denkt, Gott würde es für richtig halten, wenn er es der Polizei sagt, bla, bla.«

»Du hast ihm das doch sicher ausgeredet, oder?«

»Ja, habe ich versucht, aber er ließ sich nicht überzeugen. Na ja, ich habe gemeint, wir müssen noch einmal mit ihm reden. Du weißt, was das heißt. Der gute Kurt muss leider vorzeitig in den Himmel fahren.«

»Also räumst du ihn aus dem Weg?«, fragte Sepp.

»Ne, du machst da schön mit. Wir hatten damals einen Deal, dass wir uns in der Sache gegenseitig schützen. Wir können den Kurt auch auspacken lassen, dann wanderst du aber auch in den Knast.«

»Scheiße, ok. Ich helfe dir! Hast du eine Idee, wie wir das Ding durchziehen können?«

»Hm, vielleicht mit Gas im Auto. Wir könnten es wie Selbstmord aussehen lassen.«

»Selbstmord ist gut! Allerdings hat der gute Nowak kein Auto. Wie wäre es mit einem Seil? Das hat etwas mittelalterliches und passt auch besser zu unserem alten Freund.«

»Gute Idee. Bring du das Seil mit und ich organisiere uns etwas Chloroform.«

»Ok, so machen wir das. Ah ja, noch was: Du hast ja vielleicht schon mitbekommen, dass Amalias Schwester und ihre Freunde herumschnüffeln, um mehr über den Tod von ihr in Erfahrung zu bringen. Ich würde vorschlagen, wir hinterlassen ein Abschiedsvideo. Ich kenne da eine Software, mit der wir ein perfektes Deep Fake Video erstellen können.«

»Deep Fake?«

»Ein Video, in dem der Kurt die Tat gesteht mit seinem Gesicht. Der Kurt hat einige christliche Beiträge auf YouTube und ein paar Bilder im Internet. Das reicht, um ein perfektes Abschiedsvideo zu erstellen. Er wird einfach kurz die Tat an Amalia gestehen. Die Provinzbullen hier checken das eh nicht. Außerdem ist er ein Weirdo.«

»Und er war am Tatort«, ergänzte Sebastian.

»Haargenau! Vielleicht haben die ja noch ein paar Spuren von ihm damals am Tatort gefunden.«

»So ist es! Somit können wir ihm das ganz easy anhängen. Dann sind auch diese Valentina und ihre Bagage glücklich und wir sind fein raus.«

»Wann willst du es durchziehen?«

»Heute Abend! Kurz vor der Messe. Da ist er dann auch gleich schön angezogen.«

»Ok, lass uns bei der Bäckerei an der Brücke treffen!«

»Bis dann!«

Zwei Tage später, Donnerstag, 28.09.2023

Wir saßen bei Valentinas Mutter auf der Couch und warteten gespannt auf Herrn Möller.

Herr Möller hatte uns bereits am Telefon gesagt, dass er gute Neuigkeiten für uns hat.

Pünktlich um 11 Uhr klingelte es an der Haustür.

Valentinas Mutter sprang auf und ging mit schnellen Schritten zur Haustür und öffnete ihm.

Nach einer kurzen Begrüßung begleitete sie ihn ins Wohnzimmer.

Herr Möller blickte in die Runde und sagte: »Ich mache es kurz und knapp. Auf der Bluse ist Blut von Amalia gefunden worden. Ebenso entdeckten die Kollegen DNA-Spuren von Tanja Richter. Die Fingerabdrücke auf dem Maßkrughenkel können ihr ebenso zugewiesen werden. Am Kondom wurden DNA-Spuren von Sebastian Vogel und Amalia gefunden. Das passt zu einhundert Prozent zu dem, was Kurt Nowak in dem Brief erklärt hatte.

»Das ist gut, das ist sehr gut!«, sagte Valentina fast schon nachdenklich, versuchte dabei zu grinsen.

»Wie geht es jetzt weiter? Haben Sie die beiden befragt? Werden die beiden verurteilt?«, fragte ich.

»Ja, wir haben die beiden in einem langen Verhör auseinandergenommen. Während Sebastian Vogel immer noch schweigt, hat Tanja bereits gestanden. Ihr Anwalt erhofft sich dadurch eine verkürzte Haftzeit. Aber ich kann euch beruhigen: Ich erwarte, dass beide mindestens lebenslänglich bekommen.«

»Und was hat Tanja Richter ausgesagt?«

»Sie bestätigt mehr oder weniger, was Kurt Nowak schrieb. Sie erklärte, dass sie eifersüchtig war, von Amalia provoziert wurde und aus dem Affekt gehandelt hat.«

»Provoziert, was für ein Bullshit!«, sagte Valentina.

»Wie gesagt, die beiden werden ihre gerechte Strafe bekommen. Vergewaltigung, zwei Morde und versuchter Mord in drei Fällen. Da kommt einiges zusammen. Habt ihr sonst noch irgendwelche Fragen?«

»Ja, da wäre noch was! Wenn Sebastian Vogel Amalia vergewaltigt hat, warum waren dann keine DNA-Spuren am Tatort?«

»Ach ja, das hätte ich ja fast vergessen. Wir haben erneut die DNA von damals verglichen und es waren tatsächlich auch schon damals Spuren von Sebastian Vogel am Tatort gefunden worden. Die damaligen DNA-Proben, die von Sebastian genommen wurden, stimmen allerdings nicht mit denen überein, die wir heute entnommen haben.«

»Also Sie meinen, es wurde eine Probe von jemand anders genommen und auf dem Label der Probe wurde Sebastians Name notiert.«

»Exakt! Und drei Mal dürft ihr raten, wer die Probe damals deklariert hat?«

Ich grübelte und fand keine Erklärung!

»Na, jetzt bin ich aber enttäuscht von euch! Ihr seid

doch sonst so gut in der detektivischen Arbeit«, sagte Herr Möller

»Ihr Chef, dieser Hans Wenger!«, sagte Jonny.

»Bingo! Und jetzt kommts: Die DNA von Hans Wenger und Sebastian Vogel stimmen zu 50 % überein. Jetzt eine Frage für unsere Medizinerin: Was bedeutet das?«

»Dass sie Vater und Sohn sind«, sagte ich.

»Seht ihr, das war doch nicht so schwer. Der Hans hatte eine Familie, aber es wurde oft gemunkelt, dass er hier und da eine Affäre hatte. Jedenfalls war Sebastian sein Sohn. Vermutlich wusste er es, fand die Übereinstimmung der DNA und wollte ihn schützen.«

Wow, dachte ich. Die Familie Vogel wirkte für mich immer wie die perfekte Familie. Ich dachte immer, ich hätte eine ausgeprägte Empathie, aber in diesem Fall habe ich mich von meinem Gefühl extrem täuschen lassen.

»Das ist echt krass!«, stellte Valentina fest.

»Ich sage erneut vielen Dank für euere Hilfe und entschuldige mich im Namen von allen, die an dem Fall damals gearbeitet haben. Ich denke, ihr habt viel zu verarbeiten. Ich lasse euch nun mal allein. Falls ihr noch Fragen habt, kommt bitte jederzeit auf mich zu.«

Herr Möller drehte sich um und lief Richtung Eingangstür.

»Herr Möller! Vielen Dank!«, rief ihm Valentina hinterher.

Herr Möller drehte seinen Kopf kurz, nickte und
ging zur Haustür hinaus.

Tanja, August 2003

Gedanken kreisen durch meinen Kopf:

Wo ist dieses Arschloch? Was fällt ihm ein per SMS mit mir Schluss zu machen?

Jetzt drehe ich schon die dritte Runde um diesen verdammten Volksfestplatz. Alles, was ich will, ist ihn zur Rede zu stellen.

Das ist alles die Schuld dieser Schlampe Amalia. Ich habe gelesen, dass er Richy geschrieben hat, dass er Amalia mal richtig durchficken will.

Ist der Typ da vorne am Autoscooter Richy? Mann, der ist ja richtig besoffen. Vielleicht weiß er, wo Sebastian ist.

»Hey Richy!«

»Halli-Hallo Tanni!«

»Weißt du, wo der Sepp ist?«

»Hab ihn gerade noch da hinten gesehen, der wollte noch schnell im Wald pissen. Der Sepp hat, glaub ich, ne Paaa-ru-re-sis.«

»Ne was?«

»Kann nicht neben anderen pinkeln.«

In dem Moment fällt Richy nach hinten um.

»Man, geht's dir gut? Du bist echt viel zu betrunken. Gib mir deine Maß! Du hast genug! Ich schaue schnell nach Sepp.«

Richy lacht und sagt: »Ohha, das wird dem Seppi sicher gefallen, wenn du ihm einen Besuch abstattest.«

Oje, der ist ja viel zu dicht Mann!

Ich kann mir vorstellen, wo er ist. Hinter dem Break-Dance-Fahrgeschäft ist er immer pissen gegangen. Ich habe mich schon immer gefragt, warum er nicht auf die normale Toilette geht. Vielleicht hat Richy recht und er hat wirklich eine schüchterne Blase.

Hm komisch, hier hinten ist er nicht. Nanu, habe ich da plötzlich jemanden schreien gehört?

Das Geräusch kommt aus dem Wald.

Erneut ertönt dieses Schreien. Das muss eine Frau sein. Vielleicht irre ich mich auch. Ich fühle Angst und Neugierde zugleich, während ich mich ein paar Meter weiter in den Wald wage.

»Du geiles Stück!«, ertönt es nun aus dem Wald. Das ist doch Sebastians Stimme.

Ich folge den Stimmen. Nach einigen Metern höre ich nun auch eine weibliche Stimme, aber da sie deutlich leiser war, weiß ich nicht, was die Person sagt. Wenn der was mit einer anderen hat, bringe ich ihn um.

Noch ein paar Meter mehr, dann habe ich dich.

Nach diesem Baum hier öffnet sich der Wald. Fuck, das ist tatsächlich Sebastian mit irgendeiner Schlampe. Sie liegt noch durchgefickt am Boden und er schnallt sich gemütlich nach dem Akt den Gürtel zu, nur circa sechs Stunden nachdem er mit mir Schluss gemacht hat. Was für ein...

»Du Schwein! Wie konntest du mir das antun?!«

Er versucht sich gerade zu rechtfertigen, aber die Worte prallen an mir ab. Es fühlt sich an, als würde jemand ein Messer in mein Herz stechen. Plötzlich sehe ich, wie sich das Mädchen aufrichtet und ich erkenne sie im Mondschein. Amalia, mein Albtraum wird wahr.

»Hey, wo willst du hin, du Schlampe?«, frage ich sie.

Sie grinst nur hämisch und will weglaufen.

Ich bin so wütend. Ich hole aus und es macht klirr. Der Krug zerbricht auf ihrem Kopf und sie geht zu Boden. Ich bin schockiert von mir. Es ist wieder passiert. Ein weiterer Wutanfall, bei dem ich mich nicht kontrollieren konnte. Eigentlich sollte ich auf Sebastian wütend sein, aber ohne Amalia wäre er bestimmt bei mir geblieben. Ich kniete mich auf den Boden und sah Blut, zu viel Blut. Oh mein Gott, was habe ich da nur getan?

Einen Tag später, Freitag, 29.09.2023

Ich holte Valentina mit dem Auto ab. Wir planten, Richtung Regensburg zu fahren.

Valentina stieg ein. »Ach, ich bin froh wieder nach Regensburg zu fahren!«, sagte sie.

»Ja, es ist irgendwie jedes Mal schön für ein paar Tage hier zu sein, aber am Ende freu ich mich dann schon wieder auf unsere Wahlheimat.«

»Hey, ist das nicht der Hubert?«, fragte Valentina.

Sie ließ das Fenster herunter und rief: »Hey Hubert, na, waren weder die Kanacken noch die Hardcore-Christen was?«, fragte sie sarkastisch.

»Fei woar, des hätt ich nier gedachd, die Danja und der Sepp, na suwos na, a Sünd und a Schand. Und jetzt wu die Danja weg is, des is ja a echter Verlusd fürn Kechlverein!«, sagte Hubert.

»Ja, das ist schon sehr traurig, dass die Kreisliga C jetzt so eine erfolgreiche Spielerin verliert. Sie könnten doch jetzt ihren Platz einnehmen. Ein bisschen Kegeln würde Ihnen besser stehen, als dauernd Vorurteile in die Welt zu setzen«, führte Valentina fort.

Hubert wusste nicht, was er sagen sollte, und ich fuhr in dem Moment los.

»Hey, ich war noch nicht fertig mit ihm! So ein Kaff-Affe ey!«, sagte Valentina.

»Na na! Also, ich meine Hubert ist echt ein Vollidiot, aber hey, die meisten in diesem Kaff sind echt schwer in Ordnung. Außerdem wären wir dann übrigens auch Kaff-Affen.«

»Wir sind, wenn dann, süße Kaff-Äffchen. «
Valentina machte schrille Affengeräusche.

»Schalte lieber mal einen Gang hoch du Grünenwählerin!«

»Hallo ich fahre hier mit…«

»Ja, ne, du kannst hier ruhig mal was für die Umwelt tun.«

»Ich bin schon sehr froh, dass meine Umwelt heute mal keine Alkoholfahne hat. Ich hätte Kopfschmerzen des Todes bei deiner ständigen Sauferei. Apropos Schmerzen, wie geht es eigentlich deiner Vagina?«

»Oh, der geht es wieder blendend! Die Muschicreme, die Frau Dr. Engel mir verschrieben hat, vollbrachte wahre Wunder. Das klingt doch nach einer Fünf-Sterne-Google-Bewertung, oder?«

»Wehe! Aber ich bin sehr froh, dass es dir besser geht!«

Die Konversationen hielten an, bis wir irgendwann selbst müde davon wurden. Wir machten dann eine Spotify-Playlist an und sangen, bis wir den Regensburger Fernsehturm im Abendrot sahen.

Am selben Abend fuhr ich noch zu Jonny. Nachdem er mir die Tür öffnete, sagte er: »Überleg es dir gut, wenn du jetzt durch diese Tür läufst, sind wir ein Paar.«

Ich lief hindurch. Ich mochte ihn einfach viel zu sehr und dachte mir, meine Prinzipien enden dort,

wo sie mich extrem unglücklich machen würden.
Ich bin allerdings sehr froh, dass er diesen Schritt
gegangen ist, da ich vermutlich zu feige gewesen
wäre.

Regensburg, 30.09.2023

Am Morgen telefonierte ich mit Nadia Wohlfahrt. Ich erzählte ihr die ganze Story und sie hörte aufmerksam zu. Normalerweise komme ich kaum zum Reden bei Konversationen mit ihr. Diesmal war es allerdings umgekehrt. Sie fragte, ob ich mich Mittag mit ihr an der Walhalla treffen möchte, da sie mir ein paar Dinge erzählen möchte. Ich willigte ein. Zudem war es ihr sehr wichtig, dass Valentina auch mitkommt.

Valentina und ich fuhren mit dem Fahrrad. Es war ein herrlicher Weg an der Donau entlang. In Donaustauf angekommen, passierten wir den chinesischen Turm. Von da aus ging es am Armen Spital nur noch Berg auf.

Der Weg hinauf war anstrengend. Valentina fluchte: »Scheiße, warum habe ich mir das angetan.«

»Das tut dir sicher gut! Da schmeckt dann heute Abend das Bier auch besonders gut«, waren meine motivierenden Worte.

Oben angekommen, liefen wir die langen Treppen hinauf zur tempelartigen Gedenkstätte. König Ludwig der Erste hatte sie einst erbauen lassen zu Ehren deutscher Helden. Ludwig der Erste, war der Opa vom Märchenkönig, der Schloss Neuschwanstein errichten ließ. Die Ludwigs hatten wohl ein gewisses Faible für pompöse Bauten, dachte ich.

Ich persönlich hatte keine Ahnung von historischen

Bauten, aber fand die Walhalla einfach einen sehr schönen Ort. Der Tempel war bei Jung und Alt beliebt. An Sommerabenden waren die Treppen immer voll mit Leuten, die picknickten, Bier tranken oder Shisha rauchten. Zur Mittagszeit fanden wir hauptsächlich Touristen vor, die sich auf den langen und steilen Treppen gegenseitig fotografierten. Wir liefen Richtung Eingang und sahen Nadia.

»Hey Nadia!«, sagte ich.

Sie trug ein buntes, weites Sommerkleid und hohe Schuhe. Ich fragte mich, wie sie es mit den hohen Schuhen und schwanger hier hoch schaffte. Wie immer war sie topgestylt und hatte eine Louis-Vuitton-Tasche um ihre Schulter hängen.

»Hallo ihr! Du musst Valentina sein!« Sie verpasste uns mit viel Selbstvertrauen jeweils ein Küsschen rechts und links auf unsere Backen.

»Hey ja, schön dich kennenzulernen«, entgegnete ihr Valentina.

»Wie geht es der Kleinen?«, fragte ich und schaute auf ihren Bauch.

»Alles wunderbar! Aber ich habe etwas Angst vor dem dritten Trimester«, antwortete sie.

»Ach, das wird schon!«, sagte ich.

»Wollen wir hineingehen?«, fragte Nadia und lief bereits zum Eingang der Gedenkstätte.

Bevor wir überhaupt reagieren konnten, zahlte sie für uns drei und wir liefen hinein. Der mit Marmor versehene Innenraum ist gigantisch schön. An den Wänden befinden sich die Büsten und

Gedenktafeln der Helden, die einst vom König festgelegt wurden.

Nadia sprach: »Also ich habe ein paar Dinge, die ich euch erzählen muss. Zunächst zu Richy: Die Polizei hat den Fall aufgeklärt. Richard hat unsere Spedition genutzt, um Drogen für die russische Mafia zu transportieren. Ein anderes Kartell hat dies mitbekommen und raubte einen unserer LKWs aus, wobei Kokain im Wert von 15 Millionen Euro verloren ging. Die russische Mafia hat daraufhin das Geld von meinem Mann zurückgefordert. Er wollte allerdings nicht zahlen. Die Antwort der Mafia war einfach. Sie tauschten eine Konfettikanone durch ein präpariertes Modell aus und beschrifteten die Kanonen. Die russische Mafia ist bekannt für spektakuläre Hinrichtungen. Sie nutzen die Videos der Morde, um andere Geschäftspartner abzuschrecken. Auch Richy hat ein Video von ihnen bekommen, in dem ein Mann bei lebendigem Leibe der Kopf abgeschnitten wurde. Er hat sich allerdings nicht davon abschrecken lassen.«

»Wow Nadia, ich weiß nicht, was ich sagen soll«, stammelte ich und wusste wirklich nicht, wie ich mit der Situation umgehen sollte.

»Klingt wie im Film! Und wusstest du davon?«, fragte Valentina.

»Nein, ich wusste nichts davon. Es waren nur zwei Fahrer von uns im Bilde. Ich habe mich schon immer gefragt, wie die sich solche luxuriösen Privatautos leisten konnten.«

»Na ja, es wird morgen in der Zeitung stehen. Der Ruf der Firma ist hinüber, aber ich habe schon mit einer Beratungsfirma gesprochen. Wir führen die Firma unter einem neuen Namen weiter. Außerdem werde ich jährlich etwas vom Umsatz an Suchtberatungs- und Therapieorganisationen spenden.«

»Ich denke, das ist ein guter Schritt!«, sagte ich und war auch wirklich davon überzeugt.

»Na ja und da ist noch etwas!«, sagte sie mit ungewohnt nervöser Stimme.

»Valentina, ich muss mich bei dir entschuldigen. Nachdem du meinen Mann mit dem Mord an deiner Schwester beschuldigt hast, sind bei mir die Sicherungen durchgebrannt. Ich habe zwei Männer fürs Grobe engagiert und wollte dir damit Angst einjagen.«

»Du warst das?!«, sagte Valentina.

»Ja, und ich entschuldige mich vielmals bei dir! Ich bereue es zutiefst und ich hoffe, die haben dir nicht allzu sehr wehgetan.«

»Ne, das habe ich gut weggesteckt. Wie haben Sie herausgefunden, dass ich die Videos verschickt habe?«

»Genauso wie ihr, ich habe auch meine IT-Leute! Es tut mir unendlich leid!«, sagte Nadia und umarmte Valentina, die noch nicht so bereit war für eine Umarmung.

Valentina überlegte kurz und sagte: »Na ja, streng genommen habe ich ja wirklich Ihren Mann zu

Unrecht beschuldigt. Daher, Entschuldigung angenommen!« Valentina reichte ihr die Hand.
Nadia fiel ihr voller Erleichterung erneut in die
Arme.
Wow, in solchen Situationen war ich neidisch auf
Valentina. Ich glaube, ich hätte Nadia nicht so
schnell verziehen und um ehrlich zu sein, war ich
auch etwas schockiert über die Vorgehensweise
dieser Frau.
»Wer wohl in Zukunft in dieser Ehrenhalle so platziert wird? Vielleicht Angela Merkel, Franz Becken-
bauer?«, fragte sich Valentina lautstark.
»Oder Frau Dr. Lisa Engel, die beste Frauenärztin
der Welt!«, führte Nadia fort.
»Jetzt übertreibst du aber Nadia! Aber ich gebe euch
insofern recht, dass ein wenig Frauenpower dem
verstaubten Männerhaufen guttun würde.«
»Oh Gott, ich muss leider schon wieder los. Meine
Steuerberaterin möchte alles zur neuen Firma
durchsprechen. Lisa, wir sehen uns nächste Woche
auf einen Kaffee?! Und Valentina, nochmals Entschuldigung. Ich lade euch noch mal beide zum Essen ein.«
Wir verabschiedeten uns von Nadia. Danach gingen wir wieder hinaus und genossen noch etwas die
Aussicht über die Donau und Regensburg. Kurze
Zeit später fuhren wir wieder Richtung Stadt.
Sechs Stunden später trafen wir uns mit Jonny am
Donau-Ufer in der Innenstadt. Ich liebte es mit einem Mojito in der Hand unterhalb der Steinernen

Brücke einfach die Füße baumeln zu lassen und die Sonne zu beobachten, wie sie auf dem Fluss reflektierte und dabei langsam untergeht.

»Krasse Geschichte mit diesem Richy!«, sagte Valentina.

»Ja, liegt bei denen wohl in der Familie die dunkle Seite der Macht zu wählen.«

»Ja, scheint so.«

»Hey, sag mal, hast du nicht gesagt du kommst nach, weil du noch eine Arbeit fertig schreiben musst?«, fragte ich Valentina.

»Ja, eventuell hat mir ChatGPT etwas geholfen.«

Ich schaute sie mit einem bemutternden Blick an und sagte: »Du hast doch gesagt, du willst keine fremden Hilfsmittel benutzen.«

»Ja, ich weiß, aber heute ist der letzte sonnige Tag. Danach mache ich wieder alles brav selbst. Außerdem ging es mir nur um die Wortwahl. Ich bin da eben nicht so kreativ.«

»Na ja, immerhin hat uns ChatGPT ja auch geholfen«, behauptete ich.

Jonny schaukelte seinen Kopf hin und her, als ob er mit der Aussage nur so halb zufrieden wäre und sagte: »Ja, eine Täterin hat uns die KI geliefert. Allerdings war der andere Täter nicht einmal in der Auswahl der KI.«

»Daher braucht es beides, Mensch und Maschine! So wie ich bei meiner Seminararbeit vorgehe«, erwiderte Valentina.

Wir grinsten sie beide an.

»Was denn?«, sagte sie genervt.

»Ich hole jetzt mal noch drei Mojitos. Sind schon Leute verdurstet!«, ergänzte sie. Kurze Zeit später kam sie mit drei vollen Bechern zurück.

Wir stießen an, schauten in den Himmel und riefen zusammen: »Auf dich, Amalia!«

»Ach, Liz, bevor ich es vergesse: Du wirst meine Mumu jetzt öfters sehen. Ich habe mich bei Susi in deiner Praxis angemeldet. Sehr nette Frau by the way!«

Wir kamen aus dem Lachen nicht mehr heraus. Ich war froh, Valentina in meinem Leben zu haben.

Nachwort & Danksagung

Hey ChatGPT, schreibe mir ein Nachwort für ein Buch mit KI!

Nein, das lassen wir lieber mal! Ich bin nämlich sehr stolz, dass dieses Buch vollständig ohne Hilfe von KI erstellt wurde.

Noch stolzer bin ich auf dich! Du hast es geschafft, fast 300 Seiten zu lesen. Es soll in diesen Zeiten Leute geben, die ihre Aufmerksamkeit bereits bei einem Sieben-Sekunden-Reel verlieren. Daher well done und danke!

@Kollegen von ChatGPT: Die Story in diesem Buch ist natürlich frei erfunden. Wir gehen fest davon aus, dass euer Algorithmus auf keine Quellen zugreift, die gegen Datenschutzgesetze und Urheberrechte verstoßen.

Bedanken möchte ich mich bei ein paar meiner Vorbilder: Delia Owens, Tess Gerritsen, Uli Zeh, Colleen Hover und vielen mehr. Ohne eure großartigen Bücher wäre ich vermutlich nie ein Bücherwurm geworden und hätte auch selbst nicht die Liebe zum Schreiben gefunden.

Danke an dailybread DESIGN für das tolle Buch-Cover!

Last but not least gilt der größte Dank meiner Lebensgefährtin, die mich überragend unterstützt hat und mir in all den zahlreichen Schreibstunden den Rücken freigehalten hat.

Jetzt kannst du das Buch langsam weglegen. Auf den nächsten Seiten kommt maximal, wenn über-haupt nur noch Werbung.